文春文庫

野ばら

林 真理子

文藝春秋

目次

野ばら

1

半蔵門のダイヤモンドホテルといえば、古くて地味なホテル、といった印象であったのだが、しばらく来ない間にリニューアルしていたらしい。いたるところに金をかけ、都会の洗練された隠れ家のようになった。コーヒーハウスも大層贅沢《ぜいたく》なつくりになり、インテリアも凝っている。高いけれども紅茶も大層おいしい。新井萌《もえ》は紅茶党であったが、外でおいしい紅茶を飲むことをほぼあきらめていた。カフェや喫茶店はもちろん、どこのホテルのコーヒーラウンジもコーヒーと比べて紅茶はおざなりになっている。千円近くとるラウンジで、ポットにティーバッグを放り込んで平気で持ってくるのだ。

けれどもここの紅茶はいい葉を選び、丁寧に淹《い》れてある。紅茶がこんなにおいしいのならばケーキもきっとかなりの水準のはずだけれども、少々苛立《いらだ》っている萌は、とても注文する気にはなれない。連れがまだやってこないのだ。

七時からの英国大使館でのコレクションに間に合わせるため、六時四十分には必ず来て、と頼んでいたのであるが千花《ちか》はまだやってこない。今日は昼の公演だけだから、六時四十分には必ず行く、と昨日の電話で言ったばかりである。いったいどうしたのだろうかと萌はホテルの玄関から目が離せない。

もし千花がやってきたら瞬時にわかるはずであった。途方もなく美しい女というのは、人々の目をひきつけるだけではなく、あたりの空気を全く変えてしまう。千花によってそんな現場を何度見たことだろうか。

千花は宝塚の娘役をしている。役柄のために髪を明るい色に染め、たっぷりとカールをつけているのであるが、この人形のような髪形が色白の千花にはよく似合った。その透きとおるような肌に、長い睫毛《まつげ》がいつも影をつくっている。大きな目にやや下がり目の眉《まゆ》が、はかなげな甘さをかもし出している。

萌は近頃の千花を見ていると、いつもピンク色の砂糖菓子を思うのである。宝塚に入ってからその食紅《しょくべに》の加減はますます濃くなったような気がする。

萌と千花は、小学校からの同級生である。両方の母親に言わせると、その前の幼児教室の時から一緒だったという。有名小学校への合格率を誇る幼児教室では、積み木、お絵描き、リトミックダンス、入試が近づくと面接のテクニックを教えてくれた。ひとクラス二十人ほどの英才教育であったから、千花のことを憶えていなくてはおかしいのであるが、なぜか萌の中から千花のことはすっぽり抜けているのだ。

「そりゃそうよ。私は優等生だったけど、萌は休んでばかりの落ちこぼれだったもの」

と千花はからかう。

　萌は母の桂子の出身校である、カトリックの女子校に進学したが、千花も同じクラスになった。その女子校しか受験しなかった萌と違い、千花の第一志望は慶應幼稚舎であったと後に聞いた。幼稚舎に向ける千花の母の情熱は凄まじいものがあり、娘が歩き始めたのを待って幼児教室に送り込んだのである。けれども千花は「補欠二番」という通知を貰った。

「あの時のママってすごかったわ。本当に自殺しかねないぐらいだったのよ。それが収まると、二人の合格した子がどうか交通事故に遭いますように……なんて考え始めて、そんな自分にぞっとしたんですって。ママがどうにか冷静になるのは、私の入学式が終わってからよ。これでもう仕方ないって思ったんじゃないの」

　幼児教室で優等生だった千花は、小学校でやや力尽きた感じとなり、中学校で完全にペースを崩した。この頃からめきめき美しくなった千花を、まわりの男の子たちがほうっておくはずはなかったのだ。

　萌と千花が通うカトリックの女子校は、良家の子女が多いのと厳しいことで有名であったが、近隣の男子校生との交際にはかなり寛容である。といっても両隣の名門校に限られるものの、千花はたちまち彼らのアイドルとなった。やがてボーイフレンドが出来、渋谷で遊び始める。千花の属するグループは、校内でも一、二を争う華やかな遊び人の集まりであった。千花は別格として、どの少女も大人びて美しかった。

それとは正反対に、萌は勉強好きで真面目なグループのリーダー格となっていた。たいていの生徒が小学校からエスカレータ式に大学へと進む中にあって、秘かに外部受験を狙《ねら》うこのグループは特異な集団であった。何もあんなに勉強しなくてもと、少々煙ったがられていたほどだ。

幼なじみといっても、交わることのなかった萌と千花だったが、ある出来事が二人を結びつけた。高校二年生の時に初めて見た宝塚に心奪われ、千花は音楽学校への入学を夢見るようになる。が、それはとっぴなことであった。入学のためには高校を中退しなくてはならない。親の反対もあるであろう……。初めて人生について悩み、葛藤《かっとう》ということを始めた千花にとって、今までの友人はもの足りなかった。彼女たちに恋やおしゃれの相談は出来ても、もし、

「私の人生の目的って、いったい何だろう」

などと千花がつぶやいたら、きょとんとしてしまう連中ばかりだ。千花は落胆し、やがて哀しくなった。そんな時に現れたのが萌だったのである。

あの頃、チャペル横のクローバーの上で、気恥ずかしくなるようなことを何時間も喋《しゃべ》ったものだ。

「私、生まれて初めて、絶対にしたい、っていうことを見つけたの、これってどういう

気持ちかわかる。もう彼もお呼びじゃない、っていうぐらいすごい気持ちなのよ。あ、出会った頃の彼って、これはちょっと別だけど、とにかく彼と別れて、ひとり関西へ行ってもいいと思ってるの。親と離れても平気よ。ねえ、こんな気持ちになれる私って、すごく好きなの。わかる」

「わかるわ」

と萌は答えた。まだ萌は自分のしたいことが見つかったわけではなかった。けれどもとりあえず目標はある。それはこのお嬢さま学校より、ずっと偏差値の高い共学の大学へと進学し、何か社会的価値のある職業に就《つ》くことであった。

「やっぱりママを見てるからかもしれないなあ……」

萌は千花にだけはうち明ける。秘密というのは、少女の貨幣だ。これ以外ではやり取り出来ないことがある。優等生という尊称が、萌をやや近づきがたい存在にしていたから、この貨幣を使うのは初めてといっていい。

「ほら、うちのママって、あんな若い時に後先見えないぐらいの恋をして学生結婚したでしょう。それなのに離婚しちゃった。手に職を持たないで、離婚しちゃう女ってみじめよねえ。まあ、ママの場合はなんとかやり直しが利いたけど、あれ見てると女もちゃんとしてないといけないって、かなりマジメに思っちゃった」

こんな会話の後で、千花はつくづく言ったものである。

わよね」

「私たちって、この学校でちゃんとした夢を持っている、ただ二人の人間かもしれない

そして千花の方は自分の夢をかなえた。驚いたことに、この学校のシスターたちにヅカファンが何人もいて、千花を応援してくれたのである。何よりも親の反対もなかった。中学時代から千花は、原宿や渋谷を歩くと、それこそ束になるほどスカウトマンの名刺を貰った。名のあるプロダクションも幾つかあったのだが、千花の母はすべてとりあわなかった。けれども娘の心がそういう方向に行くことへの不安や予感はあったのであろう。

「芸能界に入られるんなら、宝塚に入ってくれた方がずっといいわ。あそこは躾《しつけ》もちゃんとしているらしいし」

という考えに固まったのである。千花は二十倍という難関をくぐり抜けて宝塚音楽学校へ入学し、今は〝研四（入団四年目）〟である。千花に言わせると、

「トップには絶対なれないってわかって、もう先が見えてくる年代」

だそうだ。けれども愛らしい容姿と歌のうまさで、徐々に人気が集まっているらしい。今度の東京公演でも、主人公の少女時代の役という、かなり重要な役を与えられているのだ。

そこへいくと自分はどうだろうかと、萌は考える。四谷にある有名大学を卒業したも

の の、不景気のまっ最中とあって就職はすべて失敗してしまった。萌は編集の仕事に憧れ、大手から中堅までかなりの数受けたのだが、どこにも採用されなかったのである。いっそのこと留学でもしようかと考えていたところ、母が知り合いのフリーライターを紹介してくれた。フリーライターといっても、有力女性誌に署名原稿をよく書く業界の大物だ。彼女のプロダクションに半年いた後、今はある女性誌の契約記者をしている。その雑誌は、値段を見ただけで気分が悪くなるようなブランドのドレスやバッグがグラビアを飾り、金持ちの夫人や娘たちが競って自分の家や服を撮らせている。

「読者と同じような暮らしをしている記者を」

ということで萌に声がかかったのである。収入はしれたものであるが、この雑誌のフリーの記者たちは、自らシャネルのニットを着たり、バーキンのクロコを持っていることで有名であった。正社員の編集者よりも、業界で人気がある者もいて、萌もそのひとりかもしれない。今夜も英国大使館でのコレクションの招待状が届いたのである。それどころか、

「モエちゃんの友だちも招《よ》んでいいわよ。お土産《みやげ》が素敵だから期待していて」

と、プレスの担当者から電話がかかってきたぐらいだ。

やがてホテルのドアが開き、急ぎ足の千花が姿を見せた。最近お気に入りのアンナ・モリナーリのピンクのニットを着ている。衿のところに同色の毛皮がついているが、そ

れに埋まるように千花の小さな顔があった。遅くなってごめん、というように両の手を合わせたが、そのしぐさがきまっている。舞台で場数を踏んでいる者の動作であった。

「じゃ、行こうか」

萌は伝票をつかんで立ち上がった。

「もう行くの。チカ、なんか冷たいものを飲んでいきたいなあ」

二十三歳にもなって自分を名前で言う女など信じられないが、千花なら許されるし、そのことをよく知っていると萌は思う。

「ダメよ、コレクションは七時からよ。それにこの頃、大使館はどこもセキュリティがすごく厳しいんだから、早めに行かなきゃダメよ」

萌と千花は大使館の長い塀に沿って歩き始めた。千花はおそらく同じブランドのものだろう、ミンクのボンボンがついたピンヒールを履いている。けれども慣れているから案外足取りは早い。

「ねえ、その後のお食事はどうなってるの」

「『クランツ』の石山さんが、中国飯店の上海蟹にしようか、それともどこかイタリアンを予約しようかだって」

「そうねえ、久しぶりにイタリアンがいいかも。関西ってイタリアンは悲惨なんだものの」

若く美しい二人は、どこへいっても歓迎された。今日は萌の知り合いで、イベントプロデュースの会社を経営している男が、コレクションの後、夕食に誘ってくれているのだ。

やがて大使館の正門が見えてきた。ガードマンたちに混じり、顔見知りのプレスの女が立っている。

「モエちゃん、こっち。待ってたわよ」

「ごめんなさい、遅くなって」

「やっぱりチカちゃんが一緒だったわね。二人ともいちばん前の席を用意しといたから。後のカクテルパーティーにも出てね」

ブランドの広報を仕切るプレスの女に、二人の出身校の卒業生は何人もいる。牧村佑里もそのひとりだ。最近売り出し中のプレスで、彼女が直接電話をかけると、有名女優も大物編集者たちもコレクションに馳せ参じると言われているぐらいだ。

闇の続く庭を抜けて公邸へ入ると、中は溢《あふ》れんばかりの人であった。軽い飲み物も出て、コレクションが始まる前、セレブリティと呼ばれる人々はここでお互いの服装と近況をチェックすることになっているのだ。

その時ざわめきが起こった。有名人が現れる時に起こる、音にならない人々の小さな叫びやため息が重なって、やがてざわめきになっていく。黒いイヴニングドレス姿の女優だった。

いくら千花が美しいからといっても、彼女とはまるで格が違う。その場に居合わせた人々は自然に後ずさりし、彼女のために道をつくった。また何人かは誇らし気に彼女に語りかける。他にも何人か若いタレントや、盛りを過ぎた女優たちが来ていたけれど、今を極めている人気絶頂の彼女の前では、かすんでしまう。

「キレイねえ……」

萌がささやいた。

「テレビで見るよりずっとキレイ」

「あーあ、私も宝塚やめちゃおうかな」

最近の千花の口癖だ。

「本当にああいう人見てるとそう思う。私なんか宝塚にいたって何にもいいことないし」

そんな時、萌は彼女の背を軽く叩いてやることにしている。モールス信号のような小さな励まし。

「だけどさ、チカの方がずっとキレイだよ。私、舞台のチカ知ってるもん」

「でもそれを知ってるの、劇場に来てる人だけだもん」

「ちょっとさ、チカひがんでない。さ、奥の席に行こう。どこの女優かしら、って皆に思わせようよ」

人々もシャンパンを飲み終えて、ホールに移り始めた。

2

東京公演となると、東京育ちの団員たちはとたんに活気づく。劇場まで自宅から通うことが出来るし、友だちともしょっちゅう会えるからだ。

千花は毎晩のように夜遊びをして、母の悠子に叱られた。

「パパだって、久しぶりにチカちゃんといろいろ話をしたいと思ってんのよ。それなのにあなたったって、毎日朝帰りじゃないの。いい若い娘がみっともないし、だいいち舞台にさしつかえるわよ」

小言を口にしながらも、娘のために手間をかけた朝食をつくってくれる。普段ひとり暮らしでは、ろくなものを食べていないだろうと言って、出てくるものは〝旅館ごはん〟と千花が呼ぶ和食だ。

丁寧にだしをとった味噌汁にだし巻き玉子、煮物に焼き魚といったものに、佃煮《つくだに》、海《の》苔《り》が食べきれないほど並べられる。佃煮、海苔の類いは、開業医の父親のところにきたものだ。

人にはあまり言ったことがないけれど、洋酒やビール、茶や佃煮などは、店で買うものではないと母の悠子も千花も思っている。それらはちょっとした貢ぎ物として、父の診察室の片隅に堆《うずたか》く積まれるものなのだ。

ところがこの何年かというもの、この貢ぎ物はかなり数が少なくなっている。評判の高い内科医の父に、不景気はまったく関係ない。悠子が、

「消毒液のにおいが、うちの中にまでしみついてきそう」

と言い出し、広尾のガーデンヒルズに部屋を買ったのは四年前のことだ。ガーデンヒルズとひと口に言っても、建っている棟や広さで価格にかなりの差がある。誰もがいちばん高級と認める棟に、広い物件が出たのをきっかけに、千花の家では購入に踏み切った。病院と自宅が分かれて悠子は大喜びだが、父には何かと不便なことが生じるらしい。貰い物の包みや箱を、いちいち車に積んで家に運ぶのをめんどうがるようになった。大部分を看護婦たちにやってしまうようだ。

「急に失くなっちゃって、このあいだ初めてお茶っ葉を買ったのよ」

と悠子がおかしそうに言う。けれども食後、これまた医者の貰い物の定番であるメロンを、大ぶりに切って置いた。

「わかってるわよね。今日は加藤のおばちゃまと、そのお友だち二人と行きますからね」

「でもその後のお夕食はダメよ。何度も言ってるけど、私、先約があるからね」

「そりゃあ、そうかもしれないけど、少しは加藤さんなんかともおつき合いしないと、あちらもやる気を失くしてしまうのよね」

「きさらぎ千華」というのが、千花の芸名である。親子で必死に考えた揚句、誕生月にちなんでこの名にしたのだ。本当にささやかな五十人ほどのメンバーであるが、「きさらぎ千華後援会」もある。悠子が自分の友人、知人に頼み込んでくれたのだ。加藤のおばちゃまは、悠子の女子大時代からの親友で、あるオーナー企業の社長夫人である。こういう人たちに頼んで、もっと盛り上げてもらわなくてはというのは、この頃の悠子の口癖だ。

六年前、千花が宝塚音楽学校に入りたいと言い出した時、反対はしないまでも積極的には賛成しなかったはずだが、最近は千花よりも悠子の方がずっと心が劇場の方に向いている。東京公演があるたびに大量にチケットを買い、「後援会」のメンバーに配っているのだ。招待ということでほとんど代金は受け取っていない。金持ちの良家の子女が多いとされている宝塚であるが、その金のかかることは、

「半端《はんぱ》じゃない」

と悠子は愚痴る。千花の上の兄二人は、どちらも私立の医大を卒業しているが、千花の方がはるかに金がかかるという。チケット代の他に、みっともなくない格好をさせなくてはならないし、千花が寮生活を嫌がったため、宝塚音楽学校時代から近くにマンションを借りてやった。毎月かなりの額を仕送りしているし、

「今、宝塚をやめられたらとんでもない」

と悠子は言う。

「別にトップさんにならなくたっていいの、あと二、三年頑張って、それからお嫁にいけばいいじゃないの。今みたいに中途半端なままじゃ、チカだって悔いが残るだろうし、ママだって口惜しいのよ」

ママは何かに情熱を注がなくては生きていけない人だと、千花はつくづく思う。小学校受験の時もすごかった。幼児教室だけでは満足せず、四歳の千花に個人教師をつけたぐらいだ。その後はしばらくゴルフに夢中になり、練習場へ通うのが日課になった。社交ダンスに夢中になったこともある。友だちに誘われたのがきっかけだったが、最後は競技会に出る勢いとなり、この時は父に叱られたらしい。そんな母が、宝塚に心を奪われたのはごく当然のことといえる。

東京公演だけでなく、ツアーを組んで宝塚の方にもやってくる。千花の出た雑誌は何部も買い「後援会」のメンバーに配る。そして東京公演を皆で見にきては、その後お食

事をしながら感想を言い合ったり、娘を誉めそやしてもらう。これが最近の悠子の生き甲斐《がい》なのだ。

この母に「宝塚をやめたい」と言ったら、いったいどんな騒ぎになることだろう。おそらく嘆き悲しみ、自分を説得にかかるだろう。母は決して馬鹿な女ではないが、苦労をしていない分、自分を中心に世の中を考えているところがある。母のこの欠点が色濃く出るのが、子どもを「叱る」とか「説得する」作業の時なのである。自分がどれほどつらく悲しいかくどくど言い募り、相手を本当にうんざりさせるのが常だ。

またあのようなことが始まるかと思うと、千花は身震いするような気分になった。

広尾駅から乗り、地下鉄で日比谷に着いた。開演までまだ二時間以上あるというのに、楽屋の入口のところは「待ち」の少女たちでいっぱいだ。

「チカちゃん、頑張ってー」

「きさらぎさん、お疲れさまでーす」

千花ほどの知名度の研究生にも、こうした声がとぶ。

まず入口のところで、自分の名前を記した着到板《ちゃくとう》を黒に替えた。もう半分ほどが、黒い裏に替わっている。楽屋に入り、鏡の前で化粧を始めた。この化粧箱は「後援会」の人たちが誕生日にプレゼントしてくれたものだ。イタリア製ということで、箱いっぱいに革製のバラの花がついている。宝塚にいる者はみんなこういうものが好きだと、あのおばさま方は信じているのだ。

「だけど私の好きなラブリーは、こういうもんじゃないんだけどな」

千花は思う。確かにピンク色や花模様は大好きだけれども、時代遅れの愛らしさをまとうつもりはなかった。可愛いといっても、千花の好みは洗練された、時代に沿ったものである。たとえばそれは、アンナ・モリナーリのニットだったり、ドルチェ&ガッバーナのワンピースだったりする。けれども宝塚には、関西特有の派手さがあると千花は認めざるを得ない。宝塚の専門誌のグラビアを飾るスターたちの中には、途方もない少女趣味のものを着る人がいて、自分はとてもついていけないと思う。そんなところも、以前より宝塚に愛着を持てなくなった理由なのだ……。

「おはよー、チカ」

鏡の中の千花の真横に、メイクした顔が並んだ。太く濃いアイラインが、まだ濡れているようだ。男役の風間夏帆《なつほ》である。身長百七十八センチ、ハーフかと思うほど彫りの深い美貌で、夏帆は音楽学校時代から自他共に認めるスター候補生であった。いずれトップになる人、と雑誌にも書かれていたのに、この一、二年、静かにそのコースからはずれつつある。不運になった理由は、夏帆の性格にあった。上の人に平気で口答えするし、致命的だったのは稽古嫌いということだ。

「何かさァ、毎日同じことをするっていうの、辛気《しんき》くさいじゃん」

三重の方の訛《なま》りが残る口調で言う。コンビニが一軒もないという田舎で育った夏帆は、音楽学校入学まで宝塚の生の舞台を一度も見たことがなかった。都会育ちの娘に混じって、こういう子は何人かいて、トップスターが時々彼女たちの中から生まれる。夏帆も「大器」などと言われたりしていたのであるが、この一年ほどは役にも恵まれていない。しかし夏帆の方はもはや割り切っていて、もう二、三年宝塚にいた後は、ミュージカルかテレビの方にでも移ろうと考えているらしい。が、最近はそれよりも彼女の心を占めているものがある。

「昨日はさ、結構レベル高かったよ。弁護士さんたちとだったけどさあ、この頃の弁護士って、顔もいいし話も面白いよ。中にヒットがひとりいて、さっきもメール入れたとこ。これから舞台がんばります、って、すごくけなげな感じにしといたの」

若い研究生たちに合コンの誘いはいくらでもやってきた。美人揃いの宝塚研究生の人気は、客室乗務員どころではない。後援者やファンに、医者や弁護士の妻は何人もいたから、すぐに出会いが用意される。事実これがきっかけで、良縁を手にした団員は何人もいるはずだ。夏帆はどうやら「芸能界入り」という目標を「エリートの妻」に変えたようだ。宝塚にいる時でも、東京に来ている時でも、せっせと合コンに精を出しているのだ。

「チカもおいでよ。今度は慈恵医大出身のドクターたちのグループとすることになっているんだ。丸ビルのイタリアン、予約しといてくれるんだって」

けれどもこれは口先だけのことだ。実際は誘ってくれるはずはなかった。昔からいつもこうだ。高校生の時から合コンや、何かの集まりに千花は無視されてきた。

「だってチカが来ると、男の子をみんなさらわれちゃうんだもん」

と正直に言った友人がいるが、たぶんそうなのだろう。夏帆とは仲もよく、彼女自身もかなりの美人なのであるが、千花を用心しているのは確かだった。

「そうそう、タァ子さんがチカを呼んでたよ」

千花の鏡で髪を直しながら夏帆は言う。

男役トップの美姫《みき》梨香は昨年トップの座に就いたばかりであるが、最近の宝塚の常でそろそろ引退が噂されている。それ以前のトップたちに比べると〝小粒〟ということになっているが、見上げるような長身に、ハーフ丈の毛皮を着ている様子は、やはりスターの威厳に溢れている。化粧っ気の無い肌が、白くさえざえとしていた。

梨香に付き添う、という特権を得ているファンの中年女は、確か日比谷で美容整形をしている医者の妻だ。千花の父がよく言うには、この世に美容整形医ぐらい儲《もう》かる医者はないそうだ。患者が死ぬ心配もないし、金はやたら入ってくる。千花も結婚するなら美容整形医だぞと、ふざけて言うことがあった。彼女を見ているとそれは本当らしい。年齢には少し明る過ぎるようなピンクのシャネルスーツを着て、指にはヴァンクリが光っていた。彼女が美姫梨香のいちばんの後援者であることは誰もが知っている。東京公演のたびに、彼女は梨香の部屋を目の前の帝国ホテルにとってやるのだ。しかも梨香がプライベートで着る洋服は、すべて負担しているともっぱらの噂だった。トップにふさわしい暮らしが出来るようにと、何かと心を配っているさまは、端《はた》で見ていると涙ぐましいほどだ。もちろん同性愛などではない。美容整形医夫人は、無償の愛を梨香に捧げているだけだし、これは宝塚の伝統というものなのである。

千花も挨拶のために、胡蝶蘭だらけの梨香の楽屋へと向かった。もう既にテーブルの上には、大きな重箱が三つ重ねられていた。サングラスをしたまま梨香は後輩たちに言う。

「これ、手の空いた時に食べて。高杉さんが持ってきてくださったの」

「ありがとうございます」

高杉というのは、美容整形医の妻ではない。ファンクラブのひとりで、今日の梨香の、「お弁当をつくらせていただく」当番なのである。

出番の多いトップはたいていの場合、公演の前に食べ物を口にしない。だから豪華な弁当は、下級生たちに下げ渡されることになっている。外に食べ物を買いに行く余裕などない研究生たちにとって、これは本当に有難い。

最初はやや抵抗があったものの、気がつくと下がってきた弁当や菓子、果物をすごい早さで咀嚼《そしやく》する自分がいた。時々はずれることもあるが、弁当はたいていおいしい。憧れのスターに食べてもらおうと、徹夜して何十人分もの弁当をつくってくるのだ。手巻き寿司にひと口カツ、煮物、だし巻き玉子などが彩りよく並べられていた。

すっかり化粧を終えた千花は、夏帆と一緒に寿司を食べ始めた。かなり凝っていて、中にキャビアが入っていた。

鏡の前に座り、口紅を直すついでにメールを読む。

「チカ、元気？　今日は絶対に行くからね。その後のごはんは、このあいだ行った白金《しろかね》の和食屋でいいかな。路之介」

路之介というのは、若き歌舞伎役者で、名門松倉屋の御曹子である。そしてもうじき、たぶんかなりの確率で千花の恋人になる存在でもある。すばやく親指を動かした。

「もうじき舞台。みっちゃんが見てると思うと本当にドキドキ、でも頑張るからね」

三十分前を知らせる楽屋内のベルが鳴る。今夜も幕が上がる。千花は一九三〇年代のフランス娘を演じることになっている。

今月の演目「ブローニュの霧のかなたに」は、四年ぶりの再演である。女優志願のパリ娘と、ドイツスパイとの悲恋を描いたこのミュージカルは評判がかなりよく、ファンが選ぶ人気演目ベスト10にも入ったほどだ。

千花は主人公の友人という役柄で、セリフもいくらかある。見どころといっていいのは、十二場の公園のシーンである。ここでかなり長いセリフがあるのだ。

「何言ってるの、ジャンヌ。彼を信じなきゃいけないわ。ねえ、彼の瞳をちゃんと見たことがある？　あんな青い瞳であなたのことをじっと見つめているのよ。そんな彼のことをどうして信じられないの」

舞台の袖で出番を待ちながら、千花はこのセリフを舌の上でころがしてみる。昨日もすんなりと出た。今日もおそらく、情感をたっぷり込めてこのセリフを口にすることが出来るだろう。四年も舞台を踏んでいれば、「失敗したら」などという恐怖とはつき合わずに済む。千花にとって、演じること、歌うことはもはや日常生活の一部になっている。時間がきたら化粧をし衣裳をつけるが、その手順もすっかり出来上がっている。が、この慣れが千花からときめきを奪っているのだ。

一九三〇年代を再現したワンピースの腋《わき》のあたりから、かすかな異臭が漂ってくる。夢を売る宝塚の衣裳が臭うなどと、いったい誰が想像するだろう。前に着た若い女の汗と体臭がしっかりしみついているのである。

やがて上手から、娘役トップの白川まりなが登場した。可憐といえば可憐な容姿であるが、まりなはずばぬけた美貌の持ち主というわけではない。ただ高音部に伸びる声が素晴らしく、まず歌からファンがついた。

金色に染めた髪を揺らしながら、彼女は自分の恋人の素性を疑い、悩み苦しむさまを見せる。山場といってもいいシーンなのであるが、いまひとつ迫力に欠けるのは、おそらくまりなの演技力のせいであろう。

彼女が娘役トップになった時の、金にまつわる幾つかの噂を千花は思い出す。そんなことがあるはずはないと何度も打ち消したけれども心は晴れなかった。自分はこれから誰かがトップになるたびに、ずっとこんな風に暗く重たい塊を持たされ、それが少しでも軽くなるように一年、二年と努力するのだろうか。けれどもそれが耐えられるほどの軽さになった時に、また別の誰かがトップになり、重い塊を負わされるのだ……。

やがてまりなのソロが終わり、それをきっかけに千花ともう二人の娘役は舞台に飛び出していく。笑いさざめくようにと演出家からは指示されている。

恋人のことで娘たちはまりなをからかったり、忠告したりする。しばらく他愛ないお喋りが続く。

そしていよいよ千花のセリフだ。

「何言ってるの、ジャンヌ。彼を信じなきゃいけないわ……」

まるでバラの内臓の中にいるような劇場は、二階の奥の奥まで千花の声を響かせてくれる。けれどもこれといって反応はない。観客たちはただ黙って千花の声に耳を傾けているだけなのだ。その時オーケストラピットから、鋭いバイオリンの音が起こった。男役トップの美姫梨香の登場である。長身の彼女がトレンチコートを崩して着ていて、その美しさに場内から大きな拍手がわいた。

「ジャンヌ、やっと見つけた。ずっと探していたんだよ」

宝塚の男役独得の、低く艶《つや》のある声。梨香にはいつも〝小粒〟という表現がついてまわったが、このところめきめきと実力をつけてきている。公演ごとに人気は上がり、チケットの争奪戦も激しい。ブロマイドの売り上げも記録的という。

しかし素顔の梨香はえらが張っているうえに、鼻の形もよくない。どちらかといえば〝個性的〟と表現される顔つきである。けれどもひとたび濃い舞台化粧を施すと、あでやかな美男子に変身する。

「ビデオを見て昔のハリウッドスターたちを参考にしています。クラーク・ゲーブルとかハンフリー・ボガートとか」

とインタビューで語っているとおり、流し目や微笑み方をさんざん研究しているらしく、梨香がポーズを決めるたびに、小さなため息がバラの内臓を揺らした。

梨香の登場を再びからかいながら、千花たちは退場する。セリフがあったとはいえ、あまりにもあっけない出番であった。この後も二度ほど出るが、どちらも歌だけの役だ。

客席で見ていた路之介は、いったいどう思うだろうか。自分のことを本当に下っ端の女優と思いやしなかっただろうか。

楽屋までの通路を歩いていると、刑事役の風間夏帆とすれ違った。黒いスーツにハンチングという夏帆は、ほうとため息が出るような格好よさである。大きな拍手が起こる。トップに押し上げてくれるほどのうねりはなかったが、夏帆には熱狂的なファンがついていた。

その中のひとりがマンション提供を申し出て、家賃をすべて負担してくれているはずだ。こんな話は宝塚では少しも珍しくない。

「チカ、彼が来てるでしょ」

下手にひっこんだ時、すれ違いざまささやかれた。

「どうして知ってんの」

「さっきロビィで見たって、ファンの人がケイタイにメールくれたもん、よかったね」

「まあね」

と答えたものの、路之介がどこの席にいるかまだわからない。歌舞伎の御曹子である彼のことだから、一般観客の手に入らないような席に座っているはずだ。確かめるのは二部のレビューの時にすることにした。照明も明るくなり、ずっとわかりやすい。

それに何よりも芝居をしている最中は、別の人間に扮しているのだ。その世界に入っていかなければならない。客席の恋人を探すなどというのはとんでもない話だ。

路之介はどう考えているか知らないが、千花はとても女優としてこのくらいのプライドを持ってやっているのである。

3

白金の和食屋は、カウンターの他に小部屋が三つほどある。小さな部屋だったので、千花、路之介、彼の大学時代の友人で森下という男、そして松倉屋の番頭の太田が座るとそれでいっぱいになった。まずビールが酌《つ》がれたが、後でワインにしようということになった。

「それじゃお疲れさまでした」

路之介がもの慣れた様子でグラスを持った。女形の彼は美しい手をしていた。白くなめらかな肌は水白粉《みずおしろい》もよくのりそうである。美しいのは手だけではない。歌舞伎顔という言葉があるが、うりざね顔、切れ長の目の彼は、典型的なそれだろう。特に唇の形がなまめかしい。下唇が上唇より少々厚いがよく締まっている。男でも紅をのせることを知っていて、神がよい形につくり上げたかのようだ。

「今日のチカちゃん、最高だったよ。いちばん可愛くて目立ってたよ。白川まりななんかよりもずっとよかったと思わない、ねえ」

路之介は傍の友人に向けて、最後の語尾を伸ばした。森下という男は、たぶんふつうのサラリーマンではあるまい。二十代の男には不似合いの高価な腕時計をしている。

「いやあ、僕は宝塚見るのは初めてでしたけど、面白くてびっくりしましたよ。リアリティのない、気色悪い芝居だと思い込んでて、本当に失礼しました」

「気色悪いはよけいだろ」

と路之介が怒ったふりをする。

「そういうことばっかり言ってると、また女にフラれるよ」

「あ、こいつ、また人が気にしてることを言って」

二人の男はしばらくじゃれ合った後、運ばれてきた刺身に手を伸ばした。

インテリアだけ凝って、味はそこいらの居酒屋並みの和食屋が増えていく中、この店は有名料亭で修業を積んだ主人が包丁を握っていた。

ここの自慢料理はトロの氷盛りで、かき氷の鉢の上に、トロが紅白の脂肪の網を見せている。トロによほど自信がなければ、これは出せないだろう。

「こりゃうまいな」

この店は初めてだという森下が、感嘆の声をあげた。その声でかなりの食道楽だとわかる。腹のまわりに中年男のような厚みがあった。

「だけどやっぱりすごいよな」

「何がだよ」

「決まってるじゃん、チカちゃんだよ。やっぱり自分が有名人だと、こんな美人を彼女に出来るんだよな、羨《うらやま》しいよ」

やめてくださいよ、私たちそんなんじゃありませんと言いかけて、千花は真向いに座る路之介の顔を見た。彼の口元には肯定ととれる微笑が拡《ひろ》がっている。それは千花を一瞬にして幸福にした。

「やっぱり私のこと好きなんだ」

路之介と出会ったのは三ケ月前のことだ。歌舞伎好きの先輩に連れられて楽屋に遊びに行き、その後皆で食事をした。積極的だったのは路之介の方だ。毎日のように携帯にメールが入り、「会いたい」という文字が必ずあった。

けれどもこれがいつもの恋とはまるで違うのは、まだ二人で会ったことがないということだ。路之介は必ず中年の番頭か友人を連れてきた。

いったいどういうこと、といつもの千花だったらなじったに違いない。馬鹿にしないで、ぐらいは言っただろう。が、それをいっさいせず、ひたすら待つ女に徹したのは、やはり路之介がふつうの男ではないと判断したからだ。

人気や知名度では、あの〝三之助〟にすっかり水をあけられている。子役時代の方が、よっぽど人気があったという者さえいるぐらいだ。

けれど何といっても、路之介は名門松倉屋の長男である。彼の父方の祖父は人間国宝として逝き、彼の父親もいずれはそうなることであろう。

「梨園《りえん》の妻というのも、いいかもしれない」

千花はそんなことを楽しく空想する。全く自分の結婚を考えるぐらい楽しいことがあるだろうか。相手が特殊な男ならばなおさらだ。

歌舞伎座のロビィで、梨園に身を置く着物姿の彼女たちをよく目にしていた。にこやかにひいき客に話しかけるさまは、優雅で楽しげであった。

宝塚出身で、梨園に嫁いでいる女は何人もいる。歌舞伎と宝塚はまるで違っているように見え、どこかで血が繋がっている遠い親戚のようなものかもしれない。ほとんどがすんなりと歌舞伎の世界に溶け込んでいる。

自分が路之介の妻になるといっても、障害は何もないはずだ。自分の実家や学歴にはケチがつけられないだろう。年格好からいっても、誰もが似合いの二人というはずだ。

それなのに、どうして二人で会わないのかと千花はずっと考えていたのであるが、番頭や友人を同伴させるのは、路之介の母の配慮によるものかもしれない。

千花は以前、歌舞伎座のロビィで引き合わされた松倉屋当主夫人を思い出した。まだ五十を出たか出ないだろうに、地味な利休鼠《りきゅうねずみ》のつけさげを着ていた。

「まあ、あなたがチカちゃん。路之介がいつも仲よくしてもらっているんですって。あなたみたいなお嬢さんとおつき合い出来るんだったら、あのコも捨てたもんじゃないわね」

笑い顔も品があって綺麗だった。大阪のオーナー企業の娘で、それこそ巨万の富を夫と息子のために費したという。

松倉屋をすべて仕切っているのはあの母だと誰もが言う。金の出し入れからひいき客への挨拶、いろいろなところへのつけ届けもぬかりないとされる彼女が、息子の恋人に心を砕かぬはずはない。千花とのことも番頭に頼んであまり深入りしないようにと同席させているのかもしれなかった。けれども今どきの二十五歳の男が、それほど母の言いなりになるものだろうか。それならば複数で会うのは、やはり路之介の考えなのか。

その夜千花は、萌にメールを打った。

「ひょっとして私のことを好きなんじゃないかって、あれこれ思い悩むのはいったい何年ぶりかしら……。

そうそう、同志社のカレとは別れました。宝塚の女とつき合ってるっていうのが嬉しくて仕方ない、っていうような男は絶対にダメよね。そこへいくと今度の彼は、こっちも気をつけなきゃいけないわけだからすっごく新鮮」

やがて萌からの返信が入ってきた。

「新鮮はいいけど、路之介にもご用心。どうも顔ほど心はキレイじゃないような気がするんだけど」

明日もまた公演がある。あさってもある。高校生の頃、あれほど憧れていた場所が、今は千花の職場となった。職場はやはりくだらぬこと、つまらぬことが幾つも待ち受けているところだ。それを乗り越えようとするといつしか「空疎《くうそ》」というものがやってきた。恋でも結婚でもいい。何か自分の心を大きくとらえて離さないものがあったらと千花は願わずにはいられない。

ロケバスの中で、萌は窓際にうずくまるように座り、目を閉じていた。放恣《ほうし》な追憶のような、まどろみのような時間。その中に、着物姿の千花がいる。

あれはいつの舞台だったろうか。千花の組で珍しく日本ものの公演をうったのだ。日頃から日舞は苦手、といっていた千花だったが、町娘の格好はとても愛らしかった。若君を恋する女のひとりに扮したのだ。

扇を持って千花が踊り始める。相手の若君は路之介だ。白い舞台化粧をしている。千花は本気で彼に恋しているんだろうか。萌にはそうとは思えない。

千花は以前得意そうに言ったことがある。

「あのね、彼の初めての相手はふつうの女の子だったけど、二番目の女の人は京都の芸妓さんだったんだって」

なんでも南座の顔見世《かおみせ》に出ている時に、「兄さん」と呼ぶ年上の役者に座敷へと連れていってもらったらしい。それから芸妓とのつきあいが始まったというのだ。

「彼って十七歳の時に、芸妓さんとそういうことしてるのよ。ふつうの人は、京都の芸妓さんなんかに会えないけど、彼ってそういう人とそういうことをするんだからすごいわよね」

何がいったいすごいんだろうかと、萌はテレビや雑誌で見たことがある路之介の顔を思い浮かべる。目が細い、鼻のあたりが間のびした顔、本物の菊人形というものを見たことがないけれど、テレビや雑誌で見るあれとそっくりだ。彼のことを二枚目という人もいるが、今どきの顔ではない。唇のあたりがいかにも我儘《わがまま》そうである。

千花は彼に夢中なようなことを口にするけれども、彼の背後にあるものに、興味を持っているだけのような気がする。そして何よりも路之介が、他の男のように自分に迫ってこないことが、かえって千花に執着を持たせているのだ。

けれどもあんな美しくて可愛い女を求めない男がいるんだろうか。まどろみの中で千花は踊りながら、にっこりと微笑みかける。白い練乳をとろとろと泳がせているような肌に、頬紅を薄く丸くひと刷《は》きしている。幼女のような頬にしているのだが、それが白い肌をひきたて、とてもよく似合っている。

男ならば誰だって、千花を自分のものにしたいんじゃないだろうか。

子どもの頃から、そういう男を何人も見てきた。「女の園」のように言われる宝塚に入ってからも、千花には何人かの恋人がいた。

おそらく路之介は作戦を立て、じっくりと千花を狙っているのであろう。その狡猾《こうかつ》さが、千花をいつか穢《けが》すような気がしてならない……。

「モエちゃん……」

声をかけられた。カメラマンの古川がやや遠慮がちに言う。

「モエちゃん、着いたよ。疲れてるようだけど……」

「あら、イヤだ。私って眠ってたのかしら」

金曜ということもあり、新橋の出版社から広尾までは小一時間かかってしまった。ほどよい暖房と揺れが、いつも睡眠不足の萌を、眠りへと誘《いざな》ったらしい。

編集者の中村美香は、ひとり黙ってコートを羽織っている。無口、というよりも自分以外に、全く注意を払わない女である。二十六歳の彼女と萌は、よくコンビを組まされる。そのたびに彼女のかたくなな性格に驚かされるのだ。気がきかない、という言葉では表現出来ないような他人への配慮のなさは、性格がどこか欠落しているかと思うほどだ。

数十倍という難関をくぐって、出版社に入った美香を見ると、会社というのはいったい試験に臨む者の何を見ているのだろうかと萌は不思議な気分にさえなってくる。どうして自分はあの時落とされて、この女が入ったのだろうか。

「中村さん、駐車場はどこなんでしょうか」

ロケバスの運転手が体をねじまげて尋ねた。

「わからないなあ。そのへんに止めておけばいいんじゃない」

「この道路の幅だし、このあたりはすぐ持ってかれるんですよ。ちょっとここのおたくに駐車場の場所を聞いてもらえませんか」

「わかったわよ」

美香は不貞腐《ふてくさ》れたように言った。

「だけどこの家、いったいどこから入ればいいのかしら」

コンクリートのオブジェのような家である。おそらく名だたる建築家が設計しているのだろう。

窓とも呼べないような細いガラスが、ところどころに入っている。

美香はそれだけやけに目立つ「セコム」のプレートの入った玄関の前に立ち、インターフォンを押した。

「『誠知出版』の中村と申しますが……」

「はい、お待ちください」

今どき珍しい、エプロン姿の若いお手伝いが出てきた。駐車場は裏側にまわった地下にあると、てきぱきと教えてくれる。ではここで機材をおろそうと、古川は二人のアシスタントに指示した。今日はかなり大がかりの取材といってもいい。

良家の娘たちのためのライフマガジンと自称する「BLEU《ブリュー》」が、「平成の令嬢たち」というシリーズを始めたのは、昨年の四月のことであるが、たちまち人気連載になった。カラーグラビア五ページで金持ちの娘たちの日常を紹介するという、さんざん使いふるした企画なのに、「令嬢」という名称がきいたのであろう、アンケートでも必ず上位に入る。

けれども予想したとおり「令嬢」探しはかなり難航した。旧華族や旧家の文字どおりの令嬢たちが、すべて瀟洒《しょうしゃ》な家に住み、華やかな暮らしをしているとは限らない。そうかといって、高級なブランド品を持ち、豪邸に住む娘たちが「令嬢」という名にふさわしいかどうかもわからなかった。結局は父親の職業を「医師」や「中小企業経営」にまで拡げ、多少怪し気な職業も「自営」ということでぼやかすという編集部の方針になったのである。今回の「令嬢」は、かなり身元がはっきりしている方であろう。イベントプロデューサーとしても成功している、有名な華道家の娘である。彼女の祖父という人は、かつてあらゆる権威を嫌悪し、日本の家元制度に反逆した人物であるが、父は流派をつくり、自ら家元におさまっている。そして娘を小学校から学習院に入れたのだ。

玄関に入る。家の中は想像以上の広さであった。靴のまま上がるようになっているのであるが、大理石の下は床暖房だ。靴をとおして心地よい暖かさが伝わってくる。

「いらっしゃい、すぐわかりましたァ……」

奥館南美子が、ルームシューズの音をぱたぱたさせながらやってきた。ひと目でヴァレンティノとわかるスーツを着ている。確か「BLEU」の二号前のグラビアを飾ったものと同じだ。四十七万という定価だったと記憶している。決して美人の部類には入らない容貌であるが、金持ちの娘独得の手入れのよさで、「綺麗なお嬢さん」と呼ばれるレベルまでには達している。今日はあらかじめヘアメイクアーティストをおくり込んでいたからなおさらだ。

「こちらは取材記者の新井萌さんです。えーと、カメラマンはこのあいだロケハンにお邪魔していたからわかりますよね」

美香が紹介すると、南美子はいささか緊張したようなふりをする。その方が初々しく「令嬢」らしく見えると判断したのだろう。

「今日はよろしくお願いしますね。でも恥ずかしいわ。このあいだも中村さんやカメラマンの方に、家やクローゼットの中をお見せしたんですけど、本当にたいしたものなんか何にもないんですよ。私なんかただのOLですもの……」

二十四歳の南美子は、大学を卒業した後、大手の広告代理店に勤めている。萌が学習院の知り合いを通じて、あらかじめ情報を入手したところ、彼女はコネで入った子女を収容するための暇な部署にいるということだ。学生時代から派手なグループに属していて、父親の関係から芸能人の友人も多い。いっとき売り出し中の俳優とつき合っていて週刊誌に出そうになったのだが、父親と仲のいい芸能プロダクションの女社長の力で止めてもらった……などということを本人自身が得意がって喋っているらしい。

「まあ、いらっしゃいませ」

その時、南美子と全く同じリズムの靴の音がして、中年の女が顔を出した。南美子の母親だろう。娘よりもはるかに美しく、そして品があった。有名な製薬会社の一族の出身だと、萌は友人のひとりから聞いている。

「どうぞ、あちらにお茶の仕度をしていますから、まずはひと息お入れになって。でもうちの南美ちゃんが『令嬢』だなんて笑っちゃうわ。本当にいいのかしらって、昨日も主人と話していたところ」

外見に似合わず、早口でよく喋る女であった。南美子は、いやだァと言いながら母の方に寄っていく。こうして見るとこの二人はよく似ていた。ただし父親の血が混じった分だけ、南美子の方がかなり不利になっている。

「ママ、あのね、今日取材してくださる方で、新井萌さんっておっしゃるんですって」

「あら、そう、よろしくお願いしますね」

彼女は口とは裏腹に、ちらっと萌の名刺を眺め、そのまま目を離そうとしたのだが、思い直したようにもう一度覗き込む。そして今度は萌の顔を凝視した。

「あら、もしかするとあなた、新井桂子さんのお嬢さんかしら」

「はい、そうです」

「まあ、なんて偶然かしら」

今まで芝居の登場人物のように喋っていた南美子の母親の声に、初めて血が通ったような風だ。

「私ね、桂子さんとは中等部、高等部からずうっとご一緒だったのよ。でも私が、大学から留学したもんですから、あまり会えなくなってしまって……それまではずうっと仲よくしていただいてたの。私、新井っていう苗字だけではわからなかったけど、あなたの顔を見て、あらっと思ったの。だって桂子さんとそっくりなんですもの。まあ、あら、あら」

でも、と女は言いよどんだ。彼女は二つのことを質問したいに違いない。財閥に連なる家の娘が、どうして雑誌の取材記者などやっているのか。本来なら取材される側なのではないか。またどうして姓が変わっていないのだ。結婚しているのに、なぜ子どもが旧姓を名乗っているのだろう。

最初の疑問は萌の趣味の問題なので、別に答えることはないだろう。が、二番目の疑問に対しては、きちんと答えてやった方が親切だ。

「母は私を産んですぐ離婚したんです。その時に新井姓に戻ってます。いまは図書館の司書をしています」

4

新井桂子は、児童室でカードの整理をしていた。区立の中でも、規模の小さいこの図書館は、毎年予算が削られているのだが、桂子が主任となるこの児童室は特にひどかった。購入する絵本や児童書の数がぐっと少なくなっている。さらに、桂子の頭を悩ませているのが、若い母親のモラルの低さだ。借りた本を何ケ月もそのままにしている母親もいれば、子どもがまっぷたつに裂いた本を、ひと言の謝罪もなく返してくる母親もいる。

「読み聞かせの会のお知らせ」

というポスターの前で、桂子は何度か小さな咳《せき》をする。四十の半ばになってからというもの、風邪が本当に治りにくくなった。もう半年以上も、ずっとぐずついているのだ。桂子はコーヒーを淹《い》れようかと立ち上がる。座っている時よりも、立った方が彼女はずっと若く見える。腰の位置が高く、パンツ姿の尻がぐっと上がっているからであろう。ショートカットの髪に白いものはなかったし、肌も美しい。かすかな皺《しわ》が寄っているものの、二重《ふたえ》の大きな目の下に弛《たる》みはなかった。

が、桂子がなかなか魅力的な女だ、ということに注意を払う者は、ここにはひとりもいないに違いない。本を借りに来る母子にとって、桂子は、

「返却にうるさい図書館のおばさん」

に過ぎないのだ。

上の階にいる館長他五人のスタッフにしても同じことであろう。桂子を図書館短大を出た平凡な司書、というふうにしか思っていない。桂子がその前に、有名なお嬢さま大学を中退していることも、新井という姓が、あの巨大ゼネコンの創立者のものだということも知りはしない。

コーヒーを取りにいったついでに、桂子はロビィのソファに座り、マイルドセブンに火をつけた。図書館は全館禁煙になっているが、閉館後だったら構うことはない、というのが彼女の理論だ。

そして桂子は、昨日会ったばかりの男のことを思い出している。食事が終わった後、六本木の男のよく知っているバーに飲みに行き、その後階段の下で強引にキスされた。

この年になって、時々そういうことが起こることに、桂子は驚いたり、やれやれと思

ったりしている。

自分からはもはや、男をひきつける色彩も香りも失《う》せてしまっていると思っているからだ。それならば男と二人で食事になど行かなければいいのであるが、もしかすると、という期待はまだ失せてはいない。この男だったら、自分の中でもう涸《か》れかかっていると感じているものを、奇跡のように噴き出させ、充たしてくれるのではないだろうか……。

けれどもそんなことは起こりはしない。たいていは失望とも言えない期待はずれで終わってしまう。

昨夜の男は、それまでとは少々違っていた。もの欲し気ではなく、それでいて強気であった。

さぁ、これからどうするかと桂子は煙を吐き出す。彼も自分のことをまるで知らない。

幼い頃住んでいた、三田綱町のマンションを、萌はふとしたはずみで思い出すことがある。それは日本で何番めかに出来た高層マンションで、ベランダからは三井倶楽部のクラシカルな建物と広い庭を眺めることが出来た。といっても、三つか四つの萌が、ベランダに出ることは決して許されなかった。

「風がさらっていって、萌ちゃんは下に落ちてしまうの。そして下に落ちて死んでしまうの。だから絶対に窓の外に行っちゃいけません」

母の桂子が奇妙な節をつけて、繰り返し言ったものだ。けれども萌の記憶の中では、外の風景はいつもベランダの柵越しに見ていたものである。もしかすると父親が、こっそりと自分を抱き上げて、ベランダから外を見せてくれたのかもしれない。

そしてすぐ萌は父と離れ離れになり、マンションからも出ることになった。その豪華なマンションは、若夫婦の新居にと、父方の祖父が買ったものだったからである。祖父は日本の映画史に名が燦然《さんぜん》と残るスターであった。萌の世代で祖父の名を知っている者はほとんどいないが、時々BSなどで古い主演映画が流れることがある。どう見ても幼稚なメロドラマに出て、へたな演技をしているのであるが、桂子に言わせると、

「今のアイドルを十人束にしてもかなわないような人気者」

だったという。美男子の代表のように言われ、萌の父浩一郎は間違いなく祖父の美貌を引き継いでいたと、まわりの何人かは証言している。当時女子大生だった桂子は、映画会社に勤めていた浩一郎と知り合い、すぐ恋におちた。桂子ののぼせ方ときたら尋常ではなく、「まだ早い」「大学を卒業してから」という説得に反ぱつして、さっさと女子大を中退したぐらいである。

萌は尋ねたことがある。

「ねえ、そんな大恋愛の末に結婚した人が、どうしてすぐに離婚しちゃったの」

「そりゃモエちゃん、それが結婚というものなのよ」

　桂子はむしろ明るく饒舌《じょうぜつ》に答えた。

「こんなにハンサムで、こんなに私にやさしい男の人がいるのかしらって、そりゃあ感動したけど、別に私だけじゃなくて、他の女の人にもやさしいんだってわかったことがひとつ」

「ふたつめは」

「ケチだったのよ。いくら映画スターっていってもね、あのうちのお父さんは料亭の主人が女中さんに手をつけて産ませた子なのよ。あとになって裕福なひとり息子、なんてプロフィールつくってたけどみんな嘘。子どもの時から食うや食わずの生活してたみたい。だからね、スターになってからもケチが徹底してたのよ。マンションなんかはぽんと買ってくれるけど、家の中じゃちり紙一枚にもそりゃうるさかったんですって。うんちするから四枚いただきます、って、仏壇の下に積んであるのから貰うって、あの人から聞いたことあるもの」

「まさか……」

「本当よ、だけどあの人も、そういう人の息子だけのことはあるわよ。ママがね、おかずを三品並べようもんならガミガミ言うのよ。考えても欲しいわ、あの綺麗な顔をした男が、高いタラコをどうしてこんなに無造作に切って出すんだって、本気で怒るんだから……」

再婚した父と、萌は時々会うことがある。そういう時、父はしゃれたレストランやカウンター割烹の店を選び、かなり高価なワインも抜いてくれる。

「あら、変われば変わるものよね。まあ、あちらもいろいろ苦労したでしょうしね」

桂子は全くの他人を噂するように、鼻でフンフンとリズムをつけて頷いた。

「私たちの結婚時代は、あちらの仕事も大変だったしね」

萌が生まれた頃、日本映画界の斜陽はどうしようもないところまできていて、いくら往年の大スターの息子といっても、父の立場は必ずしもいいものではなかったようだ。結局会社を辞めた浩一郎は、仲間何人かとテレビ番組の製作会社をつくり、それはどうにか順調にいっているらしい。たまに会う父は、仕立てのよさそうなスーツを着、カシミアのコートを羽織っている。五十近くなってますます父親に似てきたようで、白髪の混じった髪を無造作に撫でつけた横顔は、芸能界の一角にいる人間特有の、かすかに崩れた魅力を漂わせている。どうやら妻以外の女性もいるようで、かかってきた携帯電話で親密そうな会話をかわしているのを見たこともあった。

「結局育ちが違っていたのよ、育ちが」

桂子が言う。

「結婚に反対された時、皆が皆、言ったもんだわ。新井家の娘が、なにも芸能人の息子と一緒になることはないって。育ちが違うと苦労するって。私ね、なんていう偏見なんだろう、なんていう差別だろうって思ってたけど、今思うと、あれは正しかったわよねえ。やっぱりあの人と私とじゃ、生きていく上での根本的なものがまるで違っていたもん」

けれども萌は、父と母の結婚写真を見るのが大層好きであった。そういうことに無頓着な桂子は、離婚した夫の写真をそのままにしておいたから、萌は若い父と母をしみじみと見つめることが出来た。

ウエディングドレス姿の母は、美しく幸福そうに微笑んでいる。父もため息が出るような美男子ぶりである。帝国ホテルで行なわれた披露宴は、ごく親しい人だけを集めたこぢんまりとしたものであったが、「神谷英一の長男が、新井建設の令嬢と結婚」と、そう大きくはないが週刊誌の記事にもなったという。

そして新婚時代の写真もある。成城の祖父の家の庭で撮ったのだろう、ワンピース姿の母の腰に、父の手がまわされている。当時流行の長髪に、細い締まった顎《あご》がいかにも若々しい。

なんて素敵なんだろうかと萌は思う。たとえ女たらしでケチな男だとしても、こんな美しい男に愛されたとしたら、それはどれほど幸福なんだろうか。

そういえば桂子から、結婚について「失敗」とか「損をした」という言葉を一度も聞いたことはない。

「あれはあれでよかったのよ」

折にふれて、これまた他人《ひと》ごとのように口にするのだ。

「あの時、いくら反対されたって言うことを聞くような私じゃなかったんだから。それにあちらのおかげで、いろんな苦労もして、世間知らずの私もやっと一人前になったんだもんね。私の同級生なんかみんなお金持ちと結婚して、のほほんと暮らしている。でもみんな、ちゃんと生きていないっていう感じよね。一〇〇パーセント生きられるところを、四〇パーセントの力しか使っていない。まあ、そういうことがわかっただけでも、私にとって大きな進歩よね」

いま電車の中で、萌は携帯のメールを打っている。今日は父、浩一郎の誕生日だ。おそらくあちらの家族とパーティーをしているであろう。いや、それとも父のことだから、別の女性とどこかで乾杯をしているかもしれない。

「パパ、ハッピー・バースデー！　でもパパが五十歳になるなんて信じられない。いつまでもカッコよくてステキなパパでいてください。近いうちに会おうね」

「送信」を押してから、萌は目を閉じる。瞼《まぶた》の奥で、若くはつらつとした父が白い歯をのぞかせている。メールが送られている間、父に思いを馳せるこのときが、萌はたまらなく好きになっている。

やがて千代田線の「乃木坂」で降り、しばらく六本木方向に歩いた後、右に曲がる。そこにめあてのフレンチレストランがある。六時半に来てね、と千花は言った。

「夏山先生が、ロマネ・コンティを飲む会をするんですって。といっても、全部ロマネで通すととんでもないことになるから、ロマネは二本ぐらいで、後はラ・ターシュかマルゴーにするらしいけど、とにかくすっごいものが出るらしいわよ」

夏山修吉といえば、七〇年代から八〇年代にかけての歌謡曲全盛時代をつくり上げた作曲家だ。ワインの愛好家としても知られていて、しょっちゅう人を集めては高価なワインの栓を抜く。

「もう世の中、ポップしか売れないっていうのに、よくあんなにお金があるよね」

と以前言ったところ、とんでもないと千花に笑われた。

「カラオケのおかげで、全盛期と変わらないぐらいのお金が入ってくるんですって。これからの人生、飲んで飲んで、飲みまくってやる。チカ、つき合えって言われてるの」

夏山修吉夫人が熱心な宝塚ファンで、それがきっかけで千花と知り合うようになったのだが、今では妻抜きで会う方が多いようだ。

六十過ぎの夏山が、千花にどういう感情を抱いているのか萌にはよくわからない。いろいろアプローチの末、諦めて今は〝お食事おじさま〟に徹している、というところが正しいだろう。萌は千花の、

「すっごく私のことを可愛がってくれるの」

という口癖を思い出す。千花にとって世の中の男は、「恋愛対象となる若い男」か、自分を「すっごく可愛がってくれる」年配の男の二通りに分かれる。彼女にとって中年や初老の男が、自分に恋心を抱くなどというのは、考えもつかないのであろう。

気楽な集まりということであったが、個室に集まった七人の客のうち、有名人が二人いた。知性派で知られる俳優と、ノンフィクションを書く作家であった。俳優と作家はワイン好きで知られ、それぞれ本を書いているほどだ。

「夏山先生、ロマネの七八年なんて、よく日本にありましたね」

ボトルを手にとって、俳優が感嘆の声をあげる。一本百五十万円のそれは三本用意されていた。

「それが聞いてよォ」

痩せて顎鬚《あごひげ》をたくわえ、まるで宗教家のように見える作曲家は、妙にねっとりと女性的な喋り方をする。

「あのね、ベルギーに住んでる僕の友人から電話があったわけ。レストランが倒産したんで、カーブごと買ってくれる人を探してるんだって。それがさあ、大変だったのよオ。債権者に押さえられる前にすぐ運ばなきゃ、っていうことでさ、トラックと人を頼んで、大急ぎよ。僕もさ、不見転《みずてん》で買ったもんだから、どんなものがあるか心配だったんだけど、これがさ、宝の山なのよ。代々のオーナーから引き継いだマルゴーにロートシルト、中に七八年のロマネもあったわけ……」

へえと一同は歓声をあげたが、萌には意味がよくわからない。それどころかこの席に着いた時から、居心地の悪さを感じている。それは他の客の、

「こんな味もわからぬ若い娘に、何も高いワインを飲ませなくても」

という視線をひしひしと感じているからだ。しかし夏山は千花によく言っているという。

「あのね、いいワインを抜く席には、美女が必ずひとりかふたりいてくれなくちゃ困るの。ワインの味が少々わかるおばさん、なんてのは最低なの。チカちゃんは黙ってニコニコ飲んでてくれればいいの。それだけで席が華やいで、みんな幸せな気分になるの」

それにしても今日のワインは高価過ぎた。深い紅色の液が、萌の前に注がれる。ワインのにおいと味だと萌は思うが、人々はそれぞれ個性的な言葉をまるで義務のように舌にのせる。

「ああ、深い眠りから醒めた花がパッと咲いたような香りですね」

「官能的な美女が微笑んでるような味と香りだね」

「おお、まさにロマネ。それも七八年だけのこの味と香りだね……」

その時扉が開いて、ひとりの男が現れた。

「申しわけない。すっかり遅れてしまいました……」

「いや、いや、いま始めたところですから」

夏山は男に席を勧め、皆に紹介した。

「映画評論家の三ツ岡裕司さんです。皆さん、ご存知ですよね」

もちろん名前は聞いたことがある。けれども彼の書くものは難解過ぎて、萌の関係する女性誌で執筆を依頼したり、インタビューを頼むようなタイプの評論家ではなかった。

「実は香港へ行ってましてね、さっき成田に着いたところなんです。素晴らしいワインが飲めるっていうんで、必死でやってきました」

冗談混じりにそんなことを口にしたが、決してさもしい感じではなかった。黒いシャツに黒いパンツという服装であるが、シルエットがさりげなく流行を意識していた。美しいともいっていい顔立ちで、そぎ落とされた頬と二重の目を持っている。その目はかつてもっと大きなものだったろうが、年のせいでやや弛みを見せ、それが男に落ち着きと知性をあたえていた。

「さあ、皆さん、もう一回乾杯といきましょう」

夏山がグラスを高くかかげた。

「今日は三ツ岡さん、五十歳の誕生日なんですよ」

こんな偶然があるだろうかと、萌は男の顔を見つめる。父の誕生日に、全く同じ日に生まれた男と会うとは。

萌の視線を感じたのか、男はけげんそうに首の位置を変え、そしてかすかに微笑んだ。いくつかの皺が、男の顔をいっそう優しげにした。

ワインの栓が抜かれ、デキャンタされた。ソムリエのマークを衿につけた初老の男がやってきて、夏山に何やらひそひそ話している。

「澱《おり》が思ったよりあるらしいんだけど、状態はすっごくいいってさ。実はさ、ブラッセルのレストランのカーブ、倒産寸前にちゃんと空調を入れてなかったらしくて、もしや何かあったら、ってひやひやしてたんだ」

それから夏山は、ソムリエにも飲むことを勧める。

「岡田さん、どう」

岡田というのが、ソムリエの名前らしい。

「いいですねぇ……」

彼はワインを口に含んだ後、感に堪えぬ、というようにつぶやき、その後微笑みながら首を横に振った。

「この深みは、ロマネ・コンティでも七八年だからでしょう。いやあ、さすがですね」

「ねえ、いいでしょう」

夏山は得意そうにソムリエを眺める。二人はひと口飲むごとに顔を見合わせ、なにやらささやいている。

ソムリエ以外の客たちは、ややとり残された形となった。

「三ツ岡さんは、ワインよく飲まれるんですか」

俳優がおもねるように話しかける。

「飲むことは飲みますけどね、安物のどうってことのないものばかりですよ。夏山さんみたいにお金もないし、凝り性でもない」

「え、僕が凝り性だって」

夏山がソムリエとの会話をやめ、こちらの方を向いた。そんな風に言われることを面白がっている証拠に、口のあたりがゆるんでいた。

「そりゃあ、凝り性でしょう。夏山さんは何にでも凝るけど、それもすごい才能だと思うなあ」

「ゴルフ以外はね」

ノンフィクション作家がくすくすと笑って言った。

「ヨットに一時期凝った時はすごかった。アメリカズ・カップにでも出るような勢いだったもんね。その後はどういうわけか、骨董《こっとう》始めて、やたら道具を買い込んだ」

夏山とは、よほど親しい仲なのだろう。かなり年下なのにもかかわらず、三ツ岡は遠慮のない口をきく。

「でもあれを見ていると、やっぱり才能ある人っていうのは、ものすごい凝り性だってことがわかるよ。ふつうの人は、あんな風な体力も気力も、金力もない」

「三ツ岡さんだって、結構凝り性じゃないのオ。じゃなかったら、あんな風にねちっこい評論書かないでしょう」

と夏山もまるで同い齢の友人に話しかけるようだ。

「いやあ、そんなことはないよ。僕は仕事以外はどうだっていいって思ってる人間だからね。食べるものも凝らなきゃ、住むところにも凝らない。着るものだって、まあ適当にやっておきゃいいっていうタイプだものね」

「だけど、女性には凝るでしょう」

間髪を入れず、という感じで夏山が言った。

「奥さんを替える、っていうのは、やっぱり女に凝っている証拠だよ。僕みたいな男は、おっかなくてとても出来ないね」

「あれ、夏山さんって結婚一回だけだっけ」

ノンフィクション作家が、少々大げさに驚いてみせた。

「そう、僕は結婚一回だけですよ。愛した女性は妻ひとりだけですからね。今どきの人みたいに、ばんばん替えたりはしないの」

「あれだけ好き放題のことをさせてくれたら、誰だって奥さん、替えないよ」

ノンフィクション作家が言い、皆がどっと笑った。萌も皆と一緒になって笑いながら、さっきの言葉を反すうしている。女性には凝る、奥さんを替える、という言葉がしつこく頭にからんでいる。どうやら三ツ岡には再婚した妻がいるらしい。今どき都会に住む五十歳の男が、二度結婚しているのは珍しくもなんともない。けれども萌は、その言葉を聞いてからなぜか胸が騒ぐのだ。

「もしかすると、すっごい女蕩《たら》しなのかもしれない」

だからどうしたんだと、別の声がする。この男が女蕩しだからといって、お前といったいどんな関係があるというのだ。そんなことはわかっているけれども、やはり萌は奇妙にそのことにとらわれている。

やがてこれまた夏山とっておきのシャトー・ディケムが出てディナーは終わった。その前によく熟したチーズと、三種類のデザートを人々は口にしていた。

「本当にいっぱい食べちゃったわ。チカ、もうお腹がパンパンに張ってる……」

千花がシフォンのブラウスの胸のあたりを撫《な》でるのを、夏山は目を細めて見ている。

「チカちゃんは、もうちょっと太ったぐらいがいいんだよ」

「いやだー、先生ったら。チカのレオタード姿を見てないから、そんなこと言うんだわ。お腹ぽっこりですごいんです」

「いいんだよ。舞台を一回すれば、今夜のカロリーぐらいはあっという間に失くなっちやうよ」

夏山は好色そうな細い目をさらに細くして、千花に笑いかける。誰でも認めるとおり、千花は夏山の大のお気に入りだ。千花が東京にいる時は、しょっちゅう食事に誘ってくる。

けれども夏山が千花を口説くことはなかったし、これからも決してないだろう。夏山の不行跡はよく知られていて、今も若い愛人がいることを千花は知っている。そんな彼が、千花の前では〝お食事おじさま〟に徹していた。無邪気にふるまう千花にかえって隙はないということなのだろうか。それともヘタに動いて千花を失いたくないのか。とにかく夏山は、千花をからかうのが楽しくてたまらないという表情だ。

「チカちゃんさ、いっそのこともうちょっと太って、肉体派で売り出すのはどうなんだ。宝塚なんかやめてさ、巨乳タレントで売ってく、っていうのは。うん、元タカラジェンヌの巨乳タレントか……。こりゃ売れるかもしれないな。僕は事務所を知っているから、紹介してあげるよ」

「結構です。私、今のままで満足していますから」

千花とのやりとりを、まるで掛け合いの小芝居のように、他の者たちは見ている。飽食のけだるさと、ここまでご馳走してくれた夏山に対する礼儀とで、皆はひと言も発せず二人のやりとりをしばらく眺めていた。

「じゃ、僕はこれで」

まっ先に立ち上がったのは三ツ岡だ。

「本当にうまいワインだったよ。夏山さん、ありがとう」

男が帰ろうとしている。もしここで別れたら、再び会うことはむずかしいだろう。そそれならば今ここで、ぐんと近づいた方が手っ取り早いというものだ。

「あの、私も帰ります。すいませんけど、途中、どこかの地下鉄の駅で降ろしていただけませんか」

「申しわけないけど、僕はタクシーじゃなくて、電車で帰るんですよ」

「そうなんですか……」

三ツ岡がどこに住んでいるか知らないが、夕食の後のこの時間に、電車で帰る男に萌はあまり会ったことがなかった。

今まで萌が会った男たちは、酒を飲んだ後は、たいていタクシーか、そうでなかったら運転手付きのハイヤーだ。

「乃木坂まで歩くんですか」

「そうです」

「じゃ、私もご一緒に」

じゃあね、萌、と千花は手を振る。

「私、せっかくだから、もうちょっとワインをご馳走になるわ」

「三ツ岡さん、じゃ、そのお嬢さんをよろしく」

その場に残った人々は、全く気にとめようともしない。

乃木坂までの道を、二人は歩き始めた。このあたりは目立った店がなく、ぼんやりと暗い。三ツ岡の革のハーフコートからのぞく脚は長く、それを規則正しく動かして大股で歩く。まるでトレーニングをしているような歩き方であった。

「あの、もうちょっとゆっくりと歩いていただけませんか」

「あ、申しわけない。最近女の人と歩いたことなんかないから、ペースがつかめないんだ」

「嘘ばっかり」

とっさにそんな言葉が出た。男をなじり、同時に媚《こ》びている声である。自分でも驚くほどすらりと、次の言葉も出た。

「嘘ばっかり。いつも女の人と歩いてるんじゃないですか」

「君みたいな若いお嬢さんに、そんなことを言われたら嬉しいな。こんなおじさんと一緒に歩いてくれるのは……やっぱり、いないなァ」

「奥さんとは一緒に歩かないんですか」

「そうだなあ、彼女と歩く時は散歩っていうことになって、もうちょっとゆっくり歩くかもしれない」

「ふうーん、夫婦っていうのは散歩をするんだ」

「そう、若い人は早くどこかへ連れ込みたいとか、二人きりになりたいとか思って、さっさと歩くけど、中年の夫婦はそんなことないからね。退屈しのぎにゆっくりと歩きますよ」

「そういうのって、楽しいですか」

「楽しくはないけど、まあ、散歩って習慣でしょう。新井さんのご両親は散歩しないんですか」

「うちの両親、私の小さい時に離婚してますから」

「ああ、それでいろいろ質問するんだね」

「もうひとつ質問してもいいですか」

「どうぞ」

「ケイタイの番号とメールアドレス、教えてください」

　二次会はレストランのソムリエを入れて、近くのワインバーへ行くことになった。その店は若い女が仕切っていて、いいワインを置いているのと、いわゆるぶったくるのとで有名であった。

たとえば客が、

「この年のラトゥールってどんな感じよ」

と尋ねる。すると彼女は歌うような不思議な抑揚をつけて語り始める。

「それはまるで、十月の草原で、木の実のかおりをかぎながら寝ころんでいるような〜、雲の上でちょっと低めのバイオリンの音色を聞いているような〜」

その喋り方が面白いというので、高い値段にもかかわらず、結構客足は絶えない。

「でもやっぱり帰ります。チカ、ちょっと飲み過ぎちゃったかもしれない」

それならばと夏山はあっさり言って、タクシーチケットを渡してくれた。

「送ってけないからこれで帰って」

どういうからくりになっているのかよくわからないが、夏山はいつも大手の広告代理店のタクシーチケットを持っている。それを無造作に一枚千花に渡した。

「また電話するよ。いいワインを楽しく飲みましょう」

別れの挙手が、ちょうどタクシーを呼ぶ動作となり、チケットが使える個人タクシーが停まった。

シートに身を沈め、行き先を告げたとたん携帯電話が鳴った。

「あ、もし、もし。僕」

やや早口の路之介の声であった。若手女形の彼であるが、ふだん喋る声はとても低い。

「今、何してるの」

「こっちの人とご飯食べた後、お茶屋バーへ行って、これからホテルへ帰るとこ」

先週から彼は、南座出演のために京都入りしているのである。

「ふうーん、楽しそうじゃない」

「楽しくなんかないさ。親父が会っとけ、って言ったおじさんたちだよ。ああいうオヤジたちとご飯食べたって、おいしいわけないさ。お茶屋バーだってさ、おとなしくしてなきゃいけないからな」

どうやらいつもの自分のとりまきではなく、父親の贔屓《ひいき》筋と過ごしたのが不満だったらしい。

「あのさ、実は来年のNHKの大河にどうか、って言われてるんだけどさ」

「えっ、大河、すごいじゃない」

「違うよ、別に主役でもないよ。でも役は面白そうだし、出てもいいかなあって思ってたんだけど、親父が反対してるんだ」

「そうなの……」

「テレビに出るのは、もっと歌舞伎で頑張ってからにしろ、って言ってるんだけどさ、世の中、頑張ったってどうにもならないことがあるじゃん」

千花はせつなさで、息苦しくなってくる。名門に生まれながら、いまひとつ役割に恵まれない身の上を、千花に愚痴っているのだ。若い男が若い女に愚痴る。これも愛情表現のひとつではないだろうか。路之介は千花にだけ心を許しているのだ。

「でもさ、私はみっちゃんの一番のファンだから」

「サンキュー」

「本当。私、みっちゃんがいちばんだと思ってるもん」

「ふふ、お世辞でも嬉しいよ。オレの今の心に浸み込むようだぜ……と」

酔っているらしく、かすかに声色《こわいろ》を使う。

「あのね、京都で遊ばないでね」

「誰と」

「芸妓さんとか舞妓さんとかと……」

「そんな暇ないよ。金もないし親父はうるさい……。また電話するよ」

「わかった。じゃ、おやすみなさい」

携帯電話を切った後、千花は甘やかな思いになる。好きな男の声を聞き、そして酔って窓から見る東京の夜景は美しかった。

5

最近萌は、試写会によく出かけるようになった。

出入りする編集部には、たくさんの試写会のハガキが届けられる。新作の映画を上映するので、マスコミの人たちにぜひ見にきてくれという案内だ。担当編集者のあて名で来て、

「必ずご本人さま」

とただし書きがついている。けれどもよほど人が殺到する話題作ならともかく、たいていの場合は誰が行こうと咎《とが》められたりはしない。

その日の映画は、日本で上映されることが珍しいイラン映画であった。父と息子とのほのぼのとした日常を描いたというこの映画は、まずヒットすることはあるまいと思われる。まばらな試写室の客の中に、三ツ岡を見つけた。萌の四つ前の席に座り、熱心にパンフレットを読んでいたかと思うと、小さなアクビをひとつした。

このあいだもそうだったが、三ツ岡はひとりで試写室へやってくる。帰りしなに知り

合いとふたことみこと言葉をかわし、そのまますぐにエレベーターに乗り込んだ。萌が近づく隙などまるでない、無駄のない動きであった。

けれども今日こそ、挨拶ぐらい交すことは出来るだろう。

三時半ぴったりに、映画配給会社の社員がドアを開け、スクリーンの下に立った。若い女で黒いパンツ姿だ。とても長い髪をしている彼女は、なぜか哀し気にこう告げる。

「今からイラン映画『僕の日曜日』を上映いたします。上映時間は一時間五十二分、どうか最後までゆっくりとご覧ください」

やがて不思議な文字のタイトルが流れ、映画が始まった。青空の下、公園で遊ぶ子どもたちが出てくる。日本と全く変わらない格好をしている男の子たち。映像はとても美しいし、子どもを演じる男の子は可愛らしかった。

けれどもいかんせん退屈である。萌は決して映画が嫌いではないが、こうしたいわゆる芸術映画は苦手だった。見ることが少ないために、どういう観方をしていいのかわからない、というのが正確だろう。ストーリーに変化もなく、つまらぬといえばこれ以上つまらないものはないと思えるほどの映画であるが、こうして日本に輸入されるからには、見るべきものが何かあるのであろう。

しかしその見るべきものが何なのか、全くわからないのだ。

いつのまにか萌は居眠りを始めた。こうした関係者だけを集める試写会で、居眠りをするというのは、してはいけないこととされている。ふつうの映画館で、ポップコーンを頬ばりながら見るのとはわけが違うのだ。

が、このところ入稿で、徹夜を何日かしてしまった。取材記者の萌であるが、編集者の都合で原稿を急いで書かなくてはならないことがある。

「あれっぽっちのお金しか貰ってないのに、よくそんなに一生懸命やるわね」

母がからかい半分に言うけれども仕方ない。一冊の美しい雑誌に、多少なりとも自分がかかわっている気分は、なかなかいいものだ。試写会やコンサートのチケットという余禄もある。それより何より、世の中のいちばんいきいきとした場所に、身を置いている楽しさと興奮は、おそらく人に話してもわからないだろう……。

いつのまにか萌はぐっすりと眠っていたらしい。気がつくと、映画は終わりのクレジットが流れていた。やがてあかりがつき、人々は立ち上がった。三ツ岡は不意に後ろを向き、萌を見つけるとにっこりと笑った。彼が自分に笑いかける顔を、何度想像したことだろう。もちろん本物の方が、ずっとよかった。

「お久しぶりです」

萌は近づこうとやっきになった。けれども萌の座っていた列の、端に座っている男が、ぐずぐずといつまでも立ち上がらない。

「ちょっと失礼」

強引に膝《ひざ》と椅子《いす》の間をすり抜け、通路に出た。三ツ岡はその間、スクリーンの下でずっと待っていてくれた。

「三ツ岡さん、お久しぶりですね。私のメール、読んでくれてますか」

「もちろん読んでますよ。いつも楽しいメールありがとう。返事が出来なくてすいません」

萌は先手を取られた形となる。メールの返事がないことを、可愛くなじろうと思っていたからである。

「筆不精っていうのは、パソコンでもあるんだなあって、僕はこの頃つくづくわかった。ハガキ一枚書くのが嫌な人間は、やっぱり短いメールを打つのも嫌なんだなあって……」

二人が廊下を歩いていると、さっきの髪の長い女がすうっと近寄ってきた。

「三ツ岡先生、今日はお忙しいところ、本当にありがとうございました」

「いやあ、なかなかいい映画でしたよ。主人公の男の子の表情が、とてもいいね」

「そうでしょうか。なにぶんとても地味な映画ですから、どうなることか私たちも心配してるんです。いずれご相談にあがりますので……」

「ええ、はい、はい。どのくらいのことが出来るかわからないけどね」

三ツ岡は適当に女をあしらいながらエレベーターに乗る。自然に萌はその横に立った。

既に三人が乗っていた。いかにも雑誌の編集者、といった感じの男たちだ。

「三ツ岡さん、お茶をちょっと飲んでいきませんか」

「いいですよ」

三ツ岡は軽く微笑むけれども、その表情から萌は何も読みとることは出来ない。こちらに対する関心、せめて好色のひとかけらでも見えれば、近づく作戦も立てられるのにと思う。

二人は銀座の方に歩きかけたが、すぐにやめた。あちら方面の喫茶店は壊滅状態だと思い出したからだ。外国資本のコーヒーチェーン店か、そうでなかったら馬鹿高い金をとる高級店しかない。東銀座の方へ向かって、歌舞伎座横の文明堂に入った。ちょうど芝居の真最中で、客はほとんどいなかった。

萌はミルクティーを頼み、三ツ岡はコーヒーとカステラのセットを頼んだ。萌は彼から「問題外」と言い渡されたような気がする。多少気のある女の前で、男は甘いものなど絶対に食べない。そのぐらい萌とても知っている。

「三ツ岡さんって、甘いもの、お好きなんですか」

やや皮肉を込めて問うてみた。

「好きだねぇ……。前は、そんなでもなかったけど、この頃年のせいか、午後になると甘いものが欲しくってたまらない。羊かんでも、饅頭《まんじゆう》でも、ケーキでもむしゃむしゃやるね」

「そんな年じゃないじゃないですか」

「いやあ、君も僕の年になってみるとわかるけどね、四十の後半から五十って、階段がドドッて下がる時なの」

「階段……」

「あのね、老いっていうのは階段状になっていて、曲線じゃないんだ。まだまだいけるな、若い時と変わらないなあっていう、水平の時がしばらく続いたかって思うと、ある日ドーンと階段が二段ぐらい下がる。体力の衰えの替わりに、甘いものが好きになるのもそのひとつだろうね」

やがてカステラが運ばれてきた。これをフォークでちまちま食べる三ツ岡の姿など、見たくないと思った。が、彼は三切れに切り、大きく頬ばる。三十秒ほどで食べてしまった。

「三ツ岡さんって、食べるの、早いんですね」

「あ、お嬢さんの前で失礼」

「いいえ、そんなつもりで言ったんじゃありません」

「僕は新聞記者時代が長かったからね、食べるのがすごく早い。てれてれ食べていたら、先輩から怒鳴られた世代だから……」

「あの、私、三ツ岡さんの本、読みました。小津監督のことを書いたのと、日本のヌーベルバーグについての本」

「へえー、よく読んだね。僕の本は本当に売れないから、本屋で手に入れるのはむずかしいと思うけどなあ……」

「いいえ、紀伊國屋の映画のコーナーへ行けば、三ツ岡さんの本は何冊もありますよ」

「そう、そこまでして読んでくれてありがとう……」

このあとしばらく沈黙があった。三ツ岡が、〝じゃそろそろ〟と言い出さないかと、萌は気が気ではない。

「三ツ岡さん、最近はどんなものを書いていらっしゃるんですか」

われながら、インタビューする取材記者の口調になったと思ったが仕方ない。萌はこういう沈黙に全く慣れていないのだ。萌の知っている若い男たちというのは、会話の隙間をつくらないような喋り方をする。

「京都撮影所の歴史を書いているんですよ」

これまた三ツ岡が、淡々と答える。

「戦前の京都にはそれほど興味がない。戦後史から見た京都の撮影所を、一回ちゃんと書いてみたいと思ってね……」

「じゃ、京都へはよく行くんですか」

「うん、来月からちょっと長めに行こうかなと思って」

「ホテルはどこなんですか」

「僕はお金がないから、ホテルなんかに泊まらないよ。幸い友だちが何人かいるから、彼らのところに泊めてもらおうと思って」

そういえば三ツ岡の経歴に、「京都大卒」と書いてあったのを思い出した。京都は三ツ岡が学生時代を過ごした、よく知っている場所なのだ。

「あの、私も行ってもいいですか」

「えっ」

三ツ岡は初めて驚いた顔になり、萌はやっと一点先取したような気分になる。

「三ツ岡さんがいる間に、私も京都に遊びに行きたいなあ……」

「もちろん、おいでよ」

態勢を取り戻したかのように、彼は大きく頷く。

「紅葉にはまだ早いけど、食べものがうまくなってくる季節だね。どこかおいしいお店でも案内するよ」

「本当に、私、行きますから」

萌は三ツ岡の目をじっと見る。彼の濃い虹彩《こうさい》の中に、かすかな狼狽《ろうばい》が拡がっている。けれどもまだ動きはない。

その夜、萌は宝塚に帰っている千花に、メールを打った。

「おじさんっていうのは、本当によくわかりません。気を遣ってばっかりです。トホホ……。とにかく京都へ行く時会おうね。チカの休みの日を教えてね」

「よくわからないのは、おじさんばっかりじゃないヨ。ミチさまとは、まるっきりのすれ違い。あっちの南座公演が終わると、今度は私が宝塚へ戻ることになりました。ぐすん。もちろん京都へ行くから、二人でばんばん遊ぼうよ。そのおじさんと会うのもいいけど、また亀岡さんの迎賓館へ誘ってもらおうよ」

ああ、あの邸《やしき》かと萌は思い出した。

亀岡というのは、健康食品で大儲けした京都の実業家である。例によって千花の、

「人に紹介されて、そのまま可愛がってもらっているの」

という人脈の広さにより、萌もお相伴《しょうばん》にあずかることになる。

東山に亀岡は迎賓館というべき邸宅を持っていて、その豪壮さに萌は目を見張った。さる宮家の別邸だったものを手に入れ、莫大な金をかけて手直ししたのである。純日本風の邸であるが、床暖房や水まわりに最新の設備が施されている。もはや数えるほどしかいない名工たちにつくらせたという、欄間や襖《ふすま》の引き手のつくりの見事さは若い萌にもわかった。

近くの寺の緑を借景にした庭園の池には、大きな錦鯉が跳ねている。金はかかってい

るが、かなり趣味のいい家だ。ひとつだけ成金っぽいと思うのは、ホームバーとカラオケの入っている洋間であるが、このくらいは目をつぶるべきなのかもしれない。

この洋間には、京都を訪れる有名人がしょっちゅうやってきてカラオケに興じるようだ。まだ五十代の亀岡夫妻は、彼らを饗応《きょうおう》するのを趣味としていて、そのつど贅沢なディナーパーティーを開く。

千花と萌が招かれた時は、いささか盛りを過ぎたというものの、有名な映画俳優が主賓として、床の間を背にして座っていた。その他にも京都の有名企業の社長が夫人と共にいて、皆で十五、六人の客というところであったろうか。

京都を代表する料亭から板前が出張してきていて、器と盛りつけの美しさに、萌は小さな歓声をあげた。それればかりではない。時間がくると、広間の襖が開き、舞妓と芸妓が部屋の中に入ってきた。お酌をしてくれたばかりでなく、短い踊りを見せた。下のカーブから、高価なワインが運ばれ、次々と栓が抜かれる。

「世の中って、本当にお金持ちがいるんだねえ……」

帰りのタクシーの中で、萌はため息をついたものだ。

「こんな不景気だっていうのにさぁ、ああいうお金持ちを見ると、いったいどうなってるんだろうかって思っちゃうよ」

「亀岡さんは特別よ。お金いっぱい持っていても使いたくないっていう人、すごくいるけれど、あの人は楽しいことには惜しみなく使うっていう、すっごくいい人。私、ああいう人ばっかりだと、世の中どんなによくなるだろうって思うわ」

千花のメールはこう締めくくられていた。

「亀岡さんも、あの時はすごく楽しかったねっておっしゃってます。いつでもチカとモエのためにパーティーをしてくださるって。私たちって恋人には恵まれてないけど、若くて美しいの（？）とで、まあ結構楽しく生きていけるかも!!」


千花が予約してくれたのは、京都でも一、二を争う高級ホテルである。

「私、とてもそんなところに泊まれないよ。出張行く時だって、ビジネスよりちょっとマシっていうところばっかりだもん」

「いいの、いいの、大丈夫だってば」

電話口で千花が言った。

「あのね、亀岡さんが手をまわしてくれて、すっごい安いお値段で泊まれるの。本当はホテル代ぐらい出してあげる、って言ったんだけど、そこまでしてもらうのはちょっとねぇ……」

他の宝塚ファンだったら、ホテル代ぐらいは出してもらっていたかもしれない。しかし亀岡のような人間には、千花はどこか一線をひく。その方がつかず離れずの仲が続くことを知っているからだろう。

「私はね、お休み一日だけだから、一泊しか出来ないけど、モエはその後、彼と会うんでしょう」

「彼じゃないってば」

「そう、そう、なんかはっきりしないおじさんとこっちでデイトするんでしょう」

萌はまあねと答えた。京都へ着いてすぐ、三ツ岡の携帯電話に連絡を入れたところ、留守番電話になっていた。連絡をくださいと、ホテルの番号も残したが、萌は不安でならない。自分が歓迎されていないのではないかと、あれこれ考えるなどというのは何年ぶりだろうか。

千花との電話を切った後、萌はバスルームに入り、「消毒済み」と書かれた薄紙をはがして用を足した。いつも泊まる安ホテルとはまるで違う。清潔で広々としたバスルームだ。萌は鏡の中の自分を見つめた。三ツ岡と会うためにここまでやってきたのだ。美しくなくては困る。

白熱灯の下、いつもよりもほっそりと大人びて見える顔がそこにあった。後でしっかりするつもりだったので化粧は薄い。けれども目が強い光を持っている。黒目がちの綺麗な形をしている。

宝塚にすんなりと入った千花と自分とをあまり比べたことはなかった。美しさの格がまるで違っているのぐらい知っている。が、住む世界が違うのだからあたり前だ。いくら傍役《わきやく》といっても、千花は華やかなスポットライトを浴びる人間である。宝塚に入ってからの千花は、肌から髪のひと筋まで、ふつうの女とは違う輝きを持ち始めた。一緒に歩いていると、何人もが振り返る。

嫉妬などまるでない。ただ千花の親友というだけで、さまざまな特典を得る時、多少居心地が悪い思いをするだけだ。けれどもこの頃少しずつわかってきた。千花がひとりきりだったら、おそらく多くの人々は用心のあまり誘うことが出来ないだろう。

とても美しい女と、ちょっと綺麗な女。自分たちのコンビはとてもいい。美人といつもいる女が、かなりみじめなレベルだったら、見ている者がつらくなる。美しくない方の女がどれほどの劣等感や屈折を持つだろうと、勝手に邪推するのだ。それだけではない、こういう女といつも一緒にいる美人の方の心根をも疑われる。

けれど自分のレベルだったら、千花とはよく似合う。二人を観察し、かなり差があると判断される前に、

「二人の綺麗な女がいる」

という印象をまわりの人々に与え、ふわふわとした幸福な空気をあたりにつくるのだ。

「頑張らなくっちゃ」

鏡の中の自分を励ます。明日かあさって、三ツ岡に会うことになるだろう。東京では

なく、京都で会うのだ。ここまで来た自分の心は、三ツ岡にはもうはっきり見えている。拒否されるのか、それとも受け容れられるのか。

「チカだったら……」

言いかけて萌は息を呑む。今までそんな気持ちになったことはなかった。初めて男の子を好きになり、不安でありとあらゆるシチュエーションを考えていた少女時代も、

「自分がもしチカだったら」

という思いにとらわれたことはない。そんな気持ちを持つことは、千花も自分も汚すような気がした。けれども萌は、童話に出てくる王妃のように、鏡の中にもう一度問いかける。

「私がもしチカだったら」

三ツ岡は受け止めてくれるだろうか。いや、それはないと、次の瞬間自分で答えを出していた。あの男が若く美しいからといって、女を無防備に受け容れるとは思えない。ではいったいどんな女なら彼に愛されるのかと、萌は小さな絶望のため息をもらした。

宝塚からその日のうちに、千花がやってきた。今、公演に向けての稽古の真最中とかで、もうくたくたと繰り返す。

「今度って踊りがものすごく大変なのよ。演出の先生がね、ブロードウェイから帰って

きたばっかりだから、すごく張り切っちゃって、もう疲れる、疲れる」

もともと千花は踊りがそう得意ではない。歌の方がはるかに自信があるようだ。伸びのある高音部が特に美しい。もしこれから先、千花に運があり、歌唱力を生かした配役をしてもらえば未来はかなり明るいものになるに違いないと萌は思う。

久しぶりに会った二人がロビィであれこれ喋っていると、亀岡が迎えにやってきた。今夜は夫人はおらず、亀岡ひとりである。亀岡はあまり言わないけれども、夫人はさる新興宗教に凝っているらしい。それまで慎ましい暮らしを忘れず、海外旅行にも海外ブランドにも興味を持たなかった夫人が、中年になったとたん、おかしな宗教に入れ揚げ始めたのだ。今夜もおそらく、そちらの方の用事があるのだろう。

「うちで何か食べてもらおと思ってたが、母ちゃんが留守してるし、今夜は京都のうまいもんめぐりといこな」

もともとが大阪出身の亀岡は、京都弁をまじえて喋るので、何やら奇妙なもの言いになった。彼のロールスロイスは、京都の狭い路地をぎくしゃくと走っていく。そして止まったところは一軒の町屋である。

「あんたら、どこに連れてこと悩んだけど、若い人らに懐石もなあ……。あんなもんはほんまに若い人がおいしいかって言ったら、違《ちゃ》うような気がするわ。ここは京都一、いや日本一うまい肉を食べさせるとこやからな」

ドアを開けると、町屋独得の驚くほど広い空間が拡がっていた。膨大な数のグラスが並んでいるケースは、まるでバーのようだ。カウンターの代わりに肉を焼く鉄板があった。

「いらっしゃいませ」

コック帽をかぶった老人が、亀岡に一礼する。グラスの数とはまるで合わない客数で、萌たち一行の他には、中年の男と女のカップルがひと組いるだけだ。

「ここのステーキは不思議なステーキやで。こげ目っていうものが、まるっきりあらへん。ぬるい温度で肉の旨味を閉じ込めるっちゅうことをしてはる。ふつうだったらまずくなるはずやけど、どういうわけかごっつううまいんや。いったいどういうわけやろと、いつも考えとるんやけど……」

これはどうやら亀岡の口癖らしく、老いたシェフは「また始まった」という風に笑っている。

「大将、今日は綺麗なお嬢さんたちと一緒で、羨しいやろ」

「本当に、社長、いいですなあ。こんな別ぴんさん両脇に置いたら、クラブじゃもう大変なことになりますわ」

シェフは卑猥《ひわい》にならない程度に、そんな冗談を言ってみせる。目のまわりの皺が寄ったとたん、ゆるやかな好色の表情がうかび、彼の華やかな過去をふと想像させた。

やがてワインとバカラのグラスが三つ置かれた。年代もののペトリュスである。町中の小さなステーキ屋の奥から、まるで手品のように高価なワインが出てきたのだ。

「ここは結構いいワイン出してくれるんやけど、デキャンタもテイスティングもなしという、滅法愛想のないとこでなあ……」

「仕方ありませんよ。全部ひとりでやっているんですから」

やがて白い布をかぶせたトレイが運ばれてきた。布をとると大きな肉の塊が、白と赤のマーブル模様の切り口を見せている。

「ヒレもありますけど、今日はやっぱりサーロインでしょうなあ」

「じゃ、それにしよ」

「お嬢さん方、焼き加減は……」

「私、ミディアム・レア……」

言いかけた萌を、亀岡が制した。

「そんなん言わんと、ここの大将にまかせとき。そりゃあうまく焼いてくれるわ」

三つに切られた肉が鉄板の上に置かれた。ジュウジュウと音をたてるわけでもない。ただ置いた、という感じである。その間に三人はワインを飲み始めた。

「ペトリュス、大好き」

千花がペロッと舌で、唇についたしずくをなめた。

「私、他のワイン飲んでも、正直言って何が何だかよくわからないの。でもペトリュスだけはわかるわ。だってこれ、しょっちゅう亀岡さんが飲ませてくれるんだもの」

「いやあ、そう言ってくれたら嬉しいな」

亀岡は相好《そうごう》を崩した。

「私もいろいろ飲み比べたけど、ペトリュスがいちばんうまいワインやと思うなあ。女で言うてみたら、これといった癖がない、誰からも好かれる絶世の美女、というところだな」

「ふうーん、私とはちょっと違うなあ」

「そうやな、チカちゃんは確かに美人やけど、絶世というのとは違う。だけど女はそのくらいの方が幸せやで。あんまり美人だと、男も仕事もひいてしまう」

二人がそんな軽口を叩いているうちに、温野菜をのせた大皿が並べられ、その上にシェフは焼き上がったステーキをのせる。萌はこんな不思議なステーキを食べたことがなかった。焼き目というものがまるでない。熱によって赤黒く変色した肉塊だ。ひとくち口に入れる。

「おいしいわ」

先に言葉を発したのは千花だ。

「肉のジュースが、しっかり中に閉じ込められてて、それがブチュッと出てくるの。うんと焼いたステーキよりも、お肉がどこまでもどこまでもやわらかいっていう感じ……」

「そうやろ、そうやろ」

亀岡は頷く。気に入った答案を目にする教師のようだ。

「ここは肉を焼く常識と全部反対のことをしとる。だけどこんなにうまい。誰かちゃんと研究せえへんかと思うけど、ここの大将変わり者やさかい、テレビにも雑誌にもいっさい出えへんのや」

「勘弁してくださいよ。年寄りがひとりコツコツやってる店ですよ。マスコミなんか出たらえらいことになりますわ」

その後量は少ないけれども、ドレッシングが凝ったサラダが出、メロン、コーヒーという順で食事が終わった。

店を出ると、どこかで内部を見張っていたかのように、ロールスロイスがするすると近づいてきた。

「『きわ子』へやってくれ」

亀岡が言う。車はまた苦労しながらカーブを繰り返し、路地を走っていく。すぐに一力茶屋の近くに着いた。京都でも古い町並みがそっくり残っている場所である。

車は一軒の町屋の前で止まった。ここがお茶屋バーというところだと萌にもわかる。

「きわ子」と流れるような文字がかかれた灯りが、格子戸の上で橙色《だいだい》に光っていた。

「おいでやす」

カウンターの向こうで、和服姿の女が艶然と微笑んでいる。ひわ色の綸子《りんず》の着物に、流水と紅葉をあしらった染め帯。目が哀し気に見えるほど大きい。花柳界の女独得のひっつめ髪をしているので、目がますます大きく見える。三十前後に見えるが、こういう世界の女の人は老《ふ》けづくりをしている。本当はもっと若いのかもしれない。

「いやぁ、亀岡社長はん、今夜はえらい綺麗なお嬢さんたちと一緒どすなあ」

鼻にかかった甘い声だ。

「ああ、そうやろ。こっちは宝塚の娘役のチカちゃん、そっちは雑誌の仕事してるモエちゃんや」

「お越しやすう、きわ子どす」

女は首を斜めに下げた。すべてが芝居じみた動作であるが、息苦しくなるほど女っぽい。

「お食事、どこへ行かはったん」

「『桃山』でステーキ食べてきた」

「いやあ、『桃山』やて。あんな高いとこ、私よう行かへんわア」

「よう言うわ。あんただったら、どこ行きたい、あそこで食べたい、ってねだれば、みんな大喜びや」

「この不景気で、そないなお客はん、いてはりまへん。あ、社長さん、焼酎でよろしおすか」

「そうや、ここでワイン飲んだら、いくらふんだくられるかわからん」

「いやぁ、いけずなこと言わはってえ」

そう言いながら、きわ子は奥の厨房へ入った。もうひとりいる若い女は、カウンターの隅に座る男の相手をしている。

その隙に亀岡は萌たちにささやいた。

「きわ子はな、このあいだまで祇園の売れっ子だったんや。ほら、歌舞伎の若いので、中村路之介っているやんか。あの恋人やで」

千花は声を立てず、大きく深呼吸している。それが気を落ち着ける時の癖だということを萌は知っている。

女がカウンターに戻ってきた。ミネラルウォーターの栓を抜き、水割りをつくり始める。萌は女の手元を見つめ、美しい女というのは、爪までも美しいのだとつくづく思った。座敷に出ていた頃の名ごりなのか、短く切ってマニキュアもしていない爪なのだが、形よく薄紅色をしている。

「いよいよ紅葉のシーズンに入るなあ」

あの女は歌舞伎俳優の路之介の恋人やと、一分前にささやいた声とは、まるで別ものの亀岡の落ち着きはらった声だ。

「そおどすなあ、昨日《きんの》、お客さんがいうてはりましたけど、詩仙堂さんの方の葉っぱは、もう色づいてるそうどす」

「紅葉のシーズンが始まったら、ここも忙しくなるやろ」

「へえ、でもうちは観光の人はきやはりまへんさかいなぁ。あんまり関係あらしまへん」

やんわりとした京都弁であるが、かなり嫌味に聞こえるプライドの高さである。

女は、ふと首を傾げた。それは自分にあたる強い視線を感じたからだ。女は、その視線を自分にあてる千花に、ゆっくりと微笑んだ。目はまったく笑っていない。口角だけ上がる笑いであるが、それでも暗いあかりの下で、綸子の着物をまとい、つくりものめいた微笑をうかべる女は、息を呑むほど美しかった。この女が本心から笑うことなどあるのかしらと、萌は思った。

「そちら、水割りでよろしゅうおしたか」

「ええ」

と千花が答える。萌は亀岡の向こう側に座っている千花を、盗み見た。千花のたっぷりとカールされた茶色の髪が、動かずに女の方に向いていた。

「宝塚にいてはるんでしょう。娘役はんですよねぇ」

「はい、そうです」

「やっぱりお綺麗どすなあ。宝塚の方は、うちにも時々きやはりますけど、みなさんほんまにお綺麗やわァ……」

「ありがとうございます。でもきわ子さんの方が、ずっとお綺麗ですよ」

はきはきする風を装っているけれども、千花の口調はあきらかに挑戦的であった。

「うふふ」

きわ子は笑う。萌は「艶然」という文字を頭の中で浮かべた。自分でも文章を書いている時、この文字を何度か使ったことがある。けれども実物を見たことがなかった。萌のまわりで「艶然」という表現がつく女などひとりもいなかった。けれども萌は初めてそのありさまを見た。そして女の笑顔を見ながら「陶然」という言葉を思い出した。おそらくこの笑顔を見た男たちは「陶然」となるのだろう。

「綺麗なお嬢はんから、そんなこと言うてもらうと、うちどないしたらええんやろ。亀岡さん、今日はほんまにいい日やわ」

「きわ子はな、生え抜《はぬ》きの祇園の女や。おばあちゃんもおかあちゃんも、ずうっと祇園から出てた女なんて、もうめったにおらへんわ。きわ子のお父さんもおらへんし、おじいちゃんもおらへん。女三代、ほんまの京の女ちゅうことや。今日びの女見てみい、みんな東京や九州から、舞妓に憧れて花街入った女ばっかりや。とってつけたような『そうどす』『へえ』ばっかり聞いてみな。背中がむずむずするわァ」

「いやあ、そんなことあらしまへん。この頃祇園でも二世が出てはりますえ。ほら、豆百合さんのお嬢はん、今年中学出はって、舞妓ちゃんにならはるんどすえ」

「豆百合やて、もうババアやんか」

「いやぁ、社長さんたら、ひどいこと言わはってえ……」

「とにかくなあ、きわ子ゆうたら祇園のエリート中のエリートや。もう血が違うからな、そりゃ綺麗なわけや」

「まあ、亀岡社長はん、どないしはったんどすかァ、今日はおごらなあかんかもしれまへんなァ」

「歌舞伎の人は、よく来るんですか」

突然千花が口を開いた。

「歌舞伎の人も、この店に来るんですか」

「へぇ、いろいろ贔屓にしていただいてますえ」

当然のことながら、女に動揺はない。

「南座の公演の時は、いろんな方が寄ってくだはりますなあ……」

「最近若いのと仲がいいんじゃないのか」

何も知らない亀岡がからかう。

「そんなことあらしまへん。もうみなさん、昔と違って、さっと飲んでさっと引き揚げはるわあ。ちょっと前まではね、ちょっとあそこ行こ、ここ行こって、舞妓ちゃんや私らを連れていってくれはったけど、この頃はね、みなさんお行儀よろしおすえ」

「うまく逃げたな」

「逃げてなんかいやしまへん。ほんまのことですがなァ」

この後五人のグループが入ってきたのを汐《しお》に、三人は店を出た。

「なんかあの女の人、こわかったわ」

車が動き出したとたん、千花が言った。

「東京には絶対にいない、京都だけに生息している女の人っていう感じ」

「生息はよかったな」

亀岡が笑う。

「すっごく綺麗だけど、男の人からもお金や力や、いろんなものを吸い取っていくような気がする。見ててぞーっとしちゃった」

「男はな、そういう風に吸い取られるのが好きだから仕方ないわな」

「あら、亀岡さんもそうなの」

「そりゃそうや。騙《だま》されたり、金取られるのが嫌な男ばっかりなら、祇園や銀座があるわけないやろ。男っていうのはな、うんと稼いで女にごっそり取られるのが好きなんや。生き甲斐なんや。あのきわ子には、大阪で不動産会社してる旦那がいる。ごっつう金持ちで店も出してくれた。路之介のことだって知ってるやろ。だけどそれでもいいんや。男っていうのは、まあ何ちゅうかマゾやな。きわ子みたいな女は、そこんとこようわかっとる」

千花はそれには答えなかった。

三ツ岡が案内してくれたのは、北白川の通りにあるおばんざい料理の店だった。

「昨日はすごいご馳走を食べたそうだから、今日はこんなところでいいでしょう」

カウンターの上の大鉢に、何品かの料理が並んでいるが、それ以外にもいろいろと注文することが出来る。まず萌は大鉢から蛸《たこ》と海老芋《えびいも》の煮つけ、三ツ岡は刺身と白和《しらあ》えを頼み、ビールで乾杯した。

「そんなわけで、チカったらもうショック受けちゃって、次の店に行ってもしょんぼりしてるの。今日は朝の九時半からお稽古があるから、朝早く宝塚に帰ったけど、あんなんでちゃんと歌ったり踊ったり出来るのかしら」

親友の秘密をこんな風に酒の肴《さかな》にする自分をほんの少し恥じたが、仕方ないだろう。千花と路之介とは、深い関係にはなっていない。最初は彼が積極的に出て、それに応えようとした千花がじらされている状態だ。深刻になっていない他人の恋愛話は、まだ親しくない男女の間のほどよい話題だ。

これを語ることによって、萌はうぶで好奇心いっぱいの若い娘を演じられる。また三ツ岡の恋愛観なり、女性観なりを知ることも出来るはずだ。

それより何より、どんな形にせよ恋について語るのは、男と女が近づくいちばんの方法だと萌は知っている。三ツ岡の口から、

「恋というものは」

「男というものは」

という言葉が漏れるのかと思うと、萌はわくわくしてくる。

「僕は歌舞伎はよくわからないけれど、やっぱり特殊なことはいっぱいあるんじゃないかなあ。路之介にしたって、そこいらの若い男とは違う価値観を持っていると思うよ」

「そうかしら。チカが言うには、彼ってつき合っている時は、本当にふつうの男の人だって。遊ぶところが、ちょっとデラックスなのは認めるって言ってたけど」

「それは彼がそういう風にふるまっているんだよ。人気の歌舞伎役者ともなれば、女は……」

ここで三ツ岡は「女性は」と言い直した。

「女性はいくらでも寄ってくるだろう。いわゆる玄人《くろうと》の女性もなびいてくる。そういう

中で、二十四、五歳の男の子に、ふつうの恋愛感覚を持てといっても無理な話だと思うよ」

「じゃ、チカは弄《もてあそ》ばれてるっていうこと？」

萌は大きく目を見開いて尋ねる。この「チカ」を「私」に言い替え、三ツ岡に問う日も近いような気がする。

「うーん、だから、路之介の頭の中に、本気とか弄ぶ、といった区別はないと思うよ。ただチカちゃんのことは、多少大切に考えているんじゃないかなあ。僕も一度会っただけだけれども、彼女は見るからに、男にフォーマルを要求するタイプだからな」

「それ、どういう意味」

「うーん、ひと言でいうと男に寄り道をしてもらいたくない。そういう関係になったからにはきちんと結婚までいってくれなくては嫌だ、って言っているような気がする。その空気がひしひし伝わってくるから、なだたる遊び人のおじさんたちも、彼女には手が出せないんだよ」

「ふうーん、そうかなあ……」

千花の過去の異性関係を、ここで口に出来たらと思う。千花の頭の中で、結婚はまだそれほど大きな位置を占めていないはずだ。そう多くはないけれど、千花はその時々で自分を愛してくれる男たちに、すぐ愛を与える。その分量を時々間違えて、千花の方が

ずっと多くなることもあり、時々は男から手ひどいめにも遇《あ》う。千花は三ツ岡が言うように、

「フォーマルを求める女」

ではないと思う。が、現在進行中の他愛ない恋の話ならともかく、友人の過去を喋るほど萌は思慮も品もない娘ではなかった。

しかしそのために二人の会話は少なくなり、最後の松茸御飯を萌は黙って咀嚼したぐらいだ。

「僕の今いるところに来ない？」

三ツ岡が突然そう言った時、萌はえっと大きく聞き返した。

「僕がいま居候をしているうちを、新井さんに見せたいなあと思って」

会話の中で千花はいつのまにかチカちゃんであるが、目の前にいる萌は、いつまでたっても新井さんのままである。その新井さんのままで、自分は今、誘われているのだろうか……。

「もう、僕の友だちも帰っている頃だろうと思うけど」

そう言いながら、彼は腕時計を眺める。九時四十分であった。

「新井さんも彼に会っておくといいよ。君のような仕事をしているなら、会っておいて損はないよ」

辻といって三ツ岡の京大時代の友人であった。建築学科を出て、最初は大手のゼネコンに勤めたのであるが、バブルが始まる前にコンサルタントとして独立した。

「そういう才能があったんだろう、いろんな企業に入り込んで、CMの製作や土地ころがしをした。バブルの頃は、いろんな開発にからんで、それこそ十億単位の金を動かしてたんだ。東京の一等地に、オフィス構えて、そりゃすごい景気だったよ。僕が新聞社に勤めていた頃だったから、『バブルの寵児《ちょうじ》』みたいな記事を書いたこともある」

しかしバブルがはじけた後、彼は一文無しになった。ぎりぎりのところで切り抜けたため、他の者のような莫大な借金を背負うことはなかったが、すべての財産と家庭を失った。彼には美しい妻がいたが、破産後のごたごたで別れることになったという。

「そして今、辻が何をしてるかっていうとね、大学院で仏教を勉強してるんだ。ね、変わった奴だろう。僕もバブル崩壊ですっからかんになった人間を何人も見てるけど、仏門に入ろうとしてるのは彼ひとりだよ」

タクシーに乗り、三ツ岡は運転手に寺の名を告げる。初めて聞く名であった。タクシーはコンビニや小さなマンションが続く通りを抜けると、急に闇の中に入っていった。あたりは木造の家ばかりだ。タクシーを降りるとすぐ近くに鐘楼《しょうろう》が見える。観光地よりも、はるかに京都らしい趣《おもむき》を残す住宅地であった。

石畳をしばらく歩くと、家々が急に小さくみすぼらしくなった。三ツ岡が立ったのは、生け垣に囲まれた古い平家《ひらや》の前であった。

引き戸を開けると、玄関の三和土《たたき》にも本が溢れていた。そこで靴を脱ぎ、居間へと進む。

「今日は早く帰ってくるから、美人をまじえて酒盛りをしようって言ってたのになあ……」

三ツ岡はひとりごちて、部屋のスイッチを入れる。安っぽいソファセットが置かれていたが、その傍にも膨大《ぼうだい》な量の本が積まれていた。

本屋ならともかく、個人の家でこれほどたくさんの本を見たことはなかった。宗教の本もあるし、建築の本もある。英語ともうひとつ萌の読めない国の文字が背表紙にある本も、乱雑に積まれていた。

これほどの量の本を見ると、後ろめたいような気分になってくる。持ち主の鞄《かばん》の中身を、ひいては秘密を見てしまったような気分だ。

「いや、いや、こんなもんじゃない。書庫を見てごらんよ」

三ツ岡は萌をうながし、一緒に歩きながら廊下のスイッチを入れた。木のドアを開けると、まず本のにおいに圧倒された。八畳ほどの部屋にスチール製の棚がぎりぎりに置かれ、そこに隙間なく本がさし込まれている。ここは主に外国語の本が多い。

「あ、バシュラール『空間の詩学』。これは彼と僕の学生時代の愛読書だよ」

三ツ岡が一冊を抜き出した時、萌は激しい嫉妬にかられた。三ツ岡は自分とは全く縁のない、巨大な知の中に分け入ることが出来る。自分の知らない世界にするりと行くことが出来る。

「三ツ岡さん、もう見ないで」

萌は彼の胸の中になだれ込む。本を持つ腕に遮《さえぎ》られたが、それでも突進し、三ツ岡のジャケットの感触を頬に感じた。

「私、三ツ岡さんのこと、好きなの」

上着の生地は、カシミアが混ざっているものらしい。やわらかく温もりさえある。自分はきっと三ツ岡に受け入れられるだろうと、萌は確信を持った。

ほんの少し顎を上げる。彼の指がつまみやすいようにだ。三秒後か五秒後、萌の唇に三ツ岡の唇が重なるだろう。目を閉じる。

けれども信じられないことが起こった。三ツ岡の指は、萌の顎ではなく肩にかかり、やわらかくひき離されたのである。

「おや、おや、こんなおじさんをからかう気かな」

目が合った。三ツ岡の目の中に、微塵《みじん》も欲望の気配がないことに萌は驚く。そこには優しさと困惑だけがあった。優しさと困惑。それが今すぐ何かに変わらないものだろうかと萌は目を凝らす。

「君みたいに、若くて綺麗なお嬢さんにそんなことをされると、僕だってドキドキしちゃうよ」

「だって好きなんだから仕方ないでしょ」

照れと驚きと、そして少々の怒り。気持ちをかわされた女は、こういう時拗《す》ねたふりをするしかなかった。

「私、三ツ岡さんのことが好きなの。本当よ。初めて会った時から、どうしようもないくらい好きになったの。だからこんな風に京都まで来たのよ……」

最近ここまで饒舌になったことがあったろうか。ふつうの男だったらここまで言わせない。彼らは萌が寡黙になったのを見てとるや、それを承諾と判断し、後は強引に押し進めるのだ。

「さあ、あっちへ行こう」

三ツ岡は左手を萌の肩からはずし、右手を深く背の方にまわした。しかしそれは萌の体の向きを変えようとしたためだ。三ツ岡はこのほの暗さから、萌ごと逃げ出そうとしていた。

萌は最後の勝負に出る。

「ねえ、三ツ岡さんは、私のこと嫌いなの」

「もちろん、そんなことはない。君のような若いお嬢さんに心を寄せられたら、誰だって嬉しいさ」

萌と同じ向きで喋っているため、三ツ岡の顔を見ることは出来ない。声からも何も読み取ることは出来なかった。

やがて蛍光灯が明るい居間へたどりつく。三ツ岡はあきらかに態勢を立て直したようだ。

「コーヒーを淹《い》れよう」

キッチンカウンターの方に進んだ。やがてかすかな機械音と、コーヒーの香りが漂ってくる。

萌はかつての恋人たちが淹れてくれた、何杯かのコーヒーを思い出した。セックスの後、若い男というのは、自分の部屋だったら必ずといっていいぐらいコーヒーを淹れてくれる。ビールを飲む男はめったにいない。コーヒーというのは、快い疲労感と充実感と共に飲むものではなかったか。温めてくれないカップに注ぐからすぐに冷めるけれども、香り高いコーヒーは男の子たちの愛と感謝が籠《こも》っていなかったか。こんな風にいたわりと謝罪替わりに出されるものではなかった。

「あの、私、もう帰ります」

「もうちょっとしたら、友だちが帰ってくると思うんだけれども……」

一瞬不安そうな表情になった。おそらく、意図があって部屋に誘ったのだと思われるのを危惧したのだろう。

「とても面白い奴なんだよ。彼もあなたに会えるのを楽しみにしていたんだけれども……」

「やっぱり帰ります。私、会ってもそんなに楽しい人間じゃないですし」

「じゃ、送っていくよ」

断わる先に立ち上がっていた。強硬に拒絶しようとしたのだが、来る時の道の複雑さと界隈の静けさを萌は思い出した。タクシーなどめったに来そうもない場所だ。

鍵をかけずに三ツ岡は庭に出た。

「大丈夫なんですか」

「平気だよ。本しかないうちだもの。ここの家の持ち主も、鍵なんかかけやしない」

中ぐらいの住宅地というところであろうか。ところどころモルタルの家があるものの、小さいながらも門と塀のある木造家屋が続いている。月が出ていた。月光が何かの舞台装置のように、「菓子司」と書かれた看板を照らしている。三ツ岡の歩調は、この景色に合わせるようにゆったりとしている。乃木坂の時とは比べものにならない。二人で歩くこの時間を惜しんでいるかのように、一歩一歩踏みしめている。こんな風に自分と肩を並べて歩く男が、自分を拒否するとは不思議だった。

「僕はすごくだらしない男なんだけれども」

ぽつりと彼が言った。

「今だけは妻を裏切ることも出来ないし、悲しませることも出来ない」

「今だけ、ってどういう意味」

「君にこんなことを話すのはよくないかもしれないけれど、彼女は病気と戦っているんだ。かなりシリアスな病気だったけれども、今はなんとか危機を脱している。僕は勝手なことばかりしている夫だったけれども、二年前にとにかく二人で誓ったんだ。これからの人生、助け合って生きていこうってね」

「ふうん」

大層つまらない話だと萌は思った。まるで安っぽいメロドラマではないか。

「なんか出来過ぎてる、っていう感じ」

思わずそんな言葉が漏れた。

「出来過ぎかあ、なるほどねえ……」

三ツ岡は不快そうではなく、何度も頷いた。

「僕だってそう思ったよ。自分の人生にこんなことが起ころうとは、考えてもみなかったよ。こりゃあ、神さまが僕を試そうとしてるんだなあって思うぐらいだ」

そこへ、迷い込んだとしか思えない速さで空車のタクシーが近づいてきた。三ツ岡は手を上げる。ドアが開いた。

「このお嬢さんをお願いします」

窓ごしに三ツ岡が手を振っているのが見えた。バーイという風に右手を低い位置で振っている。彼にしてはおどけた動作であった。

べーと萌は小さく舌を出した。

その夜ホテルに帰ってから、萌はメールを打った。

「おじさんって、どうしてこんなにむずかしいんでしょう。私、本当に疲れました。もうやめようと思うんだけど、う〜〜ん、それも出来ない。これって恋？　それとも意地なのかしら。チカもガンバッテ」

6

「もうそれって、意地っていうもんじゃないの。私だってミチさまへの気持ち、半分は意地じゃないかって思う時あるもん。とにかく今はお稽古でくたくた。つかれたよ〜〜」

休憩時間になり、やっとメールの返信を打つことが出来た。千花は携帯電話でメールを打つのが大層早い。「両手打ち」といって、両手の親指を使って、すばやく文字を打てる。けれども昨夜受け取った萌からのメールには、すっかり返事が遅れてしまった。いつもだったら、すぐに返信を入れるところだが、なかなか指を動かす気にはなれなかった。

やはり京都で会ったあの女のことが、頭から離れない。

若手女形、路之介の恋人なのだと、わけ知り顔の亀岡は言った。正面から見ても、真横から見ても、どれほど意地悪い目で見ても、隙というものがない女であった。酒瓶を取るために、くるりと後ろ向きになった時、白いえりあしが目に入った。髪の生え方でさえ美しい。細くはかなげな髪が、一本の乱れもなくVの字に結い上げられ、そして首の後ろ側の肌も、頬と同じように白く輝いていた。

嫉妬はもちろんある。それよりも千花の心は萎《な》える、という表現がぴったりだ。千花でさえああした京都の花街の女たちが、どれほど贅沢な存在かということぐらいわかる。金持ちの男たちにとり囲まれていて、彼女たちの心をなびかせるためには、何千万という金がかかるのだ。それなのに二十五歳の青年が、そういう女を恋人にしている。

もし路之介の恋人が、同い齢のOLだと聞けば、千花の心は嫉《ねた》みでいっぱいになっただろう。けれども京都の元芸妓と聞くと、路之介のいる梨園という世界が、ますます遠く不可解なものになっていくようで、そちらの方が悲しい。

いつのまにか路之介の我儘なふるまいを思い出している。あれは若い男の我儘というよりも、特殊な世界で御曹子と呼ばれる男の我儘なのだろうか。

彼に愛されないのも悲しいけれど、自分が彼を愛さなくなった日のことを考えると、千花は胸が締めつけられるような気分になる。

「ね、ね、大ニュース」

汗に化粧品の混じった甘やかなにおいが近づいてきたかと思うと、夏帆だった。新調したらしい黒いレオタードが長身をひきたてていた。

「このあいだ退団したサキさん、坂東鶴弥と結婚するんだって」

「えー、何ですって」

驚きのあまり、上級生が振り返るほど大きな声を出してしまった。坂東鶴弥も、御曹子と呼ばれる歌舞伎役者だ。家柄ということになれば、路之介の家よりもさらに上かもしれない。鶴弥は大学を卒業してから歌舞伎界に入ったという変わり種であるが、その経歴が面白がられて、よく雑誌に登場する。それにしても、路之介とのことを考えている最中、宝塚にいた先輩と歌舞伎役者との結婚の話を聞くとは、こんな偶然があるのだろうか。

「ねえ、それって本当なの」

「ま、ま、落ち着いて。ご自分のことがあるから興奮するのはわかりますが、もうちょっと冷静になって。詳しい話はお稽古の後で」

路之介との関係を知っている夏帆は、そんな言い方をした。

その日ぐらい、稽古を長いと思ったことはなかった。長くもないセリフを二回もとちり、演出家の先生に叱られた。

やっと稽古を終えたと思うと、今度は掃除がある。音楽学校仕込みの丁寧なやり方で床を拭き、鏡を磨くから終わるのはたいてい夜の十一時過ぎだ。

通用門を出ると、ファンの車が何台か並んでいた。団員たちを家まで「送らせていただく」係の女たちだ。

「あー、チカ、こっち、こっち」

革のハーフコートを着た夏帆が、ＢＭＷの前で手を振っている。運転席にいるのは、たぶん伊原京子だろう。関西における夏帆の「お世話係」で、稽古のある日はマンションまで送り届けるために、こうして夜の十一時まで待っているのだ。車の中にはもうひとり研究生が座っていた。南風るりという同期の娘役だ。長いジーンズの脚を、窮屈そうに曲げている。るりも興奮をかくせず、いきなり喋り始めた。

「いやあー、びっくりした。ねえ、ねえ、これって本当なの。ガセじゃないの」

「間違いないってば。同期のキリさんから聞いたんだもん。あさって記者会見するらしいよ」

「へえー、あのサキさんがねー」

ＢＭＷはやがてファミリーレストランの前で止まった。夜遅く宝塚で開いている店といえばこの種の店しかない。明日が休日ならば、大阪まで車をとばすということも考えられるが、誰もそんな元気はなかった。

三人は、上級生がいやしないか店内をうかがいながらレストランのドアを押す。が、もちろん伊原京子は店の中に入ってこない。夏帆がゆっくりと夜食をとり、お喋りを終えるまで、じっと車の中で待っているのだ。

「私さ、言っちゃ何だけど、サキさんがやめた時、あ、その方がいいかもって思っちゃったもん。やめて田舎帰って、お嫁さんになるんだなあって」

「鶴弥のことなんか、私、聞いたことなかったもの。ああ、びっくり」

生ビールを注文した後、夏帆は煙草に火をつける。劇団側は決して喜ばない喫煙であるが、男役のほとんどは吸っている。ショートカットで、彫りの深い美貌の夏帆に煙草はよく似合った。煙を吐き出しながら、もう一度いう。

「サキさんがさ、有名人と結婚なんて、ああびっくり」

桑原早紀は、夏目ゆりかといって、二期上の娘役をしていた。ほっそりとした美しい娘だったが、そんな女は宝塚にいくらでもいる。これといった役につかないまま退団したのは三ケ月前のことだ。

「ねえ、どうして鶴弥と知り合ったの」

「誰かに楽屋に連れていってもらったのがきっかけらしいよ。よくある話だよね」

笑いを含んだ目で、夏帆はちらりと千花を見る。千花もそんな風にして路之介と知り合ったからだ。

「でもさ、御曹子と結婚なんてやるじゃん、サキさん。あーあ、羨しいな。私ももっと合コン、頑張って出ようかな」

娘役には許されないことなのだが、るりは夏帆の煙草を一本抜きとる。

「私なんか、このまま宝塚にいてもパッとしないもの。梨園の奥さんになれたら最高だよ。うちと歌舞伎とは、いろいろルートあるんだもんね。命がけで頑張ったら、ひとりぐらい何とかなるかな」

今夜の友人たちの言葉は、ひとつひとつが千花の心にまっすぐに刺さってくる。

坂東鶴弥と早紀との婚約会見の様子は、各新聞にかなり大きく載った。

歌舞伎と宝塚の存在というのは本当に不思議だと、千花でさえ思う。

テレビや映画に出る一部の人気者を除けば、歌舞伎役者などたいていの人は知らないだろう。劇場に来ている客だけが、役者の名や顔がわかる。宝塚だったらもっと極端だ。どんなスターも宝塚劇場の中でだけのことになる。それなのにトップの引退ともなれば、新聞や雑誌は大層大きなスペースを割く。歌舞伎界にしても同じで、鶴弥の結婚のニュースは、ちょっとしたアイドルのそれよりもずっと大きい。

「桑原早紀さんは、宝塚出身。夏目ゆりかの芸名で娘役として活躍」

と新聞には書かれているが、おそらくこれを書いた記者にしても初めて聞く名前だろう。

駅でスポーツ紙を買った。こちらの方もトップ扱いでカラーだ。歌舞伎役者としての修業が浅いために、鶴弥は踊りも演技もまだまだと言われている。いい役にもついていない。けれども記事によれば、

「名門真砂屋の御曹子に生まれながらも、歌舞伎界とは無縁に育ち、大学時代は銀行員をめざしたインテリ役者。最近は雑誌にエッセイも書くほどだ」

ということになっている。早紀は四季の花々をぎっしり染めた、黒地の豪華な振袖を着ている。早紀の家はふつうのサラリーマンと聞いているから、この振袖はたぶん真砂屋が用意したものだろうと、千花は写真を見つめる。

もし、もしも自分が路之介と結婚するとしたらどんなことになるだろう。着道楽の母はそれこそ大喜びで晴れの日の衣裳を整えるに違いない。成人式の時は大変な騒ぎだった。どうしても気に入ったものが見つからず、有名な友禅作家のところへ行き、特別に描いてもらったのだ。しかし四君子《しくんし》と御所車《ごしよぐるま》というあまりにも古典的な柄が不満で、千

花は一度袖を通したきりだ。

記者会見には、あれを着るのだろうか、いや、自分が好きでないことを母は知っているから、たぶん新しいものを誂《あつら》えてくれるはずだ……。

ここまで考えて、千花は顔を赤らめる。二人の仲は遅々として進まない。こんなことは初めてだ。今まですべての場合、選択肢は二つしかなかった。男が積極的に出てきて、千花が受け入れるか、それとも拒否するかのどちらかであった。今度の場合、こちらははっきりと好意を示し、あちらももちろん自分のことを気に入っているらしい。それなのにいつもはなめらかな恋人になるための道が、どこかで閉ざされている。これは路之介が用心しているせいだろうかと、千花は疑ってしまう。

けれども自分は用心される相手だろうかと、疑問は憤りへと成長していく。こういう状況は、千花の場合本当に珍しいことだったから、嫌な感じに傾いた心を、どう立て直していいのかわからない。

そこいらの下品なタレントとはわけが違う。素性の正しい少女たちを、厳しく躾《しつ》けることで有名な宝塚なのだ。東京はどうだかしらないけれども、関西の方では宝塚出身の女性なら間違いがないと良家へ嫁ぐ者はとても多い。医者や弁護士のグループから、しょっちゅう合コンの申し込みも来る。

「それに私だって、ちゃんとしているもの」

中退とはいうものの、名門のお嬢さま学校に小学校から通っていた。父親は東京で指折りの開業医だ。親戚も医者が多く、伯父は国立大医学部の教授をしている。婚約発表の際プロフィールを書かれたとしても、早紀よりもはるかにきらびやかで、価値ある名詞が並ぶであろう……。

ここでまた千花はひとり頬に手をあて、深いため息をつく。そんな考えがどれほど卑《いや》しい嫉妬心から来ているか、自分でもわかったからである。千花が学んだカトリックの学校では、人を嫉むぐらい貧しい行為はないと教えられた。宗教の時間などいつも退屈なだけだったが、六歳から教わったことは、何かの拍子にひょいと顔を出す。

こういう嫉み心から逃れる道はひとつしかない。相手に近づき、思いきり祝福と賛美の言葉を口にしながら、心の中でわびることである。そうするうちにいつかこちらも癒《いや》されていくはずだ。

幸い早紀の携帯番号は知っていた。可愛がってくれた先輩が早紀と同期で、何度か食事や飲み会をしたのだ。

けれども予想していた事態であるが、早紀の携帯は留守電になっていた。おそらく婚約のニュースを聞いて、宝塚の団員たちが携帯に殺到したのであろう。

少しためらったけれども、メッセージを残すことにした。

「きさらぎ千華でーす。本当におめでとうございます。心から羨しいです。私もあやかりたいでえす。お暇になったら、お電話くださいね」

早紀に路之介との交際は話していない。だから「あやかりたい」という言葉を、彼女はごく一般の世辞として受け取るであろう。千花はすべてのことを先輩としての早紀に打ち明けてしまいたい思いにかられる。けれどもすべてといっても、まだ何も始まっていない曖昧《あいまい》さがすべてである。千花はつくづく自分がみじめだと思った。

そして早紀からの電話は、その夜早く千花の携帯にかかってきた。

「私、全然知らなかったア。みんなもそうだったと思いますよ。サキさんが結婚するって、朝のワイドショーで知ったって」

「私だって、まさか結婚するとは思ってもみなかったの。知り合って間もないし、いろいろ面倒なこともありそうだったし。それなのにトントン拍子に進んで、自分でもびっくりしてるのよ」

「でも梨園の奥さんなんて、すごいじゃないですか」

「梨園っていっても、彼は大学出るまで何もしなかった人だし、あっちはさばけたおうちでしょう。ふつうの人と結婚するのと大差ないわ」

確かに真砂屋を仕切る夫人は、芸能界にも水商売にも縁のない女性だ。といって贔屓筋の金持ちの娘というのでもない。国立の女子大を出て、大企業の社長秘書をしていた。古い時代のことで千花は知らないが、鶴弥の父と結婚する際は、

「歌舞伎界に異色の花嫁」

とマスコミに騒がれたという。

「でもね、週刊誌の人やテレビの人って、すごいと思った。私の実家にまで行って、あれこれ聞いていくのよ。高校時代の写真を手に入れて、載っけたところもあるのよ。ああいう人たちって何でもするのね」

早紀の愚痴が、自慢めいて聞こえる。鶴弥よりもはるかに人気があり知名度が高い路之介のことを、いつかまわりに言える日が来るだろうか。

「披露宴は、二月にするつもりなの。チカちゃんも来てよね」

「ええっ、私なんかが行ってもいいんですか」

「もちろん。宝塚の綺麗な人にいっぱい来て欲しいって彼も言ってるし……。あ、また電話するわ」

途中で別の電話が入ったのか慌ただしく切られた。そして千花は、路之介に向けて携帯のメールを打つ。おかしな具合に勘ぐられないかと、送る勇気がなかなか出なかったのだ。

「今、桑原早紀さんとTELしたとこ。鶴弥さんのフィアンセは、私のよく知っている人なの。披露宴に来てね、って言われちゃった。みっちゃんはもちろん行くよね」

何の感情も入らない短いメールだ。絵文字もやめた。ところがものの十分もしないうちに、携帯が鳴った。路之介からだった。

「メール、読んだよ」

「そうなのよオ。びっくりしちゃった」

出来るだけ明るい、ただのミーハー娘のふりをする。当事者になることなどまるで考えていない無邪気な娘だ。

「サキさんって、私もよく知っている先輩なの。すっごく綺麗な人よ。でも結婚で退団って誰も聞いていなかったから、みんなびっくりしてるわ」

「ふうーん」

路之介はつまらなそうにつぶやき、その後しばらく沈黙があった。どうしてこれほど不機嫌になるのか。まさか自分のせいではないだろう。何も気に障るようなことはしていないではないかと、千花は泣きたいような思いで携帯を耳に押しあて、路之介が喋り出してくれるのを待つ。

「ほらさあ、ここだけの話だけど、鶴弥兄さんって芝居も踊りもイマイチじゃん」

「そうね」

「オレたちと違って、子どもの頃からやってるわけじゃないからさあ、まだ修業中って感じだよなあ」

「そうね、本当にそうね」

「だけどさア、さ来年ぐらいには襲名するっていうから驚いちゃうよなあ。会長から言われたらしいんだけど、襲名すれば芸も人気も何とかなるって思ってるんだよなあ。まあ鶴弥兄さんは、三十近いんだしさ、襲名にはカミさんがいた方がいいって、宝塚から適当なのを見つけた、っていうとこじゃないの」

路之介は酔っているらしい。「鶴弥兄さん」と発音する時、語尾を伸ばして悪意をあらわにした。

「あーあ、本当に疲れちゃったよオ」

「どうしたの」

「今月、オレ演舞場で、歌舞伎座の親父とは会うはずないとせいせいしてたのにさあ、合い間に見に来たのさ。それであんなお里あるかってさんざん怒られてさ。あれだけ言われてみい、もうめげるよ」

「仕方ないじゃない。みっちゃんは特別なおうちに生まれたんだから」

「ふん、特別だか何だかわかんないけど、ちっともいいことないよ」

いいことはいっぱいあるでしょう。あなたのような若さで、祇園の女の人を恋人に出来るんじゃないの。そんな言葉を口に出せたらどんなにいいだろうかと千花は思う。

「そうそう、一月は南座だからさア、一日ぐらい空けといてくれる。そっちにいるんだろ」

「うん、こっちの公演」

「そっちの休み、早く教えてよ。おいしいもんでも食べようよ。花之介も一緒だから声かけとくからさ」

今回もまた二人きりで会う気はないらしい。

7

三ツ岡の妻のことを知りたいと思った。インターネットで調べても、家族構成「妻」としか書いてない。美しい女だろうか、いったいどんな風な美しさなのだろうか。そして萌は、彼女の病気についても疑っている。

三ツ岡は自分を傷つけまいと、とっさにあんな言い訳をしたのではないだろうかという思いは、萌の中で日に日に大きくなっていくばかりだ。萌はついに、安岡晴美に電話をかけることにした。晴美は萌と同じ雑誌に寄稿する映画ライターだ。ライターといっても、さえない取材ライターの萌とは違い、こちらは署名記事も書けば、有名人へのインタビューもする。業界きっての有名人なのであるが、なぜか萌を気に入ってくれて、と食事をしたりする仲だ。

「あら、モエちゃん、久しぶりじゃないの」

四十近い晴美であるが、年よりもずっと若く見え、声はもっと若い。萌はしばらくどうということもない噂話をした後、こんな風に話を持っていった。

「そういえば私、このあいだ三ツ岡裕司さんと会いましたよ。偶然パーティーで一緒で紹介してもらったんです」

「へえー、そう。ちょっと気取ってるけど、結構素敵なおじさんよね」

「ええ、私、本を読んだばっかりだったから、会えて嬉しかったです」

「確か今、京都撮影所のことを書いてるんじゃなかったっけ」

「ええ、そうらしいですね。あの、その時に言ってらしたんですけど、三ツ岡さんの奥さんって病気なんですか」

「そうみたいね。なんでも癌っていう噂だわ」

「へえー、そうですか」

ひどく間のびした声が出た。

「もう駄目らしい、なんて言われてたんだけど、また持ち直したみたいよ。このあいだ二人でお芝居見てた、っていうもの。あの人の奥さんってさ、銀座でホステスしてたっていうわよ。ちょっとびっくりするでしょう。あんな固そうなおじさんなのにさァ」

「二回めだって聞いてますけど」

「そう、そう、今の奥さんが原因で、最初の奥さんと別れたって聞いてるわよ。そんなことまでして一緒になった奥さんが癌になったら、そりゃあショックよね」

全く不謹慎であるが、癌と聞いて萌の中で安堵《あんど》の穏やかさが拡がっていく。三ツ岡は嘘をついていなかったのだ。今は自分を拒否しても、それならばまだ望みはある。彼は嘘をつかなかった。それだけで充分だ。

萌は今日、もうひとつすることがあった。

萌が取材記者をしている出版社に、「BLEU《ブリュー》」の前身といえる「オランジュリ」という雑誌があった。裕福な若い女性にターゲットを絞った雑誌で、バブル前夜の七〇年代から八〇年代にかけて一世を風靡《ふうび》したものだ。この雑誌のグラビアに、母の桂子が載っていると教えてくれたのは、離婚した父の浩一郎である。

「僕と結婚した年だからよく憶えてるよ。何冊も買って、皆に配ってた。そう、そう、女子大生の愛車拝見みたいな企画だったと思うけどなぁ」

母が出ているページを探すのはむずかしいことではなかった。会社の資料室へ行き、その年の雑誌をめくってみた。

想像していたよりも、ずっと大きく載っていた。こちらが照れくさくなるほど若い母が、真赤なアウディの前で微笑んでいる。この頃の流行なのだろう、眉を細く描いたメイクが、桂子を東南アジアの女性のように見せている。おそらくセリーヌであろうスカーフを結び、首から細いチェーンを垂らしているのがなにやらおかしい。第一次ブランドブームの典型といっていいコーディネイトだ。

「時々通学にも使うという愛車を披露してくださったのは、世田谷区の新井桂子さん。それまでアメリカ車に乗っていたのですが、こちらの方が女の子っぽい感じがして気に入っているとのこと」

「オランジュリ」が確立した、いわゆる金持ち娘の「ライフスタイル拝見」の原型である。

これ以外に、ピンク色のワンピースを着た写真もある。キャプションはこうだ。

「パーティーなどのお出かけの時には、お父さまのベンツかリンカーンを借りることもあるそうです。ちなみにお父さまは、新井建設の社長をしていらっしゃいます」

極めつきは、大学の同級生たち数人とゴルフ場を背にしている写真だ。みんなゴルフウェアに身をつつんで微笑んでいる。ゴルフ場だというのに、どの女も金持ちの娘特有の濃い化粧をし、綺麗にブロウした髪をしている。

誰もが水商売の女と思われそうな派手な様子だが、違っているのは、どこか品よくまとめているのと、つくり笑いの唇のあたりにほの見える傲慢《ごうまん》さのせいだろう。

「ゴルフ部の仲間と。ほとんどが初等部から一緒の友人です。この中でいちばん早く花嫁となる桂子さん。卒業を待たず秋に挙式の予定です」

読者の羨望をかきたてるように、これでもか、これでもかと、幸福なブルジョア娘がイヤらしいほどに描写されている。この写真を撮られた時、母の桂子は今の人生を全く想像していなかったに違いない。

華々しい結婚式を挙げ、次の年には萌が生まれた。けれどもその頃には、もう自分の間違いに気づいていたと桂子は言う。どうやら妊娠中に、父の浩一郎は浮気をしていたらしい。そしてすぐに破局はきた。桂子は萌と共に三田のマンションを出て、あっさりと離婚は成立したのである。

二十年前とはいえ、離婚はそれほど珍しくもなかっただろう。萌のまわりにも両親が別れた友人は何人もいる。それなのに桂子は、離婚と同時にそれまでの自分の生活とも訣別してしまったのだ。しばらく知り合いの弁護士のところに勤めた後、夜間の短大へ通って司書の資格を取る、などという向上心は、それまでの母からは考えられなかった。

「生まれて初めて、努力するってことを知ったのよ」

と桂子が言ったのを憶えている。

「どうしようもないくらい、世間知らずのバカ娘が、ちょっとはマシになった第一歩よ」

それはいいとしても、その後の母の生き方はどうしてもわからないのだ。今、桂子は区立図書館の司書をしている。地味な服装に身を包み、毎日出勤していく姿は、ふつうの四十女だ。周囲の人たちにも、自分の身の上は隠しているらしい。誰もが桂子が新井建設の創立者の孫で、元社長にして大株主の娘とは思っていないだろう。実家から援助してもらわないまでも、桂子自身もかなりの株を持っているために、相当の収入はあるはずだ。それにもかかわらず、桂子は地味な生活を続けている。萌を自分の母校である、良家の子女が通うカトリックの学校に入れたが、それ以外は財閥に連なる家に生まれた片鱗はない。昔の友人とのつき合いも断わっているようだし、祖父母の家への出入りもまれだ。まるで離婚を罪と考え、それを償うためにあえて普通の、苦労の多い生活を選んでいるようだ。

そうなるとさらに理解出来ないことがある。それは桂子の男性関係だ。萌が知っている限り、母にはいつも恋人がいた。どこでどう知り合うのかわからないのだが、このあいだまでは公認会計士の男と長くつき合っていたはずである。

いくら早く子どもを産んだからといっても、桂子はもう四十代後半になる。萌から見れば立派な中年女だ。娘として恋する母を見る嫌悪感以前に、萌は不思議でたまらない。どうしてそんな年の女が、裸になって男と抱き合ったり出来るのだろうか。どうしてそんな年の女が、男を愛したり、男から愛されたりするのだろうか。

以前、そんな疑問を遠まわしに母に告げたことがある。

「私もね、モエちゃんぐらいの時に、同じこと考えたわ。だからそういう気持ち、すっごくわかるわ」

すべてを他人ごとのように言うのが、桂子の特徴である。

「だけどね、三十過ぎるとその人たちだけの場所があって、四十過ぎるとその人たちだけの場所があるのよ。その中でみんな恋をしたり、パートナーを求めたりしている。そこじゃ、私と若い子を比べるような野暮なことはしないわ」

そんな風に言う桂子が、確かに不思議な魅力を持っていると萌は認めることがある。いつもではないけれども、何かの拍子にこちらを見る目の表情やしぐさに、小さな炎を見る時がある。暗く小さな炎で、それは誰かの手を借りると、さらに大きな炎になりそうである。これを男の人はコケティッシュと呼ぶのだろうか。

萌から見て、まるで隠遁者《いんとんしゃ》のように暮らす桂子が、恋に対してだけは積極的になる。これをどう考えたらいいのだろう。

「それは簡単だよ。まるで違う自分になりたいっていうのを、彼女は実践しているんだ」

と解説してくれたのは父である。

「ちょっと貧乏で、奔放《ほんぽう》にドラマティックに生きる、っていうのがあの人の憧れてた人生だったんじゃないのかな。桂子さんも実は驚いていると思うよ。自分はただの金持ちの娘で、その枠からずうっと逃れられないと思ってた。他の同級生みたいに、医者やどっかの御曹子と結婚して、ゴルフとテーブルコーディネイトに精出す奥さんになるんだとばっかり思ってた。ところが僕と結婚しておまけに離婚したから、コースがちょいとずれたんだな。彼女ぐらいの家だったら、再婚して軌道修正するのはわけないことだったけど、どういうわけか彼女はしなかったんだ。そして頑張り始めたらいろんなことが出来た。だから彼女は、今、本当に自分の生きたいように生きてるんじゃないかな」

「そうかしらん。私から見ればさ、ママってふつうのそこらにいるおばさんだよ。まあ、ふつうよりはちょっとモテるかもしれないけど、あの程度が、理想の生活だとしたらかなり淋しいものがあるんじゃないかなあ」

「いやあ、僕は最近の桂子さんを知らないけど、二年前に会った時はかなりぐっときたぜ。大人のいい女になってたね。昔もそりゃあ可愛かったけど、今の方がずっといい。きっといい毎日おくってるんだなあ、僕と別れたのが本当によかったんだなあなんて、しみじみ思った夜になりましたよ」

　この父親の言葉を、萌は自分のために思い出している。京都から帰ってきてしばらくして、パソコンでこんなメールを打った。

「大人の男の人にとっては、やっぱり大人のいい女、っていうのがいいのかなあ。ずっと前に、四十代は四十代の世界があって、その中でみんなうまくやってるんだってママが言ってたけれど、じゃ、私のような年代の女は、四十とか五十の男の人とはつき合えないっていうことなのかしら。世間じゃよく聞く話だけど、あっちは体めあて、こっちは金めあてっていう関係ばっかりで、本当の恋愛は出来ないのでしょうか」

「君の幼さについて、父親として僕は喜んでいいのか、悲しんでいいのかわからないなあ。はっきり言います。どんな年の男でも、若い女性は大好きです。だけど本気でつき合ってくれるわけがない、というコンプレックスをみんな持っているため近づかない。めんどうなことになりたくないから、まともな男ほど避けるはずだ。もし萌の相手がおじさんだとして、その男がやすやすと近づいてくるようだったらたいしたことはないね。おじさんは臆病でデリケートでとても疑い深い。悪いことは言わないから、若い男にしておきなさい。若い男の無邪気さというのは、恋をするのにはやっぱり最適だよ」

「いったいどうしたんだよ。すぐに連絡くれって、携帯のメールにも入れといたのにさ」

携帯電話の向こうから、路之介の苛立った声が聞こえてくる。新春の舞台を、路之介は京都でつとめていた。

「ごめんなさい。今日はお稽古がずうっとたてこんでて、メール見る時間がなかったのよ」

「いいからさァ、そっちの予定を今、言ってみてよ。えーと、確か休みは十二日だったよなぁ。その日さ、京都へ来られる」

「たぶん行けると思うけど」

「じゃ、じゃ困るんだよ。僕の都合もあるから、今すぐ決めておきたいんだ」

「じゃ、十二日OK」

「わかった。じゃ店の予約入れとくよ。チカ、何が食べたい……って言っても、京都は和食しかないけどさあ」

「もうみっちゃんにお任せします」

「わかった。あのさ、花見小路にものすごくおいしい店が出来たらしいよ。『喜蝶』の花板が独立して店持ったんだって」

子どもの時から一流の店の味を知っている彼は、食べものにとてもうるさい。一食でもまずいものにあたると、すぐに不機嫌になる。歌舞伎座や南座の楽屋を訪ねる時、千花はどれほど差し入れの品に心を砕いたことだろう。鮨だったら青山の紀ノ国屋スーパーの中に入っている「すし萬」。ここの大阪鮨は値段が倍ぐらいするが味がまるで違う。あなご鮨が路之介の好物なので大箱を持っていく。サンドウィッチならば、帝国ホテルの売店のものと決めていた。

それ以外にも、自分でせっせと菓子を焼いた。高校を中退して宝塚に入った千花は、他の同級生たちのように料理教室へ通った経験がない。だから本を見ての独学であったが、これが案外うまくいった。特にクルミとバナナの入ったパウンドケーキは、売り物にしてもいいぐらいだと食べた人は必ず言う。

路之介もこれが気に入っていて、そんな細い体のどこに入るのだろうという勢いで、三切れ、四切れすぐ口に入れる。

けれどもそんな差し入れが出来るのも、自分が東京にいる時のことだ。宝塚にいて公演中ならば、手づくりのものはつくれないし、小遣いをねだる母もいない。早めに京都へ入って、老舗《しにせ》の菓子を買っていこうかと思案する千花に、路之介が言った。

「それでさ、花之介が来られなくなったんだ」

「えっ」

「夜の部に出てるしさ、十二日はその後見に来てくれたお客さんとどこか行くみたい。僕も誘われたけど、チカとご飯食べた方がいいもの」

「ありがと」

こんなことは初めてだ。二人で会うのを路之介は避けているのではないかと思うぐらい、いつも誰かと一緒だった。四十がらみの番頭さんがついてくる時もあったが、たいていの場合路之介の友人が一緒だ。学生時代の同級生ということだったが、何の仕事をしているのかやたら羽振りのいい男たちだ。高価なスーツや腕時計を身につけ、銀座の高級クラブに連れていってくれることもある。地方に行くと、友人の替わりに仲よしの役者が加わる。いずれにしても二人きりで会ったという経験がない。今度の京都の食事が初めてのデイトになる。

「それからさ、もうホテル決めた？」

「ううん、まだ。いつものとこにしようかな」

「だったらさ、僕と同じホテルにしなよ。その方が食事行くのにも都合いいしさ。僕から予約しとく。すごく安くなるはずだしさ」

急に早口になった路之介の声を聞きながら、千花は茫然《ぼうぜん》としている。二人きりで会うのも初めてなら、ホテルを同じにしろというのも初めてだ。近いうち、大きなものが動き始める。その予感の大きさと恥ずかしさに、千花はしばらく言葉が出ない。

宝塚から京都までは、阪急線に乗って一時間ちょっとの距離である。が、のんびりとした宝塚から、河原町駅に降り立つと、都会へ来たという緊張感と晴れがましさがわいてくるようだ。寒さもまるで違う。京の底冷えとはよく言ったもので、靴底からじわじわと這《は》い上がってくるような寒さは、宝塚にはないものであった。

千花は駅前からタクシーに乗り、ホテルの名を告げた。路之介が泊まるようにと指定したそこは、いつも使うところよりもずっと贅沢なところだ。エントランスはそう広くないけれども、タクシーが着くやいなや、制服姿のドアボーイが、千花のルイ・ヴィトンのボストンバッグをすばやく受け取った。

大観光都市である京都のホテルのサービスは、既してあまり評判がよくない。千花がいつも使うホテルは、中級レベルなのに荷物を持ってくれるベルボーイがほとんどいないぐらいだ。

「お泊まりですか」

千花は頷く。何かすべてのことを見透かされているような気がするのだが、考え過ぎというものだろう。

フロントで本名を告げると、黒服の男が、

「はい、承っております」

と言い、千花は顔を赤らめた。おそらく路之介から女名の予約が入った時、彼らはいろいろなことを想像したであろう。けれども路之介が、きちんと予約を入れておいてくれたという事実は、彼の誠意を見たようで千花は嬉しい。考えてみるとそんなものを見たのは初めてだ。

部屋はごく平凡なツインルームであったが、テラスがついていて、そこから京の山々を思わぬ近さで見ることが出来た。山頂の方は砂糖をまぶしたように雪が積もっている。よく晴れた青空のもと、それはとても清浄な風景に千花には思える。今日見るもの、触れるものすべてが吉兆になりますようにと祈らずにはいられない。

千花はボストンバッグから、手早くニットとスカートを取り出しハンガーにかけた。そしてためらいながらナイティも、いちばん奥のハンガーにかける。それはフランスの下着メーカーの製品で、薄桃色のシルクに凝ったレースがほどこされている。昨年の誕生日に、ファンから贈られたのだ。まだ一度も身に着けてはいない。大切な夜のためにとっておいた一枚であるが、その時はもう路之介のことが頭にあったはずだ。あまりにも少女じみたこのナイティを見たとしたら、彼はどう思うかとちらっと考えたのを憶えている……。

クローゼットを閉め、千花は携帯を取り出した。京都に着いたら連絡をしてくれと、路之介に言われているからだ。南座に出演中といっても、メールを見る時間ぐらいはあるだろう。千花はごくあっさりとした文章を打つことにした。

「今、ホテルに着きました。とってもいいホテルでした。これから南座へ向かいます。道成寺すっごく楽しみ」

今月の南座で、路之介はあの有名な道成寺を踊っているのである。大役を得たのはやはり嬉しいらしく、絶対に見てくれと彼にしては珍しく何度も電話がかかってきた。午前中は地味な演目だから、朝から見る必要はない。とにかく昼の部の終わりを飾る道成寺に間に合わせてほしいと路之介は言ったのだ。ホテルから南座へは車で十五分ほどというから充分に間に合うだろう。千花は手早く化粧を直し始めた。白いふくれ織りのシャネルのスーツを着ている。路之介が出ている劇場へ行く時は、必ずきちんとした格好をするようになった。

いつの日かわからないけれども、自分と路之介が結ばれる情況になったら、歌舞伎座や南座の人々はこう言うだろう。

「路之介さんのフィアンセ？　ああ、いつも素敵なお洋服で来ていた、あの綺麗なお嬢さんね」

路之介に恥をかかせるようなことをしてはいけないという心構えは、甘やかな想像と結びついて今の千花のほとんどすべてを占めている。行きがけにドアの傍にある鏡をもう一度見た。背筋をしゃんと伸ばし、にっこりと微笑む。昨日の宝塚劇場の楽屋でだって、これほど真剣に鏡を見なかっただろう。

ロビィに降りていくと、さっきのフロントの男が会釈した。

「いってらっしゃいませ」

いつかこの男に向かって、こう言う日がくるのだろうか。

「いつも主人がお世話になっております」

バッグからチケットを出したりしない。選ばれた客であるという証に、千花はまず

「松倉屋受付」と書かれた机に進む。番頭さんではなく、顔見知りの事務所の女性が座っていた。

「あ、チカさん、わざわざありがとうございます」

筋書きと共にチケットを手渡してくれた。時間を見はからっていったので、休憩時間のロビィは、客たちが所在なげにあちこちに立っている。京都だというのにあかぬけた着物姿の女などひとりもいない。もこもこと着ぶくれた中年の女ばかりだ。おそらく団体でやってきたのだろう。京都弁でも大阪弁でもないきつい訛りで話しながら、ちらちらとこちらを見ている。

「綺麗だね」

「女優さんだよ、きっと」

という声が聞こえ、千花はさらに背筋を伸ばした。

席は花道の横にあった。ここを通る時、路之介はこっそりと自分だけにわかる視線をおくってくれるだろうか。そんなことは何度かあった。路之介に言わせると、歌舞伎は上演中の客席が明るいので、来ている客の顔がはっきりとわかるそうだ。

「花之介なんかひどいぜ。よく行く飲み屋のマスターたちが来てるんで喜んじゃって、持ってた鑓《やり》で頭の上をつっつく真似したんだからな」

千花はあたりを見渡す。当然のことであったが、あのお茶屋バーの女は来ていない。

それよりも客が少ないのが気にかかった。七分の入りというところかと、千花は自分も舞台に立つ者のめざとさで、あたりを見渡す。歌舞伎ブームも一段落したといわれ、今、劇場をいっぱいにする人気者は限られている。やはり路之介の道成寺では、満席ということにはならないのだ。

幕が開き、白い席を幾つも見た時、路之介はどんな気分になるだろうかと、千花は胸が塞《ふさ》がれるような思いがした。

やがて「聞いたか坊主」たちが花道を通ってやってきた。鐘供養のやりとりがしばらく続いた後、揚幕が上がり白拍子花子が登場する。黄泉《よみ》の国から現れるように白拍子は静かに進むのだ。

「松倉屋」

と大向こうから声が飛ぶ。それまでざわついていた劇場がぴたっと静かになったのは、路之介があまりにも美しかったからだ。いわゆる〝三之助〟ブームから除外され、若手の中では二番手と評される路之介であるが、今回の大役に期するものがあったのであろう、ひたひたと歩く様子に自ら光を放とうとしている決意があった。赤の地にぎっしりと白い桜の花を刺繍《ししゅう》した衣裳も、彼の若さをひきたてている。びらり帽子の下の顔は、いつもよりも紅が濃い。唇と同じように目尻にも紅がさしてあるが、それと真白い肌とのコントラストが、もうじき蛇に姿を変える美女の妖しさを表しているようだ。

素顔の路之介というのは、典型的な歌舞伎顔をしていて、同い齢の青年と比べるとやや古くさい印象を持つこともあった。けれどもこうして厚化粧をし紅をさすと、遠い異界からやってきたような美しさがある。とても平成の今の世に生きている若い男とは思えない。どうしてもっと人気が出ないのかと、千花はしばらく呼吸を止めて彼を眺めた。

やがて坊主たちは、白拍子に舞を所望する。烏帽子《えぼし》を被り、能がかりで進む。

「花のほかには松ばかり〳〵、暮れそめて鐘やひゞくらん」

ここがいちばんむずかしいんだと、四日前に路之介は語ったものだ。派手な振りつけの場面、たとえば中腰で鞠《まり》をつくところなど観客は喜んですぐ拍手をする。けれども力をため、静の姿勢のまま動き、きっと鐘を振り返る。怨みと怒りとを見せるわけであるが、ここで亡霊の大きさと美を暗示しなくてはならないのだ。

「佐賀町のおじさんも、ここで道成寺が決まるって言ってる」

路之介の父は、この大役を踊るにあたって息子を老優のところへ送り込んだ。路之介が「佐賀町のおじさん」と敬意を込めて呼ぶ名女形は、七十九歳という年齢でこのあいだも「鏡獅子」を踊ったばかりである。この演目を千花は歌舞伎座で見たのであるが、獅子の精になってからの勇壮な場は、さすがに年齢を感じたものの、小姓弥生の可憐さに驚いたものだ。乞われて座敷に出るものの、恥ずかしさのあまりすぐにひっ込んでしまう初々しさ。

路之介もこうした特異な才能を持った人間の、一族に連なることを千花は考えずにはいられない。

やがて三味線が激しい音をたて始めた。桜が散るのをせかすようなバチさばきである。筋書きを見る。そこにいずれ人間国宝になるだろうと言われている太夫の名を見た。路之介の初役にあたって、大物を配したということであろう。

やがて藤色の衣裳に着替えた路之介が、小走りで舞台の中央に進む。たちまち起こる大きな拍手。家紋入りの手拭いをくねくね動かしながら、路之介は「恋の手習い」を踊り始める。

口説きといわれる、この踊りのクライマックスである。手拭いを男の髷《まげ》に見立て、路之介は恨みのありったけを見せていく。

「〽恋の手習い、つい見習いて、誰に見しょとて紅鉄漿《べにかね》つきょぞ、みんな主《ぬし》への心中《しんじゅ》だて、オヽうれしオヽうれし 〽末はこうじゃにエ、そうなるまでは、とんと言わずにナ済まそぞエと、誓紙《せいし》さえ偽《いつわ》りか、嘘かまことか、どもならぬ程逢いに来た 〽ふっつり悋気《りんき》せまいぞと、たしなんで見ても情《なさけ》なや、女子《おなご》には何がなる、殿御々々《とのごとのご》の気が知れぬ気が知れぬ、悪性《あくしょ》な悪性な気が知れぬ、……」

やがて路之介は後ろを向き、懐から出した手拭いをぽーんと客席にほうった。千花を狙ったのかどうかわからない。今日は千花を一瞥《いちべつ》だにしなかったからである。手拭いのひとつは、かなり右にそれ、半身を乗り出した中年の女がキャッチした。路之介が引っ込んだ後は、坊主たちが出てきて、さらに大量の手拭いを撒《ま》く。ぽんとやわらかいものが膝に落ちた。千花と気づいた坊主の誰かが、注意深くほうってくれたものだろう。松倉屋の家紋の入った白い手拭いを、もう何枚も千花は持っている。何かにつけてチケットと共にくれるからである。けれどもこの手拭いは、全く別のものだ。何かが起ころうとしている日の証だと、何やら迷信深くなっている千花は、それを大切にハンドバッグの中にしまった。

けれども終演後、楽屋に来ないでくれと路之介は指示していた。南座の楽屋は狭く、今回は道成寺を踊るということで人の出入りも多い。ホテルで待っていてくれという言葉に、千花は素直に従うことにした。

電話があったらすぐ出ていけるようにと、シャワーを浴びずに小さなソファに座った。宝塚の駅で買った、エッセイの文庫本を読み始めたが少しも面白くなかった。時計を見る。もう六時になろうとしていた。昼の部の終了は四時十五分である。たいていの歌舞伎役者たちは帰り仕度が大層早く、ものの十分もしないうちに、さっと湯を浴び、化粧を落として楽屋口を出てくるほどだ。

どこか店を予約してくれているはずであるが、そろそろ行った方がいいのではないだろうか。

千花は路之介の携帯にかけてみたが応答はない。メールを打つことにした。

「道成寺、最高でした。感動を胸に私はTELをお待ちしています」

が、何の返答もない。八時になった。千花は空腹のあまり、ルームサービスを頼むことにした。この後どこかで食べるにしても、軽いサンドウィッチぐらいは支障ないだろう。運ばれてきたサンドウィッチをゆっくりと食べ、時間をかけて口紅を直した。テレビでは「ニュースステーション」が始まろうとしていた。

「いったい、どうしちゃったのよ」

大切な贔屓でも来たのだろうか。それにしても携帯を寄こすぐらいどうということもないはずだ。

「もしかしたら、あの女が来たのかもしれない」

その可能性は充分に考えられる。彼女がずっと傍にいて、路之介は携帯に出られないのだ。

そして日付けが変わろうとした時、千花は初めて泣いた。涙はいくらでも出てくる。どうして自分がこんなにひどい仕打ちをされるのか、全くわけがわからなかった。

「このままチェックアウトして、宝塚に帰ろうか」

タクシーでいくらかかるかわからないが、先月食事をした時に、ファンのひとりからもらったチケットがある。遠距離に使うのは行儀が悪いけれども、この場合は仕方ないかもしれない。

その時、ベッドの横の電話が鳴った。自分でも信じられない早さで、千花はそれにとびついた。

「あ、もし、もし、僕だけど」

「いったいどうしたの。ひどいよ」

「ごめん、ごめん。わけ話すから、今、僕の部屋に来て」

「えっ」

「725号室だよ」

路之介の傲慢さをこれほどはっきりと知らされたのは初めてだ。千花はこのような侮辱を受けたことはなかった。男たちは大きな熱意と、長い口説きの末に千花を誘わなかったか。それなのに路之介はまるでルームサービスを頼むように、千花に命じているのだ。

「本当に悪かったよ。謝りたいからさ来てよ。頼むからさ」

けれどもあれは確かに命令であった。

千花は今まで男から命令されたことがない。初めてデイトをした十三歳の時から、男というのは自分に渇仰《かつごう》し、懇願してくるものではなかったか。

「ひどいわ、ひどい」

千花は口に出して言ってみた。そうすると自分のみじめさが一層身に染《し》みた。初めて二人きりで会う京都の夜だというのに、これほど長いこと待たされ、そして揚句の果ては部屋まで来いと命じられたのだ。千花は、このまま宝塚まで帰ろうかと本気で思った。そうして憤然と部屋を去ることだけが、自分のプライドを守る唯一の方法だろう。プライド、けれどもそれはいったい何なのか。人間の価値をシーソーのように測るものだ。価値のあるものは重く、価値のないものは軽い。そして軽い者は、重い者に従わなくてはならない。

昼間見た道成寺の舞台が頭をかすめる。何百人という人々のため息がいっせいに漏れた、あの時の劇場の空気。世にも美しい女が、花道を静かに歩いてきたのだ。あの女を演じた路之介に比べれば、自分などほんのちっぽけな存在ではないか。どんなことでも耐えなくてはいけないのではないだろうか……。

そう考えることは哀しい。けれどもその哀しみの中には、一筋の甘やかさがある。自分をとるに足らない生贄《いけにえ》のように考えると、奇妙な喜びがわいてくるのはどうしてだろう。

路之介の傲慢さを許せないと思う心の同じ場所で、それを美徳と感じている自分がいる。路之介に傲慢さはとてもよく似合っていると思う自分がいるのだ。

千花はドアを開けた。廊下に出る。もし人が来たら戻るつもりであった。けれども真夜中のホテルの廊下はしんとして物音ひとつしない。何か自分を躊躇《ちゅうちょ》させるものが欲しいと願いながら、千花はエレベーターを呼んだ。ボタンを押す。閉まる合図の「チン」という音だけが、わずかに千花をびくりとさせた。

そして路之介の部屋の前に着く。ノックするのはさすがにためらわれた。しばらくそのままたたずんでいると、ドアが中から開けられた。

「早く入って」

路之介だ。ガウン姿でいたら絶対に嫌だと思ったがそんなことはなかった。あまり似合っているとは思えない白いタートルネックのセーターに、黒い革パンツをはいている。

「この頃、写真週刊誌が結構オレたちを狙ってるんだよな。このあいだも蝶次郎兄さんが撮られちゃったしさァ」

早口で言ったが、照れ隠しなのだろうと千花は考えようとした。ドアの前で二人は向かい合っている。男が女をひき寄せようとする直前の、あのぎこちない静寂。けれども千花は、このまま男の胸になだれ込むのは口惜しいと思った。

「お腹空いたわ」

と路之介の顔を見上げた。

「私、電話待ってて、夕ごはん食べそびれちゃったのよ。ねえ、ひどいと思わない」

「ごめんよ」

同時に肩をつかまれた。長いキスをされた。初めて触れる路之介の唇は、温かく唾《つば》で充分に潤っていた。舌を入れてくることはない清潔なキスだ。この唇が何時間か前、真紅に塗られていたと思うと、とても不思議な気分になる。

「ごめんね、本当にごめんね」

唇を離した後、路之介は言いわけにふさわしいやさしい声になった。

「あのさァ、『すぎ江』のママとか、キナちゃんが楽屋に来てさァ、もう選択の余地なんかなし。宮川町にラチされちゃってさあ」

「すぎ江」というのは、大阪の有名なゲイバーである。ここのオーナーと路之介はとても仲がよい。南座で公演があると、必ず宿をとって見にくるのがならわしだ。それにしても彼らがくるのはとうにわかっていたはずだ。たぶん嘘だろう。

「オレがさ、何度も途中で帰ろうとしたり、ケイタイ使おうとするだろ、目障りだってとうとうケイタイ取り上げられちゃったんだ」

けれどもこれだけ必死で嘘をつく路之介を見るのは嬉しい。我儘な男が、つまらぬつくり話をして自分の機嫌をとろうとしていると、千花は路之介を少し許してやってもいいかなと考える。

こんな心の変化を、路之介は見逃さなかった。千花の顔を持ち上げ、もういちど長いキスをする。このキスははっきりとした問いかけである。

「ねえ、いいだろう」

千花の部屋と同じぐらいのツインルームである。ベッドの上には車の雑誌が散らばっている。路之介は乱暴にそれを払いのけた。

「もう、いいよね」

今度ははっきりと口に出して問う。こういう時の女がすべてするように、千花はひとことも口にしない。立ち去らないというのが答えだ。

やがて千花はベッドの上に、やわらかく寝かされる。ブラウスの小さなくるみボタンは、路之介のなめらかな手つきではずされていく。男の年に合わない手慣れた様子は、女に不安を抱かせるものだが路之介がそうだ。顔を左手で撫でながら、同時に首すじに唇を這わせる技というのは、なかなか出来ることではない。

「捨てないで」

千花は思わずつぶやきそうになったが、あまりにも哀しいと、口に出すのはやめた。

8

萌が取材記者をつとめる「平成の令嬢たち」は評判がよく、雑誌「BLEU《ブリュー》」のアンケートもかなりいいと担当編集者も言った。これはまんざら嘘ではないらしく、萌の原稿料がほんの少し上がったほどだ。

「だけど先月号はまいっちゃったよなあ」

美容器具を販売する会社社長の娘が、今どき珍しいぐらい不器量だったのである。

「金はうなるぐらいあるんだから、ちゃんと整形すればいいのに」

とポジチェックをしていた担当編集者が舌うちしたぐらいだ。歯ぐきが前に出た品のない顔つきなのに、金髪に近い色に染めている。両親が関西出身なので、そちら好みの派手さもあるらしい。洋服も水商売の女が好むイタリアのブランドばかりだ。

持っている洋服や靴、バッグを見せてもらうページがあるのだが、爬虫類《はちゆうるい》の皮を使った小物が多いことに萌は驚いた。ピンクや青のクロコのブランドバッグを何個も持っているのだ。

けれども倉本優里という女はとても感じがよく、つき合っているボーイフレンドのこともはきはきと喋った。彼とは高校生の頃からつき合っていて、結婚した場合はいずれ父親の会社を継いでほしいという。

「私、親にはとっても大切に贅沢に育ててもらったんで、ちゃんと親の名前を守ってやりたいのです」

そうした言葉を素直に伝えたつもりであったが、読者からの反応は辛辣《しんらつ》であった。

「あんな品のない女を令嬢だなんていって、おたくの雑誌、どうなってるの」

といった類の言葉が読者アンケートに目立った。モニターでも評判が悪かったようだ。読者の憧れと羨望をかきたてる「令嬢」が、それほど美人である必要はないけれども、やはり十人並み以上の容姿と品位をもっていてくれなくては困る。だいいち豪華なグラビア誌面が全く映えないのだ。

「モエちゃん方面で誰かいないの。モエちゃんなんか、お嬢さま学校出身なんだから、友だちいっぱいいるでしょう」

「そうですねえ」

萌は何人かの友人の顔を思いうかべる。クラスメイトの中でも華やかなグループがあり、彼女たちは在学中からしょっちゅう雑誌の読者モデルに登場していた。目立つことや、自分の恵まれた境遇を見せびらかすことが、決して嫌いでない女たちだ。

けれども今、みんな適齢期に入り、雑誌に出るのにかなり慎重になっている。縁談の相手から「派手なお嬢さん」と見られるのが嫌なのだ。もし萌から頼めば出てくれないこともないだろうが、渋々という感じだろう。かつての同級生に借りをつくるのは気がすすまない。

「私、在校生何人かにあたってみますけど……」

「お願いね。うちもこういうの強くて、いろんなルート持ってたんだけど、この不景気でしょう。チャラチャラ出てお得意さんや知り合いに見られたら困る、っていう空気が強くなってさ、本当に嫌になっちゃうわ」

担当デスクは四十三歳の正社員だ。バブルのいちばんいい頃を知っている彼女は、化粧品会社やファッションブランドメーカーからたっぷり恩恵を蒙ってきた。あの頃はスポンサーがすべて金を出す海外取材や、一流シェフを呼んだシャンパンと美食のパーティーが珍しくも何ともなかったという。それが今では、海外資本の手に渡るのではという噂が絶えない出版社となった。萌のようなフリーの取材記者に渡される原稿料など、まるでバイト料だ。けれどそれでも雑誌の仕事をしたいという女たちは、あとをたたないらしい。お嬢さま雑誌と呼ばれる「ＢＬＥＵ」では、取材記者をキャリアではなく、経歴で選んでいるといわれる。出身校や親の職業を重視するのは、記者たちの人脈があてなのだ。

その事実を充分知っているから、萌も気がすすまないながらも、後輩に電話をかけることになる。高校時代、萌は受験に役立つのではないかと、英語研究会に入っていた。そこで下級生だった今村裕記子が今系列の大学の四年生でゴルフ部に入っている。ゴルフ部は昔から、学内でもお嬢さま度がいちばん高いところだといわれている。彼女から誰か紹介してもらえるだろう。

ゆっくり落ち着いてしたい話だったので、携帯ではなく自宅の方にすることにした。裕記子は自分の部屋にも、専用の電話を持っている。呼び出し音が鳴っている間、萌は裕記子の、南麻布にある広い邸を思い出していた。裕記子の父親は中国人で、何軒もの中華料理店を持っているだけではなく、自社ブランドの中華材料もデパートの地下などで売って大あたりをしている。

小学校はインターナショナルスクールに通っていた裕記子は、日本の金持ちの娘という枠からはみ出す大らかさがあり、友人の多いことで昔から有名だった。

「どう、相変わらず」

と問いかけると、

「いやあ、東京の夜もすっかり淋しくなっちゃって。みんな就職が決まったはずだから、そろそろ復帰してもらいたいと思うわ」

裕記子には何度か、友人を紹介してもらったことがあるから話が早い。企画を話すと、

「なるほどね」と低く笑う気配があった。

「令嬢ときましたかァ。いかにも『BLEU』らしい企画でなんかおかしい。でもね、萌さん、今どき『BLEU』読んでる人って、よっぽど地方の女の子ですよ。うちの学校でだって、みんな『フラウ』か『ギンザ』読んでますからね」

「わかってるわよ、だけどね、まだそういう幻想を持たせるのが、私たちの仕事ですからね」

「わかりましたよ。出来るだけ美人がいいんですね」

しばらく考えた後、裕記子は次々と候補者をあげた。

「今、二年生に岸本産業の娘がいますけど、結構可愛いですよ。ママは東和テレビの竹山さんちの人で、うちの同窓生です。昔からママも美人で有名だったみたい」

「なるほどね……」

ひとりひとりメモをしていく。そうしながらまだ若い女が二人、こういう品定めをしていることに、なんとも奇妙な感じがした。

「うちの学校じゃないけど、上智の坂本映美《えいみ》ちゃんっていうのも、すっごい美人。パパは建築家の坂本達己です」

「へえー、すっごいじゃない」

萌もその名前は知っている。国際的な賞を幾つも受け、最近はシカゴの大きな美術館をつくったばかりだ。この時は盛んに日本のマスコミで取り上げられたものである。

「ママも芸大出のピアニストだったんだからカッコいいでしょう」

「素敵ね」

「でも惜しむらくは、このママは昔、別の人と離婚してて、映美ちゃんは連れ子なんです」

「そんなの関係ないわよ。私だって親が離婚してるもん」

「そうでしたっけ、失礼。でもね、別れた映美ちゃんのパパも、なかなかのもんですよ。ほら、有名な映画評論家で三ツ岡っていう人がいるでしょう。あの人がパパなんですよ」

「何ですって」

「モエさん会ったことあります？　映美ちゃんのママって、最初は三ツ岡っていう人と結婚して、次は坂本達己なんですから、すごいもんですよ。一流の男をとっ替えて、なんか女の花道をずいずい行ってる、っていう感じしませんか」

受話器の向こう側から、無邪気な声が続いている。

一月も末になってから、宝塚に初めて雪が降った。

かぼそい雪は今にも溶けそうであるが、それでも遊園地や劇場前の風景を確実に変えている。

千花はちょうど振りをつけてもらっている男役の団員たちの肩ごしに、窓から降る雪を眺めている。二月末にはバウホールの公演があり、その稽古の最中だ。客席が五百ほどの、小さなバウホールは、別名実験劇場とも呼ばれ、新人たちも多く活躍出来るようになっている。千花も準主役といっていいほどの役がふりあてられた。このあいだの新人公演も、ヒロインから恋人を奪う貴族の娘というこれまた出番の多い役であった。

「ひょっとすると、ひょっとするかもしれないよ」

夏帆がささやくことがある。

「タァ子さんが辞めたら、次の男役トップはココさんで決まりよねえ。次はまあ子さんで間違いなし。ここんとこ、チカはよくまあ子さんと組むこと多いじゃん。次の次の、娘役トップはチカかもしれないっていう感じ、確かに出てきたよねぇ」

「そりゃ無いってば。無いわよ、絶対」

千花があわてて手を振ると、

「そんなこと言っても、ココさん見てみなよ」

と夏帆は声を潜めた。

「もうトップへの道は、完全にないって言われてたじゃん。だけどさ、今度も大抜擢。ファンもわんわん騒いでる。ここんとこ、何が起こるか、本当にわからないってみんな言ってるよ」

ココさんと愛称で呼ばれる麻路りらんは、短期間でナンバー2の地位に駆け上った男役だ。研究科二、三年の頃はくすぶっていて、ろくな役もついていなかった彼女が、大変身を遂げるのは「愛よ、白い龍のごとく」で、王子を演じてからである。古代の中国のコスチュームがりらんによく似合ったうえに、むずかしいメロディーのアリアを見事に歌いきって、

「大役にこたえた麻路りらんの演技力、歌唱力が見事」

と、新聞の評にも書かれたぐらいだ。それにこれはインターネットでしじゅう流れるファン間の噂話であるが、りらんの父親は、大阪の大金持ちである。バブル崩壊にもめげず、着実に儲けている不動産業の父は、今までにものすごい金額を娘のために遣っていると言われていた。りらんが大変身を遂げた中国の王子の役も、実は金で買ったのではないかと、無責任な噂はさらに尾ひれがついていく。

が、そんなことを抜きにしても、この頃のりらんは変わったと思う。何がどうなったとうまく説明出来ないのであるが、トップへの道を歩き始めた者の、風格と華やかさがにじみ出始めた。後ろで見ているとよくわかるが、フィナーレで階段を降りて挨拶する時の、拍手の大きさも俄然違う。

「チカにも、似たようなものを感じる。なんかさ、空気が変わってきたってわかるもん。

私は駄目だよ。本当にコースはずれちゃったってわかるもんねえ」

今回のバウ公演でも、傍《わき》の小さな役しかつかなかった夏帆は淋しそうに笑う。宝塚音楽学校を卒業し、研究生として舞台に立ってすぐの頃、夏帆は誰もが認める「トップ候補」のひとりであった。恵まれた容姿とスケールの大きさは、二十年に一度の逸材と、宝塚のファン雑誌に書かれたぐらいだ。それなのに夏帆は生来の稽古嫌いと欲の無さで、次第に輝かしいコースからはずれてしまったようである。

千花にしても似たりよったりで、トップへの道は完全に塞がれたと思っていたが、このところ嬉しいことが続く。いい役はつくし、グラフ誌の取材がぐっと増えた。どうやらファンの方から火がつき、それを劇団側も無視出来なくなったというのが正しい見方だろう。

「甘くって可愛くって、久々の宝塚の娘役、王道っていう感じ」

とこのあいだもファン雑誌に書かれていた。もしかして、もしかしたらと、雪を眺めながら、思いはそのことばかりにいく。

「トップになって、そして路之介と結婚出来るかもしれない」

歌舞伎役者が宝塚の劇団員と結婚する例はいくつもあるが、トップというのはあまり聞いたことがない。けれども名門に嫁ぐのだ。宝塚のトップという地位を手に入れられたら、どれほど素敵だろう。もうそれほど臆することもなく、路之介の妻になることが出来るのだ。

千花は昨夜の路之介のメールを思い出した。このところ二日おきぐらいにメールが入ってくる。毎日でないのは不満だが、それにしても前に比べると大変な進歩だ。

「今月は蝶次郎兄さんと一緒。兄さんにチカのことをからかわれました。すっごく可愛いって言ったんで、あたり前じゃんって答えときました。アイシテルヨ」

私はあと何回、宝塚の舞台に立つのかしらんと千花は考える。そのとたん大きな幸福感に包まれ、少し震えがくる。

結婚したら宝塚は退団するのがきまりだ。専科へ移って長く演じる人もいるけれども、自分はそういうタイプではないとずっと考えていた。辞める時は他の芸能界に移る時ではない。幸せな花嫁となり、皆に祝福されて辞めるのだ。それが宝塚では、今でも理想のようにされている。

松倉屋の御曹子との結婚ともなれば、理事長以下宝塚の幹部たちも出席してくれるはずだ。仲間は袴《はかま》姿で「すみれの花咲く頃」を合唱してくれる。

もうじきその日がやってくるだろう。ああ、なんて素敵なんだろう。

雪は早いリズムを刻みながら降り続けている。

ニューオータニのコーヒーハウスで、坂本映美と待ち合わせをした。その日はバイトがあるので時間をとれない、というのを一時間だけと頼んだのである。

「ママ似ですっごい美人ですよ。本当ならこのあいだのミスソフィアになるはずだったのに、本人が嫌で断わっちゃったんですって。残念なことしますよね。大学のミスコンっていったって、上智のミスソフィアになれば、なりたきゃフジのアナウンサーに自動的になれるっていうじゃないですか。本当に映美ちゃんらしいって、皆で言ってたんですよ」

そういう後輩の裕記子は、カシミアのジャケットに革のスカート、ルイ・ヴィトンの新作バッグといういでたちだ。靴はもちろんピンヒールでとても学生とは思えない。上級生ともなると、そこいらのOLよりもずっと派手なきちんとした格好でキャンパスへ向かうというのが、裕記子が通う女子大の伝統である。彼女は化粧もうまい。きちんとアイラインをひき、ネイルサロンで塗ってもらった爪をしている。

「あっ、映美ちゃんだ」

若い女が大股でこちらに向かってくる。ダッフルコートにジーンズといういでたちに、萌は驚きややがっかりした。今の若い女は完全に棲み分けが出来ている。「BLEU」は正統派の牙城《がじょう》のような雑誌だ。読者も誌面に出る女たちも、化粧、ブランド品の好みが一致している。映美の服装、雰囲気は学生らしいといえば確かにそうなのであるが、ややカジュアル過ぎるのではないだろうか。

裕記子と仲のいい女子大生というから、当然似たような女だと思っていた。けれども裕記子の持つテイストとは、かなり違うセンスらしい。「BLEU」の読者モデルとしては、少々地味過ぎるかもしれなかった。しかしそれは、スタイリストをつければどうということもない。大切なのは映美が、三ツ岡の娘という事実なのである。

「映美ちゃん、元気してたァ」

「うん、ちょっと今、なんだかんだで忙しいけど」

「それで最近あんまり夜見ないんだ」

「でもメールしてるからいいじゃん」

二人はいかにも学生らしい会話をかわし、萌は少々取り残された気分になった。卒業して二年しかたっていないというのに、彼女たちと自分との間には、太い一本の線がひかれたようだ。

「新井萌さん、うちの高等部の先輩なの。大学は映美ちゃんと同じ上智で今、雑誌のお仕事してるのよ」

「坂本映美です。よろしく」

映美は確かに美しい娘だった。外国の血が混じっているのではないかと思うほど肌は白く透きとおり、大きな瞳の虹彩も茶色がかっている。女子大と共学の違いだろうか、化粧はごくあっさりしていて、眉もあまり手入れをしていない。とはいうものの、高校時代に夜の街にデビューしていて、そう遊んでいないこともないと裕記子は言う。

「俳優の高橋潤と高三の時につき合ってたんじゃないかなあ。大学に入ってからは、プロゴルファーとも噂あったたし。綺麗で有名人の子だから、男の人がほうっておかないみたい」

萌は映美を再び見つめる。あまり似ていないような気がしていたけれども、唇の厚さと形が三ツ岡とそっくり同じだと思った。羨望のあまり息苦しくなるほどだ。映美は娘ということだけで、三ツ岡に激しく愛されるのである。

「あのう……」

萌の強い視線に何か感じたのか、映美が様子をうかがうように目をしばたたかせた。

「あの、裕記子さんからお話をうかがったんですけど、『令嬢』だなんて、自分でも笑っちゃうんですよね。何かお間違えでしょうっていう感じ」

「あのね、今までの号を見てくださるとわかるんだけど、必ずしも元貴族とか、財界のお嬢さまじゃなくてもいいんです。『平成の令嬢たち』って名づけたからには、現代にフィットしている方がいいなあって思ってるんですよ。映美さんなんて、坂本達己さんのお嬢さんなんだからぴったりだと思うわ」

「でもうちの父親、本当の父じゃないですよ、私、連れ子だもん」

運ばれてきた水をごっくんと飲む。喉がなまめかしく波うった。

「だから坂本達已の娘っていってもインチキだし、私なんか出るの、絶対におかしいですよ」

「でも本当のお父さんは、映画評論家の三ツ岡さんでしょう。こちらの方もすごいじゃないですか」

「よく父のことをご存知ですね」

映美は嬉しそうに、白い歯を見せて笑った。笑顔になるとますます三ツ岡に似てきて、萌はせつない気分になる。

「もちろん知っているわ。三ツ岡さんの本を読んでいるし、取材させてもらったこともあるんですよ」

これは半分嘘だがどうということもないだろう。

「あの人って、ちょっと変わってると思いません。偏屈だし、すっごく意地の悪いこと言うし、儲からない仕事ばっかりしてるし……」

映美は父のことが好きでたまらないらしい。みるみるうちに表情が変わっていくのがわかる。「あの人」という言い方にも、何ともいえない愛らしい響きがあった。

「いいえ、そんなことなかったわ。とっても感じのいい方だったわ」

「私、時たま父と会うんだけど、よく喧嘩しちゃうんですよ。つまんない小言いったり、私の服にケチつけたりするから」

「可愛くってたまんないからそうするんだわ。私の父もそうなの。子どもの時に母親と離婚しているから、映美さんの話、よくわかるわ」

「え、そうなの」

映美の目が輝いた。今までの警戒心が一瞬のうちに消えた。

「あの学校で親が離婚してた人がいるなんて意外」

「いくらカトリックの学校だって、親が離婚出来ないことはないわ。もっとも数は少なかったけど」

二人は声をたてて笑った。

「それで新井さんも、お父さんとよく会っているの」

「うちはそうでもないわね。新しい奥さんと子どもにサービスするのに忙しいみたいだから」

「私はね、父が再婚する時に約束してもらったんです。他の人と結婚するのは仕方ないけど、私以外の子どもは絶対につくらないでって」

「ふうーん、ちょっとコワいかも」

これは本音だった。そもそもそんなことを主張するのもすごいが、

「私以外の子どもはつくらないで」

と言った時の映美の顔が、ぞっとするような色を帯びたのである。三ツ岡の今の妻は

癌でかなり悪いと聞いた。もしかすると映美のこの強い思いが、健康までも蝕《むしば》んでしまっているのではないかと思うほどの、しんに迫った口調であった。

「ねえ、今みたいに思ってること言っていいから、『BLEU』にぜひ出てくれないかしら」

「でもそんな気分になれないの。私がそういうものに出ると、悲しがる家族もいるし」

「それは誰？　私が説得するわ」

「いやあ、別れた父がいちばん怒るような気がするの。あの人、私が目立つの許さない人だから」

彼女はいやにねっとりとした喋り方をして、萌の胸はまた騒いだ。


稽古場にある団員専用の「スミレ・キッチン」で、千花は甘めのカレーを食べていた。真向かいに座って「トリの唐揚げ」を食べているのは、今度のバウホール公演で主役をつとめる、男役の立風あまんである。あまんはこのあいだの新人公演でも主役を張り、大成功をおさめた。これによって、三番手という地位を確保した彼女は、次の次のトップになることが決まっている。

今やファンの注目の的であるあまんは、千花と同期で、音楽学校時代から何かにつけてよくペアを組まされた。当時の彼女は背ばかり高くて、これといって特徴のない生徒であった。研一、研二と進んだものの目立つ役にもつかず、あまんがトップになる器とは誰が予想しただろう。

「不器用な大きなコ」

という印象しか持たれなかったあまんが、ある時突然「化けた」のだ。ダンスがうまくなり、それまで持て余し気味だった長い脚を、自在に上げるようになった。

「踊りがものすごくカッコいい人」

と、ファンから火がついたのである。トップスターへの道が約束されると、誰でも顔が変わるのは不思議だった。まず顔が小さくなり顎がとがってくる。そして目が日に日に大きくなるのも確かだ。顔と体から余分なものがそぎ落とされ、美しいものだけが素になってキラキラ輝き始める。そしてスターになっていくのである。

千花は今、目の前で箸《はし》を動かしているあまんを見つめながら、自分に同じ輝きがあるだろうかと問うてみた。

「ひょっとすると、ひょっとする」

とささやかれている自分だけれども、たぶんあまんほど強烈な光は放っていないのではないだろうか。それはなぜかというと、自分の心は今すべて、路之介へと向かっているからである。

おととい入ったメールを思い出してみる。

「来月は御園座《みそのざ》。名古屋で会えないかなあ。チカが東京に来るまで待ち切れないよ。これからもっと会えるように、いろいろ考えないとね」

「これから」と「いろいろ」の、言葉の持っている甘やかなことといったらどうだろう。この二つの言葉が結びつくと、未来という確かなものがはっきりと見えてくるではないか。

宝塚に入った者ならば、誰でも必ずトップを夢見る。それは自分自身が、舞台でのトップのさまを見て、宝塚に憧れたからだ。

フィナーレの最後に、団員たちは手をさしのべて自分たちのスター、トップがやってくるのを迎える。それはまさしく「降臨」というにふさわしい。この世のものとは思われないほどの強いライトを浴び、巨大な羽根を背負ったトップが、階段を一段一段降りてくるのだ。劇場は拍手とどよめきで埋めつくされる。十六歳の時に初めて見た宝塚のあの時のスターはとうに退団しているけれども、あの日の興奮と感激はずっと続いているから千花は今ここにいる。ほとんどの団員がそうだろう。

けれども今、千花は自分のためでなく、他の者のためにトップになりたいとせつなく思っている。名門松倉屋の御曹子の妻になるために、宝塚トップの座が欲しいと思う。そう考えることはいけないことだろうか。この宝塚に対する背徳だろうか。

その時、お稽古用のバッグの中に入れていた携帯が小さく鳴り、着信を知らせた。急いでメールを開いてみると、萌からであった。

「ハーイ、調子はどうですか。私ね、彼の娘さんと知り合って、この頃仲よくなったの。もっと彼のことを知りたいって思う気持ちからなんだけど、こうなるとストーカーかなア。じゃ、またね」

ふうーんと千花は携帯を置いた。萌の考えていることはよくわからない。いくら有名人で素敵といっても、相手は五十歳のおじさんである。自分たちの父親のような年齢の男に、これほどまで執着を見せる萌の心を、ちょっと怖いと感じるときがある。

「私はファザコンだから」

と萌はよく口にするが、幼い頃両親が離婚したということは、ここまで深く心に残るものなんだろうか。

「誰？　カレシ？」

あまんがのんびりした声を出した。あまんは大阪出身であるが、早口ではなくゆっくりとした大阪弁を話す。実家は江戸時代から続く昆布屋で、梅田のデパートの地下にも出店しているということだ。

「ここんとこチカ、ラブラブらしいな。相手は歌舞伎の御曹子だって聞いてるで」

ごく秘密にしているつもりであるが、若い女性ばかりの集団で、恋の話はあっという間に拡がってしまう。三ケ月前の東京公演の時、路之介が客席にいたのを誰かが見ていたのだ。

「違うわよ。そんなんじゃない。学校時代からの私の親友。こっちこそ恋愛のまっ最中で、しょっちゅうメール打ってくるわけ」

「ふうーん、みんな大変なんやなア」

あっさりと聞き流すと思ったのだが、あまんは思いのほか、興味を示してきた。

「チカの学校時代の友だちゆうたら、私よりふたつ下やろか」

中退した千花と違い、高校を卒業してから宝塚音楽学校に入学したあまんは、今年二十五になるはずだ。

「やっぱりなあ、そんくらい若くても、結婚のことを考えてはるんやろなア」

「うーん、どうかなあ。相手はちょっと問題ありだから、結婚まで考えてないんじゃないかなあ」

「でもなあ、この頃私、すっごく考えるで。ほら、やめはった人たち、公演の時によく子ども連れて楽屋に来るやないの。このあいだはニッキさんが、女の子連れてきはったけど、可愛かったなあ」

「そう、そう。めちゃくちゃ可愛いワンピース着せてね」

結婚で退団した者たちが、よく子どもを連れて楽屋に遊びにやってくるのだが、そのたびに団員たちは、歓声をあげて子どもを抱き上げる。

「あのなあ、ここだけの話やけど、私もやめようかなあと思うてるんよ」

「えっ、まさか」

「うちの彼、もうじき海外赴任になるんよ。ベルギーに行くことになるから、これをきっかけにやめようかなあて思うてな……」

あまんの彼は、大阪に本社がある商社に勤めている。千花も何度か会ったことがあるが、背の高さはあまんと釣り合う。あまんにぞっこんなのを隠そうともしない、気のいい青年だった。

「だけどもったいないよ。あと何年かすればトップだよ。ここまで頑張ってきたのに、やめることはないんじゃないの」

「そやかて、この頃みんなすぐトップやめはるけど、タァ子さんかてなったばっかりやで。あと一年はしはると思うわ。その後のココさんが二年か三年しはったら、私、いくつになると思う、三十やで」

「そんなの、構わないじゃないの。キリコさんだって、このあいだやめたの三十五よ」

千花は先日退団したばかりの、他の組のトップの名を挙げた。

「だけどな、キリコさん、やめはる前、もうここの線、お化粧すると、くっきり出てはったわ」

あまんは、口の両脇の法令線を指でなぞった。

「私のファンなんか、専科のおばはんかと思ったたって言ってたわ。私もなあ、自分がもしトップになったたって、やめる時のことを考えるとなあ……」

千花も黙り込む。年をとる。それは千花にとっても深刻な問題だ。ふつうのOLをしている女性の数倍、いや十倍の重みで年齢はみなの上に降りかかってくる。このまま頂点を極めようとするのか、それとも良縁を得て寿退団するのか。既婚者をいっさい認めない宝塚は、常に残酷な選択を団員たちに迫っているのだ。

「それになあ、私心配なんよ。ほら、トップになればみなの扱いも違うし、ちやほやされると思う。名前も世間に知られるわな。そうしたら元に戻れないような気がするんよ。せっかくトップまでいった人間が、ふつうの奥さんになることはないわ。退団しても、芸能界に残ろう、ミュージカルしよう、ドラマに出よう、って思う心が出てくるのが、私はこわい。今のまま辞めたら、ふつうの奥さんになれると思うわな。そして子ども抱いて、楽屋に皆を訪ねてって、キャッキャッ昔のこと懐かしがる。なあ、その方がええと思わん？　私、所詮《しょせん》トップになるような人じゃないいんじゃないかって、すごく考えるんよ」

「わかるわあ……」

千花はつぶやく。しかしその一方で、自分には違う道が残されているという誇らしい気分もある。トップになってもいずれ辞めることになる。けれどもその後の道は、ほとんどの先輩がたどる医者やエリートサラリーマンや、中小企業の若社長夫人の道ではない。松倉屋という歌舞伎界の名門に嫁ぐのである。それも有意義な素晴らしい道ではないだろうか。

「なあ、チカ。このこと、黙っててな。誰かに知られたら、うるさいよってな」

「もちろん」

今でさえやっかみと嫉妬の中にいるあまんだ。めんどうくさいことが起こるに違いない。指切りの替わりに、二人は唇をとがらせ小さく鳴らした。

萌と映美は銀座を歩いている。試写会に行った帰りだ。マスコミの端っこにいる者として、新作の試写に連れていくぐらいわけないことであった。

予想したとおり、映美は映画好きであった。今の学生はたまに見るとしても話題のハリウッド映画ばかりであるが、映美はヨーロッパ映画の方が好きだという。

「私って昔からマイナー志向っていうのかしら。大々的にやるロードショー公開のものは興味がないの。それよりも単館で知る人ぞ知る、っていうものの方が面白いって思うことが多い」

「ふうーん、それって通だね」

「友だちからは気取ってるって言われる。だからひとりで見ることが多いの。もっとも今の私じゃ、気になる映画全部見るほどのお金も時間もないけど」

「何言ってんの。エイミちゃんのパパは、あんな有名人でお金持ちじゃないの」

「そりゃそうかもしれないけれど、ま、これでも連れ子としちゃ、いろいろ遠慮することもあるわけ」

最後はさばさばした調子で笑った。こんなところも萌が映美を気に入っている理由だ。たとえ三ツ岡の娘でなくても、自分はこの子と仲よくしたと思う。そう言い訳すると、心の中の後ろめたいこともずっと薄れてくる。

「だからね、私に『平成の令嬢たち』なんて、本当に笑っちゃうの。断わってよかったと思うわ」

「もうわかったよ。だからさ、今度別の企画に出てよね。お願いします」

「うーん、そのうちにね」

映美は言葉を濁す。彼女ほどの美人だったら、おそらく多くの女性誌から読者モデルとして乞われてきたに違いない。女性誌にしょっちゅう出て人気者になるというのは、女子大生なら誰もが一度は夢みることだろう。プロのモデルになるには覚悟も才能も必要だが、ちょっと可愛くて美人の女子大生ということで誌面を飾る。自分のプライベートや私物のバッグや服をちょっぴり出し、皆に憧れられる存在になる。

近頃はこうした読者モデルを経て、キー局のアナウンサーになる者も多い。就職にも有利なのだ。けれども映美はマスコミに出る気は全くないらしい。

「母がすっごく嫌がるの。時々街で声かけられたり、いろんなお話いただくこともあるんだけど学生の身分でとんでもない、っていう感じよね」

「ふうーん、エイミちゃんのママって厳しいんだね」

二人で和光のティールームに座っている。ここはよく萌が母と一緒に入るところだ。とても紅茶一杯とは思えない値段だが仕方ない。銀座といえばここしか知らないのだ。ケーキを勧めたけれども、映美は注文しなかった。ダイエット中と笑ったが、たぶん値段を見たからだろう。萌に払わせるのを気にしているのだ。本当によい子だと萌はますます映美が好きになる。

「エイミちゃんのママって、話を聞くと本当に厳しいって感じよね。こんなキレイな娘がいて、時々は雑誌に出るのって、母親としちゃ嬉しいと思うけど。あのね、私も大学二年の時に『JJ』にちょこっと載ったことあるの。もちろんうんとちっちゃい記事よ。だけどうちのママ、かなり喜んでた。十冊買ってたもん」

「たぶんうちのママ、私を父に見せたくないのよ」

「えっ」

「ほら、私が雑誌に載って、何かの拍子で父が見ることを怖れてるの。絶対に私と会わせないって頑張ってきた人だから。そのくらい別れた父を憎んでいるのよね」

話がいきなり、萌のいちばん知りたかった方向に進んでいく。

映美は父親の現在の妻について、こんな風に語る。

「あのさ、私の母親って芸大でピアノやってて、かなりのお嬢だったからさ、自分の夫をホステスに取られたのって、すっごい屈辱だったみたい」

「わかる、わかる」

萌は以前耳にした、自分の母の嘆きとも愚痴ともいえない言葉を思い出した。

「浮気した相手は、つまんない女よ。高卒の事務員よ。こっちと比べられるのも腹が立ったわよ」

昼下がりの和光のティールームは、買物にやってきた女たちで満席だ。隣りの席では銀座でしか見ることの出来ない、白髪をきちんと結い上げ上質なスーツに身をつつんだ美しい初老の女が、娘とおぼしき中年の女と、歌舞伎役者についてあれこれ噂している。彼女たちをちらっと横目で見て、映美は「ホステス」と、もう一度注意深く発音した。

「私もね、子どもの頃はちょっと傷ついたかも。だって自分の父親が、ホステスと再婚したなんて悲しいじゃない」

「そりゃ、そうだよね」

「それでもう一生会うもんかと思ってたんだけど、高校入る年に一回食事をしたら、すっごくカッコよかったの。自分の父親のこと、こんなふうに言うの何だけど、話は面白いしさ、外見も素敵だし、それでまあ、ちょくちょく会うようになったのね」

「わかるわァ……」

萌は大きく頷いた。たいていの場合、知的な男というのは性的な魅力に乏しいが、ごくまれに知性が、思わぬ方向に作用して、陰影にとんだセックスアピールになっていくことがある。三ツ岡はまさしくそのタイプだ。映画や美術や文学について語るその唇から、なまめかしい言葉を聞きたいと思う。初めて会った時から、強く強くひかれていた。こんな話を、目の前にいる実の娘に告白は出来ないけれども、同意は出来る。

「そうだ、パパを呼び出しちゃおうか」

「え、何ですって」

「あの人、この時間だと銀座うろついてる可能性高いの。私たちみたいに試写を見てるか、見た後よ。とにかくメールを打ってみる」

「でも、私もいるし」

萌は狼狽した。自分の娘に接近していると知ったら、三ツ岡は何と思うだろうか。おかしな風に勘ぐられるのは嫌だと思った。

「平気、平気。私、新井さんに会ったこと、メールでもう話してるもん。パパも一度取材で会ったことがあるって。だけど君のところへ『令嬢』の依頼で来るとはな、って笑ってたけど……」

これはどういう意味にとればいいのだろうかと、萌の心は騒ぐ。娘に対する誤魔化《ごまか》しだろうか、それとも自分に身を投げかけてきた萌のことを、本当に、

「取材にやってきた記者」

程度に思っているのであろうか。

「あのさ、呼び出してご飯をおごらせようよ。ねぇ、新井さん、この後何もないって言ってたよね」

映美の無邪気さに、萌はなすすべもない。

「パパのファンみたいよ、って言ったら、結構喜んでたみたい。あの人、最近は恵まれない生活してるみたいだから、若いきれいな人とご飯食べられるだけでも、ラッキーっていうもんよ」

やがて携帯にメールが入り、映美は萌に問うてきた。

「パパから。何を食べたいかですって。イタリアン、それとも和食かしら」

「私は何でも……」

「銀座だったら、やっぱり和食かもね。ちょっとふだんは行けない大人の店を、リクエストしちゃおうっと」

またメールでやりとりがあった後、二人は松坂屋の前で待ち合わせることにした。七時に近い銀座の街は、夜の華やぎを見せ始めている。勤め人たちに混じって、ひときわ

目立つのは、店に出勤していく女たちだ。ＯＬではないとひと目でわかる。スーツ姿の女もいるが、髪も化粧も勤め人の女のそれとは違っていた。これから美容院へ行くのだろう、だらっと垂らした洗い髪の着物の女もいるが、奇妙に色っぽい。

「私、ああいう女の人見るたびに、すっごくイヤな気がした。水商売の女の人ってしたたかで、人のダンナだろうとみんな取っちゃうんだと思ってた」

「……」

「だけどね、この頃ちょっと考えが変わったかも」

「どうして」

「去年のはなしだけど、街を歩いてたら声かけられて、六本木のクラブに勤めたことあるの。もちろんうちには内緒だけど」

「そうなの」

「結構面白かったけど大変だった。一緒に働いてたコが、みんないいコで、いろいろ助け合ったわけ。先輩もね、私のこと可愛がってくれて。まぁ、偏見っていうの、ああいうのがかなり薄れたかもね」

萌は映美のことがますますわからなくなる。いかにも良家の子女といった容貌をし、服装も地味といっていいぐらいだ。それなのに時々思わぬ大胆さを見せる。

「映美ちゃんって、高校の時からちゃんと遊んでたわよ。このあいだまでプロゴルファ

―と噂があったし」

裕記子の言葉をふと思い出した時、映美が「あっ」と小さく叫んだ。

「やってきました。もう遅いんだからァ」

横断歩道の向こう側に、黒いコートを着た三ツ岡が立っているのが見えた。ネオンに照らし出されて、はっきりと表情まで見える。この年代にありがちだが、三ツ岡の顔はかなり大きい。両脇に若い男が立っているので、余計に目立つ。けれどもそれが何だというのだろう。八等身の顔の小さい男よりも、三ツ岡の方がはるかに魅力をはなっていた。中身がしっかりと詰まっていて、それが表皮にじわりじわりと出てくる感じ、とでもいうのだろうか。笑顔がとてもよい。横断歩道を渡りながら、三ツ岡は照れ笑いをするかのように頰をゆるめた。それは娘に向けられた微笑である。こちら側に着くと、彼はごく自然に、ゆっくりと萌の方に視線を動かした。

「パパ、新井萌さんよ。取材で会ったことがあるんでしょう」

「そう、そう。確かワインのことか何かでしたよね」

「あの時はどうもお世話になりました」

萌は神妙に頭を下げた。こういう場面に遭遇したことは何度もある。既につき合っていて、とうに体の関係を持っている男に、まるで初対面のようにして挨拶した時だ。

「はじめまして」

「よろしく」

丁寧に頭を下げた後、目と目で男と笑い合った。あんな楽しいことはない。自分と恋人以外の人間が、みんな間抜けに見えた。

しかしこの状況をどういったらいいのだろう。相手の心が全く読めないのだ。三ツ岡は今夜の再会を迷惑がっているかもしれない。いや、ここに来ること自体、少しはこちらに好意を持っているのだろうか。いずれにしても、萌ひとりで芝居をうつわけにはいかないのだ。

「全く君の誘いは、いつも突然なんだから」

三ツ岡は娘に対して迷惑な風を装ったが、それはうまくいかなかった。唇に微笑が残ったままであった。

「だって仕方ないじゃない。前もって約束しててもすっぽかされることあるしさ、急にアポ入れた方が確率がいいってこと、この頃わかったし」

父と娘は寄り添って歩き出し、萌は自然と取り残された形になる。次の信号に来た時、三ツ岡は不意に振り返った。

「新井さん」

「はい」

「これからご案内する店、おいしいけれどもあんまり綺麗な店じゃない。それでもいいですか」

ネオンに照らし出された三ツ岡の顔は優しく、萌だけに伝わる暗号を告げているように見えた。

昭和通りを越え、ネオンの数がかなり少なくなった通りに、中ぐらいのビルが並んでいる。三ツ岡はそのひとつの前に立った。一階にカウンター割烹の看板が見える。中に入ると、カウンターはもうほとんど客で埋まっている。

「いらっしゃい」

中年の主人とおぼしき男が声をかけた。予約をしておいたらしく、カウンターのいちばん奥の席が三つ空いていて、折敷《おしき》の上に箸やコップが用意されていた。三ツ岡はこの店の常連らしい。着物姿の女が、嬉しくてたまらぬ、といった表情で近づいてきた。

「三ツ岡先生、今日はどうなさったんですか、こんなに若い綺麗なお嬢さん、二人もお連れになって」

「どうもしてないよ。ひとりは僕の娘で、あとひとりは娘の友人だもの」

「まあ、まあ、まあ」

女は大げさに騒ぎ始めた。

「三ツ岡さんに、こんなに大きなお嬢さんがいらっしゃるなんてねえ。まあ、びっくりしちゃいますわ」

「前妻の子ですよ」

「映美です、よろしく」

間髪を入れず、という感じで映美が頭を下げた。萌にも憶えがある。　父親が離婚について喋り出すのを怖れるため、つい口をはさみたくなってしまうのだ。

「綺麗なお嬢さん。口元のあたりがお父さんにそっくりだわ」

女も萌と同じ感想を持った。

「それじゃ、まずビールといこうか、それとも新井さんは日本酒がいいですか。ここは数が少ないけど、ワインもいいのを置いてありますよ」

「いえ、私もビールで」

三人で乾杯ということもなく、グラスを高く上げた。ごく自然な感じで、三ツ岡は真中の席に座っている。彼がビールを飲む時、喉の鳴る音がはっきりと聞こえた。

「それで進級出来そうなのか」

「あったり前でしょう」

「とにかく卒業はしてくれよ」

「わかんないわよ。日本でぐーたらぐーたらしてるのが、この頃本当につまんないんだもん、いっそのこと、途中で留学しちゃおうかなって思ってる」

「君みたいなタイプは、あんまり留学なんかしない方がいいと思うよ」

「どうして。なんでそんなこと言うのよ」

「いや、僕の動物的勘だけどね。映美みたいな鼻っぱしらの強い人間は、留学してますますまわりをバカにするか、あるいは外国ですごいコンプレックスにおちいるか、このどっちかだと思うよ」

二人はいかにも父娘《おやこ》らしい会話をかわしながら、ビールを飲み干す。映美も父に似て、かなりいけるクチらしい。

前菜の盛り合わせの後、おつくりはフグであった。ほんの少量、美しい青磁の小皿に盛られている。

「私、これって初フグよ」

「よし、よし、学生らしい生活をおくってるみたいだな」

「別にィ。バイトのお金はあるけど、フグなんかに使いたくないって思ってたから食べなかったの」

「お前って本当にイヤなコだな」

父娘は言葉でたわむれ始める。いちばん奥に座っていた萌は、そっと三ツ岡の膝に手を置いた。ほんのかすかであるが、三ツ岡の体が固くなったのが、布をとおして伝わってくる。ウールのやわらかい手触り。萌は掌を拡げ、少し前後に動かしてみる。

「パパ、新井さんにビール、注いで。空になってるわ」

「あ、失礼。新井さんは日本酒の方がいいですか。それともワインにしましょうか」

「お構いなく。私、ビールのままで」

萌はにっこりと笑って、三ツ岡の顔をのぞき込むようにする。男の横顔に確かに困惑があった。掌をもっと強く、三ツ岡の穿《は》いているズボンに押しつける。

娘がいる前で、まさか萌がこんな行動に出ようとは思わなかったろう。三ツ岡は狼狽しているはずだ。カウンターの下で、萌はいい父親を演じている三ツ岡をゆっくりと責めていく。

「ねえ、ねえ、新井さん。パパと話してみてどうだった。がっかりしたんじゃないの」

三ツ岡の横顔の向こうに、にっこりと笑いかけてくる映美が見える。

「そんなことないわ。三ツ岡先生はやっぱり素敵な方だわ」

「サンキュー。パパ、よかったじゃないの。若い人にこんなこと言われて」

当然のことであるが、映美はこの関係に少しも気づいてはいない。これは三角関係といえるのだろうかと、萌はふと考える。

やがて萌の手が、やわらかいものでくるまれる。三ツ岡の左手だ。それは萌の手を握るために伸ばされたのではない。元の位置に戻すためだ。

「もう、こんなことをしてはいけないよ」

という風に、手の甲が軽く二度ほど叩かれた。

9

二月に入って、坂東鶴弥と、元タカラジェンヌ夏目ゆりかとの結婚披露宴がおこなわれた。帝国ホテルで七百人を招《よ》ぶという盛大なものだ。

大学を卒業してから本格的に歌舞伎の修業を始めた鶴弥は、まだこれといった役についているわけではない。けれども名門真砂屋の御曹子ということで、披露宴には大臣が三人出席している。総理大臣からも祝電が届く華々しさだ。鶴弥の交遊関係の広さを物語るように、有名人ときたらそれこそ数え切れない。俳優やタレントの他に、プロゴルファー、野球選手、サッカー選手もカメラマンのフラッシュを浴びながら入場してきた。

宝塚歌劇団からも何人か招待されていたのであるが、宝塚大劇場や地方公演に出ている者たちは出席するのが不可能で、東京公演中の組も出ることが出来ない。待機中の組から何人かが稽古を休んで上京することになった。

ゆりかが在籍していた組の組長、副組長の他に、仲がよかった六人が招かれ、恒例の「すみれの花咲く頃」を歌うことになっている。

千花は「マイ袴」と呼ぶ緑色のそれを身につけた。宝塚音楽学校に合格した時、宝塚出入りの業者につくってもらったものだ。宝塚の袴は、白足袋の上まで見えるように短く仕立てる。

「足袋の上から肌がのぞくなんて、あんまり品がよくないわね」

と母の悠子は顔をしかめたものであるが、これを初めて身につけた時、どれほど嬉しかったことだろう。この袴と合わせて友禅の着物は、銀座の呉服屋で誂えた。母が昔から使っている店が、宝塚と聞いて大騒ぎしたのを、昨日のように思い出す。

「お小さい時から、なんて可愛らしいお嬢ちゃんだろうかと思ってましたが、宝塚ですか。こりゃあ心を込めてつくらなきゃなりませんなぁ」

母と番頭とが考え抜いた揚句、緑色に合うように白地に四季の花々を染め抜いた友禅が選ばれた。それに袴をつけると、タカラジェンヌの正装になる。理事長を先頭に、みなで列を組んで宴会場に向かって歩いていくと、ロープごしにマスコミ陣から声があがった。

「すいません、ちょっと立ち止まってください」

パシャパシャとフラッシュが焚《た》かれる経験は、千花にとってもちろん初めてのものだ。

「ねえ、ねえ、私たちのこと、誰か知ってんのかしら」

隣りに立っていた夢見りりかがささやく。

「知るわけないじゃん。あの人たち、タァ子さんのことだって知らないと思うよ」

夏帆が理事長の傍でポーズをとる、トップの男役の方に視線をやった。それでもスターの貫禄はわかるのだろう、カメラマンたちはやがて彼女中心に撮り始める。

「なんかさ、私たちって不思議だよねえ。劇場に来る人じゃなきゃ、トップさんの名前だって顔だって知らないわけじゃん。それなのにトップさんが辞める時は、新聞に大きく出ちゃってさ」

理事長たち幹部グループからやがて離れて、三人はゆっくりとロビィを歩き始める。時おり妙に達観したようなことを口にする夏帆が、そんな言葉をつぶやいた。

「どんなにすごいトップさんでもさ、みんなに知られるのが、辞める時っていうのがなんか面白いよね」

「サキさんだってさ、あのまま辞めて田舎へ引っ込んでたら、誰も知らなかったと思うよ。今回さ、テレビつけたらワイドショーに名前と顔が出ててびっくりしちゃった」

と、りりか。

「でもさ、それを言うなら歌舞伎の人も一緒じゃない」

さっきから路之介をずっと目で追っている千花は、思わずそんな言葉が口をついて出た。

「ドラマにでも出ない限り、歌舞伎の人ってみんな知らないじゃない。だけどさ、何かあると新聞に出たりする。きっとさ、宝塚と歌舞伎って別枠なのよ」

そうだ、自分たちはふつうの芸能人ではないと千花は思う。選ばれた者たちなのだ。宝塚はその厳しい躾と修業によって、歌舞伎はその伝統によって、他の芸能人からは区別されている。

「だから歌舞伎の人と、宝塚の人が結婚するっていうのは、自然なことなんだ……」

最後の言葉は、ひとりごちた。

こうしている間にも、宴会場に続くロビィは人が増えていく。

「あ、あれって桐山淳じゃない。ウソー。私、サイン貰おうかな」

半分本気の夏帆を、りりかが笑って止めた。大勢の招待客の中でも、千花の目に入ってくるのは、歌舞伎役者の夫人たちである。夫の方はほとんどタキシード姿であるが、妻は着物姿である。いつも歌舞伎座のロビィに立つ時は、客よりは控え目を心がけて地味な着物姿が多い彼女たちも、今夜は豪華な訪問着や色留で装っている。この日は着物姿の女客が多かったが、着慣れている風といい、趣味のよさといい、夫人たちは大層目立った。目の前を美人で有名な高麗屋の夫人が通り過ぎる。春らしい萌黄《もえぎ》色の色留が、端整な横顔によく似合っていて、人々は息を呑んだ。

やがて時刻となったが、招待客があまりにも多いので、新郎新婦は出迎えをせず、二人揃って入場ということになった。

「それでは盛大な拍手を。新郎新婦揃って入場でございます」

司会役は、よく古典芸能番組を担当しているNHKのアナウンサーである。おそらく派手なアナウンサーや人気タレントを、真砂屋の方が避けたのであろう。落ち着いた声は、格調を添えて歌舞伎役者の披露宴にふさわしい。

扉が開き紋付袴の鶴弥と、白無垢《しろむく》姿のゆりかが登場してきた。新婦は文句なしに美しく、人々は大きな拍手を送った。現役の頃は、目が大きく「やや淋しげな」と表現されていたゆりかであるが、その楚々とした美貌に花嫁衣裳はぴったりであった。七百人の人々の拍手の中、ゆりかは進んでいく。かすかにうつむいている姿を見て、この場にふさわしい演技だと千花は思った。うつむいているだけにしても、ふつうの素人ではない。さんざん舞台経験のあるゆりかは、いま花嫁にいちばんふさわしい顎の位置にしているのだ。

そうだ、あれは新人公演の時だった。ゆりかは、領主に見そめられる村娘の役であった。あの時の自分のセリフを憶えている。千花は客席に向かってこう叫んだはずだ。

「まあ、なんて素敵な宴《うたげ》なんでしょう。おまけに今夜は、ご領主さままでおこしだわ」

その時、ゆりか扮する村娘が、千花の前を横切る。はじらいを込めて、けれども唇には笑みをかすかに含んで、ゆっくりと歩くんだよ。この歩みはとても大事なんだからねと、演出家の先生は言ったものだ。

ゆりかは、今、あの時の教えをしっかりと守り歩いている。拍手はまだやまない。トップにはとても手が届かないところで退団したゆりかが、かつてこれほど大きな拍手を浴びたことがあるだろうか。フィナーレの時も、グループで出てきたゆりかだったではないか……。微笑みながら拍手をしている自分が、とても意地の悪いことを考えているのに気づき、千花はハッとする。

それは路之介のせいだ。一番前の列、メインテーブルからかなり離れた右側に、御曹子グループの席がある。路之介はあの中にいるはずだ。

「終わった後、東武ホテルのバーで待っているから」

さっき開いたメールには、そう記されていた。京都で初めて結ばれてから、四度ほど路之介と会った。その時にこれといった約束をしたわけではない。けれども路之介は何度もこうささやいてくれたものだ。

「オレさ、チカのことすごく大切に思ってるから。すごく大事にするつもりだから」

千花たち宝塚のグループは、ちょうど真中あたりのテーブルである。懐かしい顔もあった。二年前に結婚で退団した美波みさきは、早くも目立つお腹をしている。もうひとりは、男役だった樹《いつき》乃り果だが、こちらはミュージカルの端役にぽつぽつと出ている。

「あんたら、宝塚辞めたら、そら厳しいもんやで」

と、早くも酔って愚痴をこぼし始めた乃り果の肩ごしのずっと遠く、人々の間から路之介の頭が見える。この頃金髪に染める若手もいるが、たいてい髪は黒く短い。どの歌舞伎役者も同じ髪をしているけれども、千花は遠くからでも路之介のそれを見分けることが出来る。なぜならその髪は、千花の裸の胸に触れたことがあるからだ。千花が指先で梳《す》いたことがあるからだ……。

「それでは次は、新婦が長年にわたって活躍し、私を育ててくれたところとおっしゃる宝塚。その宝塚の皆さま方から、お祝いのメッセージをいただきましょう」

拍手が起こった。メインテーブルに座っていた元タカラジェンヌの大臣も、嬉しそうに何度も頷いている。妊娠中のみさきは遠慮したが、乃り果も一緒に立ち上がった。千花たちはステージ近くに進む。トップの梨香が代表してマイクを握った。

「ゆりか、今日はおめでとう。いいえ、もう本名の早紀さんでおめでとう、っていわなきゃいけませんよね。でも宝塚で共に過ごしたあなたは、やっぱり夏目ゆりかという、ひとりの研究生なんです……」

男役の梨香の声は、低くてよく通る。長いセリフを口にするように、祝辞は続いた。

「今日からは、歌舞伎俳優の奥さんというステージが始まるわけですが、あなただったらきっと立派にこなせるはずです。どうか宝塚にいたことを忘れず、誇りを持って、新しいステージで頑張ってください。それでは『すみれの花咲く頃』を歌わせていただきます」

大きな拍手がわき起こった。人間国宝やら老優の挨拶が続いた後だったので、若く美しい女たちの登場は歓迎される。千花も一歩前に出て、ホテルの従業員からマイクを渡される。

「〽すみれの花咲く頃
初めて君を知りぬ
君を思い　日《ひ》毎《ごと》夜《よ》毎《ごと》
悩みしあの日の頃」

路之介は今、歌っている千花を見つめているはずだ。そうして彼は今さらながらに確認したはずだ。千花がどれほど美しく、魅力的な娘か、ということを。そして宝塚という力ある組織の一員であるということを。

「もうじき……」

千花は歌いながら、心の中であふれ出るものを必死で受けとめようとしている。もしかしたら涙ぐんでいるかもしれないが、それはひな壇にいる花嫁のせいではない。自分自身の未来に、感極まっているのだ。未来が、幸福が、これほどまでにはっきりとした形を見せることがあるだろうか。まるでシミュレーションのようである。もうじき、ゆりかの替わりに、白無垢を着てあそこに座るのは千花なのだ。

「もうじき……」

千花の頬に熱いものが流れ始めた。

「この披露宴に出席した人はみんな言うわ。あら、今日の花嫁さんって、このあいだ『すみれの花咲く頃』を歌ってた人じゃないの。こんな偶然ってあるのねって、きっと言うわ」

ああ、路之介が私を見ている。彼の胸に今生まれているのは、責任感というものに違いない。自分は決して気持ちを押しつけたつもりはないけれども、この美しい歌のメロディーが、彼に多くのことを考えさせるであろう。

「〽すみれの花咲く頃
今も心ふるう
忘れな君　我らの恋
すみれの花咲く頃」

あれっと萌は小さく叫んだ。日頃は見ることがない朝のワイドショーをたまたま眺めていたところ、ちらっと千花が映ったのだ。

「この日、人気歌舞伎役者と元タカラジェンヌの結婚披露宴とあって、各界から大勢の人々が招かれました」

歌舞伎役者とどこでどう結びつくのかわからないが、お笑いタレントとロックミュージシャンとが笑いながら歩いていく。その後、メジャーリーグ入団の噂がある巨人のスター選手。なぜか足早に通り過ぎる女性大臣が映り、その後袴姿の女たちが数人登場した。少々短過ぎるのではないかと思われる緑色の袴は、宝塚の女たちが着るものだと目を凝らしたら、右側に千花が映っていた。

舞台の千花は見たことがあるけれども、テレビで見るのは初めてだ。栗色の髪の千花はとても綺麗だったけれども、平凡に見えた。うまく言えないけれども、いかにも、

「宝塚の女」

という感じがする。それ以上でもそれ以下でもない。宝塚の女が、舞台から降りたとたんオーラの多くを失ってしまうような、そんなものがこのテレビから伝わってくる。けれども昔からの友が、ブラウン管に映っていたのは、やはり嬉しい。

「もし、もし、テレビ見たよー」

さっそくメールを打った。

「ワイドショーでちらっとだったけど、有名人に混じって映ってたよ。すごいじゃん。チカもガンバって、早く玉の輿《こし》にのってね。そうしたらワイドショーの主役だよ。ミチノスケ、どうした?」

一分もしないうちに、千花からのメールが返ってきた。〝両手打ちの名人〟と自ら言うほど千花はメールを打つのが早い。

「披露宴もよかったけど、その後がもっとよかったの。なんだかすっごく幸せなチカです。『すみれの花咲く頃』って、とってもいい曲だってしみじみわかった。宝塚にいて本当によかったと思った私です」

萌はもはや習慣となっている、映美へのメールを打つ。

「さっきワイドショーを見ていたら、宝塚にいる親友が出てきてびっくり。ナントカっていう歌舞伎役者の披露宴に行ったみたい」

「たぶん、坂東鶴弥じゃない。彼って大学時代、結構遊んでたから名前だけは知ってる。確かどこか銀行に決まってたのに、それを蹴って歌舞伎の道に入ったの。変わってる～～」

他愛ない携帯のメールは、ほぼ毎日行なわれる。どうやら映美は、萌のことを「年上の面白い女友だち」として認知したらしい。フリーのライターという、ややくざな職業についているものの、出どころは自分と同じだとわかってからだ。学校は違うものの下からミッション系の学校で学んだ二人は、共通の知人が何人もいる。萌の同級生の弟や妹が、映美の友人だったりするのだ。

萌は編集部に送られてくる試写会や、ちょっとしたパーティーの招待状を貰い、よく映美を誘うようになった。恋人でいえば、二人の仲は今蜜月時代というところだ。同性の友人でも、最初の頃はタガがはずれたように、お互い近寄っていく時がある。毎日連絡せずにはいられないし、週に一度が無理なら、二週に一度は会わずにはいられない。二人は今、そんな時を過ごしていた。

けれどももちろん、萌の中には後ろめたいものがある。映美に対する思いは、純粋な友情とはいえないからだ。おそらく映美は、萌のめあてが自分の父親だとは考えもしないだろう。

いくつかの秘密が、映美によってたやすくもたらされることに、萌は空おそろしくなるときがある。

「あの人って、もうあんまり長くないらしいわ」

あの人というのは、現在の三ツ岡の妻である。彼女が癌に冒されているのは知っていたが、そこまで深刻だとは思わなかった。

「もう体のいろんなところに転移してるんだって。この頃はもう東洋医学に替えて、ハリや気功をやってるみたい。そういうことやるような人じゃなかったんだけどね」

「会ったことあるんだ」

「うん、何度かね。ほら、うちの父親ってへんなところがロマンティストじゃない？　新しい妻と、別れた娘が仲よくなる、なんてドラマみたいなこと、本当に考えていたみたいなの。それで三、四回食事したことあるわ。そのうちに私もあの人も、もう無理をしないでいよう。会いたくなけりゃ会わなくてもいい、っていう結論に達したの」

萌はその時、いちばん聞きたかったことを尋ねた。

「新しい奥さんって、綺麗な人なの」

唐突にした質問は、単なる有名人に対する興味ゆえと思われただろう。

「うーん、まあまあっていうところじゃないの」

映美は言いにくそうに答えた。自分と母から、父親を奪った女が美しいかどうか。その質問は残酷なものかもしれないと、萌は後から気づいた。

「あの年にしちゃ、綺麗な方かもね。だってホステスをしていたんだもの」

〝ホステス〟ということばを発することで、映美は複雑なものをすべて、単純にしているようである。その映美から食事の誘いのメールが入ったのは、おとといのことだ。

「たまにはパパにご馳走してもらいましょうよ。私、まだ丸ビルに行ってないの。あそこの予約がなかなかとれないイタリアンがいいな」

そして映美によって、てきぱきと日にちが決められていった。三ツ岡は喜んでやってくるという。そんな彼の気持ちを、萌は測りかねている。

自分はアンフェアなやり方をしているのだ。何も知らない娘を使って、接近してこようとする女など、決して快い存在ではないだろう。ひとつ間違えるとストーカーのようにもなる。しかし三ツ岡は自分を拒否してはいない。

「ねえ……」

もし萌のことを苦々しく思うならば、映美に対して、

「他人を交えず、二人きりで会いたい」

と言えばいいのだ……。

萌はこんな臆病な気持ちを、別の形で表現した。メールを打つ。

「三ツ岡さん、ご迷惑じゃないのかしら。奥さんの看病は大丈夫なの」

「平気、平気。あの人もずうっと病人の世話でくさくさしてるはず。外に連れ出してあげれば喜ぶわよ、きっと」


丸ビルは何度か取材に来たことがある。オープンした時、ファッション店のマップをつくるという、めんどうくさい仕事をやらされたのだ。けれどもレストランに、客として行くのは初めてだ。千代田線を二重橋前で降り、地下から丸ビルに入った。オープンした当時のすごさはないが、それでも夕方の丸ビルは多くの人々がいきかう。世間でいわれるような地方の見物客は少なく、この頃は近くのOLやサラリーマンがほとんどだ。三十六階まで直通のエレベーターの中は、接待でどこかのレストランに入るのだろう、中年のスーツ姿の男たちでいっぱいだった。

イタリアンで二番目に三ツ星をとったというレストランは、入口がよくわからない。やっと見つけ、重たい扉を押した。左手がウェイティングバーになっている。萌がコー

トを預けながら三ツ岡の名を告げると、もうお待ちですよ、と言われた。

萌は狼狽する。このあいだ三ツ岡と会った時は映美が一緒だった。心の準備をし、彼女を共犯者として巻き込みながらその父親に会ったのだ。

けれども今日はそう広くないウェイティングバーの奥の席で、三ツ岡はひとり座っている。早く暮れた空と東京の夜景を背に座っている三ツ岡は、翳《かげ》りが出来、その顔がいっそう端整に見えた。萌はいっぺんで負かされたような気持ちになる。なぜだかわからないが、ここに来るまでずっと祈っていた。久しぶりで会う三ツ岡が、みすぼらしい中年男になっていますように。もしくはそう見えますようにという願いだ。そうなりさえすれば、自分はすべてを終わらせることが出来る。もうこのような実りない恋に決着をつけることが出来るのだ。

けれどもそんなことはなかった。三ツ岡はほんの少し髪を変えていたが、それがよく似合う。萌を見て、やあと微笑み、その表情もよかった。

「こんばんは。お久しぶりです」

「やあ、お久しぶり。今日はよくいらっしゃいました。ここの料理はとてもおいしいから、楽しみにしていてくださいね」

二人の会話にぎこちないところは全くなく、若い娘と、その友人の父親にふさわしいものであった。

「何か飲む」

「三ツ岡さん、何を飲んでいるんですか」

グラスの中の液体を、あてることは出来なかった。

「食前酒にウィスキーなんてよくないけど、タクシーでここに来るうちに無性に飲みたくなってね」

「私も同じもの、いただきます」

強い酒を前に二人は向かい合った。もう約束の時間を過ぎているというのに、映美はまだ現れない。

「どうしたんだろう、遅いな」

三ツ岡は腕時計をのぞき込み、その隙に萌は彼を凝視することが出来た。

「うちの娘には、たったひとつだけ美点があって、それは時間に正確ってことなんだ」

「もしかすると、迷っているのかもしれませんよ。ここのエレベーターの乗り方ってむずかしいから」

「そうかもしれない……」

二人は顔を見合った。闇がさっきよりも深くなったのを感じた。ヨーロッパ式なのか、ここの照明はとても暗い。街のあかりもこの高層まで届かず、三ツ岡の顔はさらに陰影を帯びる。寝室で見ているようだ、などと萌が思うのは、さっきから飲んでいる強い酒のせいだ。

「この頃、映美ととても仲よくしてくれているみたいだね」

「いけませんか」

「そんなわけないさ。娘は君と仲よくしてもらってとても喜んでる。ひとりっ子だから、お姉さんが出来たみたいで嬉しいんだろう」

「私も嬉しい」

萌は三ツ岡を強く見る。彼が目をそらしたら悲しくなると思ったが、そんなことはなかった。

「だって映美ちゃんのおかげで、こうして三ツ岡さんと会えるから」

「そんなふうに言われると、おじさんも嬉しいな」

意外だった。いつも拒否するだけだった三ツ岡が、どちらともとれる曖昧な態度をとったのだ。「おじさん」という下卑《げび》た言葉が、萌に勇気を与える。

「でも二人きりで会えたら、もっともっと嬉しいと思う」

「わかった……」

三ツ岡は降伏したように力なく言う。

「今度電話をください」

「本当にいいのね」

「いいとも」

視線がからみ合い、その後また沈黙があった。

「ごめんなさい。遅くなっちゃった」

場違いな明るい声がして、冷気と共に映美がウェイティングバーに入ってきた。

10

母親が今でもこぼす。それは早生まれの娘を、小学校受験させるのにどれほど苦労したかということだ。

「そりゃあ、考査は生まれ月のグループでやってくれるけど、早生まれの子は、遅生まれの子に比べると見劣りするのよね」

けれども千花は、二月生まれの自分を嫌だと思ったことは一度もない。冬の終わり、春の始まりに生まれたため、誕生日の思い出はいつも花と結びついている。宝塚に入ってから初めての恋人となった関西《かんせい》学院の学生は、御影《みかげ》の大金持ちの息子で、その夜リザーブしてくれたホテルの部屋を、百本というバラで飾ってくれたものだ。花をかたどったヴァンクリフの指輪をプレゼントしてくれた男もいる。

しかし今年の誕生日を、いつものように無邪気に迎えることは出来ない。

「二十四歳になる」

十代の頃、二十四歳というのは完璧な大人に思えた。とうに結婚をしている女の人のイメージであった。ところがどうだろう、今の自分ときたら相変わらずロマンティックで愛らしい服装を好み、

「チカはね」

と自分のことを呼ぶし、それが似合っていると人に言われる。だが年齢は、それにふさわしかろうと、ふさわしくなかろうと、容赦なく人にその数字を与えていくのだ。

「私が二十四歳になるんですって」

本当に信じられない。ゆっくりとずっとこの場所にいたいと思うのと同時に、後ろから強く押されているような気分。萌に言わせると、二十四歳の誕生日など、どうということもなく過ぎていったという。まわりの男たちから、若いね、いいねえ、と、さんざん羨しがられたそうだ。

おそらくこの気分は、宝塚にいなくてはわからないと思う。宝塚では年齢が公表されない。その分団員たちは年齢を強く意識することになる。いったいどこまでいけるのだろうか。トップまでほど遠いならば、若く美しいうちに結婚した方が得策ではないのか

……。おそらくふつうの女たちは、ここまで早く潔く選択を迫られないのではないだろうか。

「チカちゃん、今年のバースデーどうしたらいいのかしら。東京のみんなは盛大にしようと張り切ってるけど」

東京の深沢奈津から電話がかかってきた。よくある話だが、奈津は金持ちの医者の夫人で、熱心な宝塚ファンだ。三十代の終わりだが、子どもがまだいないせいかずっと若く見える。

音楽学校を卒業し、研究生になってすぐの頃、千花はぶ厚いファンレターを受け取った。それがデビューしたての千花への賛辞で埋めつくされていた。

「久しぶりに、本当に可愛くて美しい娘役さんが出てきたという感じです。ロケットを踊られているのを見た時から、ひと目でファンになりました。ぜひ私を、東京のお世話係にしてください」

お世話係というのは、公演中の車での送迎、お弁当づくり、洗濯、ファンクラブのとりまとめなど、こまごまとした用意をしてくれる特定のファンである。こういう申し込みは多いが、相手を間違えると大変なことになってしまう。千花は母と一緒に、銀座和光のティールームで奈津の面接をした。奈津の上品なものごしや身の上は、何の問題もなく、それから彼女は東京における千花の「お世話係」になったのである。

彼女が一生懸命頑張ったおかげで、八十人という小規模なものであるが、東京のファンクラブも結成された。時々はお茶会やお食事会を開くこのファンクラブにとって、千花の誕生日は会をあげて企画しなくてはならない大イベントである。かなり高い会費を集め、千花にアクセサリーや洋服をプレゼントしてくれるはずだ。

「今年はね、一軒家のフレンチを借り切って、盛大にやろうっていう話があるの。ねえ、チカちゃんはどんな風にやりたいかしら」

奈津の電話にいまひとつのれないのは、路之介からの連絡がないからである。二人で教え合っているスケジュールによると、千花の誕生日の頃、路之介は大阪で公演をしている。たとえ休日がうまく合わなくても、大阪と宝塚とで会えないはずはない。真夜中、車をとばして来てくれたこともある。それなのに路之介からのメールが、このところすっかり途絶えているのだ。初役のためにこってり絞られていると聞いた。きっとメールを打つ余裕もないのだろうと千花は考えることにする。

「それではね、チカちゃんの東京公演に合わせて、東京でバースデーをしてもいいんだけど、それじゃあちょっと遅くなるわよねえ。だから皆で宝塚へ行こうと思ってるのよ……」

日にちを早く決めてくれと奈津はせっつくのであるが、千花はその気になれない。もし路之介がいきなり電話をかけてきて、この日にバースデーを祝いたいといったらどうだろう。先約がある、などといったら彼はツムジを曲げてしまうだろう。

「そうね……。私はどっちでもいいけど」

受話器を耳にあてながら、千花は携帯のメール着信がいつ光るだろうかとそちらから目が離せないのである。

母からも連絡があり、誕生日に何が欲しいかと問われ、千花は着物をねだった。

「訪問着とかそういうのじゃなくて、ふだんでも着られる紬《つむぎ》がいいんだけど」

「どうせなら訪問着にしておきなさい。そろそろ揃えておかなきゃならないと思ってたところだから」

銀座に悠子いきつけの老舗の呉服屋がある。ここは悠子の嫁入りの着物をひととおり用意した店だ。そのつき合いで、千花の宮まいりも七五三の着物もここで誂えた。けれどもこの店は染めが専門で、紬はあまり置いていない。

「ママはね、今流行《はや》りの紬があんまり好きじゃないのよ。洋服みたいな感覚で着るっていうアレでしょう。みんな黒や紺の、おばあさんみたいなものを着て得意がってる。若い娘ならね、やっぱり友禅の綺麗なものを着た方がずっといいわ」

「だけど、ああいうものを着ると、まるで成人式みたいになってしまう」

「だったら小紋を着ればいいでしょう。若い女の子が、歌舞伎座で素敵な小紋を着てるの見ると、ああ、可愛いなあって思っちゃうわ」

歌舞伎座という言葉を聞いて胸が騒いだ。路之介とつき合っていることは知っているが、何人かいるボーイフレンドのひとりだと母は思っているはずだ。まさか千花が結婚したがっているとは考えてもいないだろう。

路之介はまだ千花の着物姿を見たことがない。一度千花の組の公演で、時代ものをやったことがあり、それを路之介は客席で見ているが、あれは舞台衣裳というものだろう。路之介と今度デイトする時に、着物姿でいきたいと千花は甘やかな願望を持っている。

音楽学校時代に日舞を習っていた頃から、着物は大好きだった。色が白く目の大きな千花に着物は似合っていると、まわりからよく言われたものだ。グラフ誌のお正月号で、振袖姿の写真を撮った時は、たくさんのファンレターがきた。

「あなたの写真を見て、中原淳一さんの『それいゆ』を思い出しました。中原さんもモダンな着物をデザインなさったことがあります。あなたは本当に、中原淳一さんの絵から抜け出してきたようですね」

年配の人らしいそんな手紙があって、中原淳一の画集を買った。自惚《うぬぼ》れではなく、彼の描く少女は本当に自分そっくりだと思った。いたいたしいほど大きな目に、きゃしゃな手足。幼い頃、母の悠子はよく千花にフレアースカートを着せた。髪は長くして大きなリボンを飾ったが、その格好も、中原淳一が描く少女にそっくりなのだ。

当時母は、自由が丘にある輸入子ども服店でよく服を買ってくれた。シャーリングのたっぷりついたワンピースや、日本にはなかなかない淡いピンクのスカートに、同色のブラウスといういでたちで、銀座を歩くと歓声があがった。

「まあ、なんて可愛いの。まるでお人形さんみたい」

確かに子どもの頃から、自分は愛らしかった。賞賛の声をうんざりするほど聞いて育ったのだが、その自信が宝塚受験へと繋がったのだ。けれども今肝心なのは、路之介が自分をどう見ているかということである。

「チカは本当に可愛い」

「チカが美人だから、僕も嬉しい」

こうしたメールは時々届くし、彼が口にすることもある。けれども彼はまだ自分に感動していない。自分の美しさや愛らしさが身に染みていないのだ。

たとえば〝お泊まり〟の時、千花は考え抜いた寝巻きや下着を身につけている。それは真白いコットンレースで出来ているナイティだったり、シャンパンカラーに、淡いピンクや青の小花が刺繍《ししゅう》してあるブラジャーだったりする。

音楽学校時代につき合っていた関西学院の男の子は、千花のランジェリーの肩紐のリボンをはずす時、ぶるぶる震えたものだ。

「あんまり綺麗過ぎて信じられないよ。なんか夢みてるみたいだよ……」

それなのに路之介の、あの手慣れた様子はどういったらいいだろうか。彼は果物の皮をむくように、千花のものをひとつひとつ脱がしていく。あまり大切でない手順は、省くこともある。そして闇の中で時折り見せる、彼の大胆さや巧妙さに千花は不安になる。それは今までつき合ってきた若い男にはないものだ。

考えまいとしても、千花は以前会ったことのある祇園の女を思い出す。そして時々耳に入ってくる銀座の噂話。金持ちのひいき客に連れられて、御曹子たちはよく高級クラブへ行く。そこでかなり大っぴらに遊ぶ者たちの中に、路之介がいると聞いたのは、いったい誰からだったろうか……。

確かに路之介は、自分に驚いたり、感動することがない。感心することはあっても、それだけだ。いつも美しい女たちに囲まれている路之介に、何か衝撃を与えたいと千花は考えている。そして着物姿を見せるのを思いついたのだ。

着物姿の女には慣れているといっても、千花のそれは初めてだ。彼はどのような反応をするだろうか。千花が案外着慣れていること、とても似合っていることは認めるはずだ。そしてその姿に、将来の自分の妻としての千花を見るかもしれない。とにかく出来るだけ早く路之介とのデイトに、着物を着ていこうと千花は決心する。

「それなら、今度あなたの東京公演の時に、一緒に『紅松』へ行きましょうよ。今から中谷さんにいろいろ頼んどくわ」

中谷というのは、呉服屋の番頭である。古典柄以外は着物と認めないような男で、

「今どきのお嬢さんの着物は、私たちにはびっくりすることだらけですわ」

というのが口癖である。あんな男の手にかかると、いつものおとなしい着物を着せられてしまう。

「東京公演を待ってたら、ずっと先になっちゃうわよ。私の誕生日なんかとっくに過ぎちゃうわ」

千花は不貞腐れた。

「私ね、着物すぐ欲しいの」

「何言ってんのよ。着物なんていうのはね、ブラウスやTシャツ買うようなわけにはいかないの。じっくり見て、気に入ったものがなければ、図柄から考える覚悟でいないと」

「あのね、私、そんなに高いものはいらないんだってば。お金さえくれれば、ちょっと京都まで行って好きなもの買うから」

「何言ってんのよ。着物がわからない人が、ひとりで買物出来るわけないでしょう」

などというやりとりがあった後、悠子が折れて京都までやってくることになった。といっても、東京育ちの悠子に知り合いの呉服店などない。このあたりの心理が千花には理解出来ないのであるが、洋服と違って着物は、

「知らない店にいきなり飛び込んで、買うことは出来ない」

と悠子は主張する。ましてや京都の老舗はあれこれうるさそうである。一見《いちげん》の客として冷たくあしらわれるのは、金持ちの医師夫人としていつもちやほやされている悠子には耐えられないようであった。

何度か電話で相談した結果、外商として使っている東京のデパートの、京都店が選ばれた。ここの呉服売場が充実しているうえに、東京から連絡を受けた売場の責任者が、きちんと対応することになったからである。それでも娘の着物を選びに、京都までいくというのは特別な気持ちのたかぶりがあるらしい。二日前に入り、京都に嫁いだ女子大時代の友人と会い、その後バウホールで公演の稽古を終えた千花と待ち合わせる計画を立てた。次の日は休みなので、千花も母と同じホテルに泊まる。

「夕飯はどこがいいかしら。私も友だちに聞いとくけど、千花ちゃんどこか教えてよ。あなた、京都には詳しいでしょう」

路之介との関係をどこまで母が知っているのだろうかと、千花がどきりとしたのはその時だ。

東京で会うことはなかなかむずかしい二人だったから、路之介が南座や大阪で公演している時に京都で待ち合わせた。千花の年ではいけないような贅沢な店へもよく行く。一見さんお断わりのカウンター割烹や鮨屋はもちろん、新選組がつけた刀の跡が柱のあちこちに残るお茶屋にも、路之介は連れていってくれた。

名門の歌舞伎役者の息子である彼は、どこでも歓迎される。花街の女たちは、たいてい芝居好きだ。

「先月、お父さんがお演《や》りになった揚巻《あげまき》、よろしおしたなあ。私ら総見《そうけん》に行かせてもろたからよかったけど、京都でもえらい評判で、なかなか切符が手に入らへんかったんどすえ」

などととろとろと喋る、若くはないが大層美しい女将《おかみ》の傍で、千花は居心地の悪さをいつも感じている。

「宝塚の人で僕の友だち」

と言って、路之介は紹介していたが、彼女たちは当然そういう仲だと思っているだろう。恋人だと噂されるならいい。我慢出来ないのは、路之介の何人かいる女のひとりだと思われることだ。

自分は絶対に違う。そう断言出来る。路之介はいつも言っているではないか。

「チカのことをとっても大切に思っているよ。本当だよ」

そして自分は宝塚の一員なのだ。そこいらのタレントではない。伝統と力のある組織が、千花の後ろに控えている。歌舞伎界の男だったらそれぐらいのことはわかるであろう。宝塚からは何人も歌舞伎の世界へ嫁いでいる。いってみれば、宝塚の女とつき合うのは遠縁の娘に近づくようなものなのだ。路之介の中にもきちんとした思いがあるはずだし、自分はそれを信じたいと思う。とにかく今は、着物を着た自分を一日も早く路之介に見せたいのだ。どんな顔をするか、どんなことを口にするか、心から知りたい……。

京都駅からタクシーに乗り、四条河原町のデパートへと向かった。途中携帯で連絡を入れておいたので、ほどなく悠子が現れた。キャメルのコートに、千花よりもずっと高いヒールを履いている。中年になると顔が大きくなるため、ヒールのある靴でバランスをとらなくてはならないというのが、悠子の持論である。昨夜ホテルでセットした髪が気にくわないと、まず愚痴をこぼした。

「本当に京都って寒いわよねえ。頭がズキズキしてきそう」

悠子は機嫌が悪い。たぶん知らない者ばかりの、デパートに入っていくのが気に喰わないのだ。

ところが六階の呉服売場で、母娘は予想以上の慇懃《いんぎん》さで迎えられた。

「いつも東京店がお世話になりましてありがとうございます。担当の者にどうぞ何なりとお申しつけくださいませ」

店長が現れ名刺を差し出した。売場の奥の方は一段高くなり、畳が敷かれている。そこに頭をこすりつけんばかりにして、白髪の男がかしこまっている。呉服売場の責任者だという男は、次々と反物を拡げ始めた。

「東京の担当者の話では、お嬢さまは紬をお求めとか。こちらの方でいろいろご用意させていただきました」

模様の凝った大島と結城であったが、モダンな色柄が欲しい千花は気に入らず、そもそも紬など買いたくない悠子も首を横に振る。

「最近の若いお客さま方は、こういうものがお好みでございますが」

次に男が拡げたものは、紅花紬《べにばな》、十日町紬《とおかまち》といったずっと廉価《れんか》な反物である。千花は牛首紬《うしくび》だという、紫とグレイの縞《しま》を手にとった。これに白い帯を締めたら、すっきりとして自分らしい組み合わせになりそうだ。

「おお、嫌だ。縞ものなんて」

悠子が大げさに身震いするふりを見せた。

「こういう色と柄って、昔は女中さんが着たものよ」

「奥さまはお若いのに、よくそんなことをご存知ですなア」

男はやわらかい京都訛りの言葉で微笑んだ。

「今はそんなこと、全く関係ありませんな。ただわたくしといたしましては、こんなに美しいお嬢さまには、こういうやわらかもん、お召しいただきとうございますなア……」

まるで魔法のように、男の掌の中の反物が入れ替わっている。男はさあと絹ずれの音をさせて、布の川をいくつもつくる。白地に梅を染め出した小紋、その隣りの川はひわ色の地に疋田《ひった》で花が描かれている。薄藤色に白いタンポポと土筆《つくし》のちりめん……。

「これは若い作家さんの、手描き友禅です」

桜だった。濃い紫の地に、意匠化された七分咲きの花が並んでいる。

「まあ、いいわねえ……」

悠子が感嘆の声をあげた。ふだんそう着ることはないのに、展示会にはしょっちゅう行く悠子は、好みだけはしっかりと持っている。

「こういうものは、お嬢さまみたいな若くて綺麗な方にお召しいただきたいですなあ」

「そうなのよ、そうですとも」

悠子は大きく頷いた。

「どうしてこの頃の若い子って、地味な紬ばっかり欲しがるのかしら。こういう色は派手過ぎるっていうのよ」

「でも、こういうの大げさ過ぎるわ。私、ちょっとした街着が欲しいのよ。ワンピース着てるみたいな感じの」

「悪いことは言わないわよ。こういう綺麗なものにしなさい」

悠子はどうせなら訪問着をと勧める。

「振袖はもう無理なんだから、ちゃんとしたところに着ていける訪問着にしなさいよ」

「そんなことないと思いますけれど……」

学者のような風貌の男は、またうっすらと笑う。

「奥さま、今ここに篠原虹明先生の作品がございます」

千花も名前を聞いたことがある。京友禅の大家で人間国宝の虹明は、先日も東京のデパートで展覧会が開かれたばかりだ。

「見せていただいても、あの方の作品なんか、とても手が出せませんわ」

と悠子。

「それが奥さま、今はこんなご時世でございますから、何と申しますか、ややお値段を抑えたものもおつくりでございます」

そして結局、人間国宝の訪問着は悠子が買うことになり、千花は牛首の紬を選んだ。

その後、母がしつこく言い、訪問着もつくることになったのだ。

千花は母の言うとおり、紬だけではなく、もう一枚訪問着をつくっておいて本当によかったと思った。訪問着といってもそれは、柄も小さく、気軽に着られる。ひと目見るなり、千花も母の悠子も大層気に入ってしまった。こってりとしたピンクの地に、桜、藤、タンポポ、スミレ、といった春の花が染められている。そしてよく見ると花びらや葉のところどころに刺繍がほどこされ、一見あっさりした柄行きであるが、目を凝らすと非常に凝ったものだとわかる。

悠子が言うには、このちりめんはおそらく最高級のものだろう。着物の通といわれる人ほど生地を見る。ピンクや朱といった派手な色ほど、生地がよくなければ話にならない。成人式の時、安物の振袖がいやな光を発しているのは、生地がてかてかしているからである。このちりめんはまず繭《まゆ》から違うし、最高の技術で織ってある。だからこのような美しい艶が出来るのだと、悠子が歌うように、喋り始めると、

「そうですとも。さすがに奥さまはわかっていらっしゃる」

と、感に堪えぬように売場の責任者が言った。

母の言ったことは本当らしく、着物が届いた夜に、千花は母がいつもそうしていたように、鏡の前に立ち肩にすべらしてみた。職業柄、部屋にふさわしくないほど大きな立ち鏡を持っている。蛍光灯の下にいるにもかかわらず、絹をまとった千花の肌は、いつもよりもはるかに輝いている。これに母が若い頃締めていた、黒の綴《つづれ》帯をあててみた。見たこともない自分がいる。ということは、路之介も初めて見る千花なのだ。そして着物の出来上がりを待っていたように、路之介から電話があった。

いつものことであるが、路之介の自分勝手な呼び出しは、千花に困惑と陶酔とをもたらす。千花の休日は、既に予定が組まれていることが多いからだ。その日は、東京からわざわざ宝塚公演を見に来てくれる、ファンクラブの幹事の人たちと食事をする約束になっていた。しかもトップの美姫梨香が出演している、宝塚ホテルのディナーショーにも行くはずだったのである。何人もに頭を下げ、嫌味を言われ、それでも電車に乗った

時、千花は喜びと安堵とでしばらく息が荒くなっていた。今日の荷物は多い。布のボストンバッグの中に、着物一式を入れているからである。

路之介とのデイトに間に合うように、十日ほどで仕立ててもらった。着物はあまり宅配便で送りたくないという呉服屋に無理を言い、仕立て上がり次第、宝塚に送ってもらう手はずを整えたのはつい数日前のことだ。厳重に茶色い油紙で梱包された荷物が届いてすぐ、路之介から連絡があった。公演先の大阪まで来てくれというのだ。

着物が間に合ったのを、千花は何か大きな吉兆のように考える。見えない大きな力が、千花の計画を応援してくれているかのようである。

「大阪でいちばんおいしい店の予約がとれた。カウンター割烹だけど、めちゃくちゃうまいんだ」

大阪の財界人たちが通うその店は、東京にも名がとどろいていて、歌舞伎の者たちも大阪松竹座の公演があると、そこへ行くのを楽しみにしているという。

電車の中で、千花は本も読まず、ただ甘やかな想像に身を任せた。まどろみと思いの中間あたりに、とろとろと心地よい場所があった。淫《みだ》らさもたっぷり入り込んできて、あ、いけないと千花は自分の心にブレーキをかけようとする。けれども半分は夢の力が働いているから、たやすく思う形に変えられない。その中で千花も路之介も限りなく放《ほう》恣《し》である。

今までも何回か体を重ねたことがあるけれども、着物姿は初めてだ。路之介は歓喜の声を上げ、千花の帯を解いていく。睦言《むつごと》もいつもとは違う。一枚一枚、花びらを剝がされていくように裸になっていく千花に、路之介は大層優しい。唇を合わせ、ふと見ると路之介は、豪奢な振袖をまとっている。髪も島田で、キラキラ光るたくさんのかんざしをつけている。いつか舞台で見た「道成寺」の姿だと思った。美しい娘となった路之介は、唇を押しつけるだけでなく、熱くぬるりとした舌も入れてくる。まるで蝶が羽ばたくように、舌を上下させる。なんていやらしいキスだろうと、息が荒くなったとたん、アナウンスが次は梅田と告げ、千花ははっきりと目を覚ました。

三ツ岡が指定してきたのは、六本木ヒルズのテラスにある、名店といわれる日本料理店の出店である。巨大な引き戸が、まず客を迎える斬新なインテリアである。日本料理店とは思えないほど天井が高く、これといった装飾は絵だけで、どこかのギャラリーに入り込んだようだ。三ツ岡はきっと遅れてくるだろうと思っていたのにそんなことはなかった。先に席に着いている彼はいつものようにネクタイはしていないが、黒いジャケットであらたまって見える。

「私、ここは初めて来たわ。予約するの、とってもむずかしかったんでしょう」

「めったには行けないけど、本店では時々食べるから、そこから予約を入れてもらったんだ」

「ふうーん、私、こういうお店、とっても緊張する。フレンチやイタリアンだとそうでもないのに、和食のお店だとドキドキしてしまうの」

「君たちぐらいの年齢の人は、そういう人が多いね、どうしてなんだろう。自分の国の料理なのにね」

「たぶん、箸の使い方は大丈夫だろうかとか、お椀の持ち方はヘンじゃないかな、とか、いろいろ考えるせいだと思うわ」

そんな他愛ないことを喋っているうちに、塗りの折敷の上に向付《むこうづけ》が置かれた。白磁の小鉢の中に入っているのは、伊勢海老の湯引きである。彩りにほんの少しキャビアがまかれている。

「僕はもうちょっとビールを飲むけど、君はどうする？　ワインも置いてあるけど」

「日本酒をいただきます」

この店では小さなワイングラスに日本酒を注ぐ。「菊姫」が、ほんの少し黄色味を帯びて見える。

「それじゃ、もう一回乾杯しようか」

「はい」

素直になった萌は、グラスを合わせる。

「私、三ツ岡さんとこんな風に、ご飯食べられるとは思わなかった……」

「僕だって、こんな若くて綺麗なお嬢さんとデイト出来るとは思わなかったよ」

「そういう言い方、あんまり好きじゃないな」

「どうして」

「なんだか、はぐらかされているような気がするから」

萌は男の目に狙いを定める。向かい合って食事をするのは初めてだがとてもいい。さまざまな思いを込め、策略をめぐらすことが出来るからだ。今はただ強い視線で相手を見つめる。目をそらしたらどうしようかと思ったが、そんなことはなかった。

「はぐらかしてなんかいませんよ。だからここにこうして来たんじゃないですかァ」

三ツ岡は照れているらしい。男の人はみんな、照れた時にほんの少し女性的な口調になり、萌はとてもそれが好ましい。

「私、もしかすると、三ツ岡さん、私のことをちょっと怒っているかもしれないと思ってた」

「それは映美のことで？」

「そう、映美ちゃんと仲よくなったの、不愉快だったんじゃないかなあって思って」

「不愉快になったことはないよ」

三ツ岡が今度は強く萌を見る番だ。

「不愉快になったことなんか一度もない。ただとまどっているだけだ。君も僕の年になったらわかるよ。人はこういう時、ただとまどうしかないんだよ」

たった十二席しかないカウンターだけの店であるが、大層高級だろうということは、壁にかかっている絵と、まわりの客たちでわかる。千花と路之介の他はスーツ姿の初老の男たちばかりだ。路之介の夜の部が終わるのを待って、この店に車を走らせたので、すべての席は既に埋まっていた。千花の着物姿は、ここでも注目の的で、カウンターに腰かけると、あたりの男たちから声にはならない、「ほうっ」という感嘆の息が漏れたほどだ。

「今日はどうなさいますか。最初からワインになさいますか」

白衣の店主が、これ以上出来ないと思われるほど愛想よく問うてくる。いつでもそうだ。これでは路之介が、自分は世界中から愛されていると感じるのは仕方ないと千花は思う。

「シャンパンにしてよ」

そして路之介は、ぞんざいさと、親しさのあやういところで、いつも店の者に接している。

「シャンパンを抜いて。今日はこの人の誕生日パーティーだから」

「ほう、そりゃ、そりゃ」

隣りに座っていた初老の男が、それを聞いたからには声を発してもいいだろうといわんばかりに頷いた。

彼の前には、伊勢海老らしい刺身の皿が置かれている。

「この綺麗なお嬢さんの誕生日ですか。そりゃあおめでとうございます」

「ありがとうございます」

千花は赤くなった。路之介との仲を、ゆきずりの人に公認されたような気がしたからだ。

「シャンパンは、ヴーヴ・クリコと、ドン・ペリニヨンしか置いておりませんが、どちらにしましょうか」

「クリコにして。ドンペリって、なんかオヤジっぽいじゃん」

路之介は千花の方を向き、ねえと笑いかけた。その笑い顔が本当にいいと思った。

「乾杯」

「乾杯」

千花は幸福のあまり、目の縁が熱くなっているのがわかる。

路之介が自分のためにバースデーを祝ってくれるのも嬉しいけれども、シャンパンを抜いてくれた。そのことがとても嬉しい。

今までもシャンパンを抜いてくれた男はいくらでもいたけれども、まるで価値が違う。そして路之介は、ちらっと千花の着物の胸あたりに目を走らせる。それは自分も着物を着る男の目だ。ただの賞賛だけではないものが混ざっている。

「着付け、ヘン？　自分でしたから……」

「ううん、そんなことはない。あんまり似合っていてびっくりしたよ」

心からそう言っているのではない。勘でわかる。ただ路之介はそう思おうとしている。そのことがとても千花には嬉しい。

もともと歌舞伎は、芸能界とは別枠とされていた。そこにあったさまざまな慣習、主に色ごとに関してのしきたりはよく理解されないままに尊ばれ、無視されていたものだ。ところが最近になってこの風向きが変わってきた。古典芸能が見直され、若い役者たちが雑誌やテレビドラマに出るようになると、彼らの行状もふつうのタレントのように暴き立てられるようになったのだ。

最近も御曹子のスキャンダルがたて続けに写真週刊誌に出て、路之介はとても用心している。そのために千花が同じホテルに泊まる時も、必ず別の部屋をとらされた。といっても、部屋代は路之介のところへまわすようになっているのだから、ホテル側も当然気づいているに違いない。

その夜食事を終え、一緒にタクシーで帰ってきた。路之介が常宿にしているこのホテルは、昔から歌舞伎の役者たちがよく使うところだ。おそらく長く滞在する彼らには、特別の割引があるのだろう。老舗として名はとおっているが、建物が古く壁も薄い。浴室もあまり綺麗ではなく、新しいホテルを知っている千花としては、少々不満が残る。

しかも路之介の部屋は、やや広めというもののツインである。彼の父親ぐらいになるとスイートを使っているようだが、路之介はこの程度ということらしい。

比べてはいけないと思いながらも、千花はかつてのボーイフレンドのことを思い出す。学生だったが、大金持ちの息子である彼は、ホテルはいつもスイートと決めていた。しかも新しいホテルが出来るといち早く泊まるのが趣味のようなもので、恵比寿のウェスティンも出来てすぐに「お泊まり」したし、新宿のパークハイアットの広い部屋も千花は体験している。

それに比べて、古いホテルのツインの部屋はかなり寒々として見えた。片方のベッドには路之介が読む車の雑誌が置かれている。路之介は昨年、念願のポルシェを買ったばかりなのだ。が、千花はまだ乗せてもらってない。彼が言うには、じわじわと自分好みに馴らしている最中なので、まだひとりで乗りたいそうだ。

もう店で充分に飲んでいたから、冷蔵庫のビールを取り出す必要もなかった。千花は臙脂《えんじ》のコートを脱ぐ。着物はつくったもののコートまで気がまわらなくて、この唐子《からこ》を染め出した母の一枚を借りたのだ。

路之介は千花の後ろにつっとまわり、袖を脱いだコートを受け止める。そして軽く袖畳みにし、ベッドの上に置いた。そのなめらかな動作は、自分が着物を着る男ゆえ、というよりも、何回となく女の着物を脱がしてきた男のそれである。

そして彼は千花を後ろから抱き締める。

「今夜のチカ、すっごく可愛かったよ。最高だよ……」

路之介の右腕は、千花の細い首を絞めるかのように強く押す。カシミアのニットを通して、彼の体温が伝わってくる。酔いと性欲のために、それはとても高い。

そして路之介の左手がそろそろと着物の上を這ってきた。帯の上に位置する袖のつけ根に、身八《みや》ツ口《くち》と呼ばれる切れ目があることを知っている男は、いったい何人いるのだろうか。幾重にも絹でくるまれる女の着物姿にあって、そこは驚くほどの素肌への近道だ。手を入れるとすぐに、女の乳房に触ることが出来る。

きゃしゃな体つきとは別のパーツのように、千花は豊かな胸を持っている。だから着物の時は和装用ブラジャーで、きっちりと締めつけるのであるが、路之介はわけもなく下の縁から指を進ませてきた。千花の乳房はあっという間に路之介の手にとらえられる。

とてもスムーズな手の動きは、千花に再び不安を与える。

一度でいいから聞いてみたい。

どうしてこの若さで、これほど女の着物の秘密を知っているのか。

いったい何人の女の着物を脱がせてきたのか。

洋服の時は気にならなかった疑いが、着物で戯れる時に幾つもわいてくる。千花をせつなくする。着物を日常に着る女に、とても自分は太刀打ち出来ないという思いが、千花をせつなくする。こんな時祇園で会った、芸妓出身のお茶屋バーのママの姿が浮かび上がってくるのだ。おそらく路之介は、あの女の胸元も、こんな風にまさぐったのだろう。あの女はどんな風な声を漏らすのか。ああいう女の人の声は、自分のように自然に出てくるものとは違う。練りに練った、男をとろけさせる繻子《しゆす》のような艶《つや》を持った声ではないだろうか。

快感はまだやってこない。その替わりみじめさと疑いとが混ざり合って、千花は泣きたくなってくる。豪奢な着物をまとい、好きな男に帯を解かれていく、という幸福なはずの時なのに、心は次第に冷えていく。着物を脱がされることによって、見えてきたものがある。路之介のこのなめらかな手つきは、やっぱり嫌らしいと思う。二十代の青年の指が、これほどまでにうまく、紐の結び目を解いていくものだろうか。

「ねぇ、みっちゃん……」

あえぎ声ではなく、はっきりと意志を持った声が出てしまった。

「ねぇ、私、いつかお嫁さんにしてくれるの」

「たぶんね……」

〝もちろん〟でも、〝きっと〟でもなかった。〝たぶん〟というのは、どの程度の確率を言うのだろうか。が、ただひとつの救いは、路之介が決して否定はしなかったということだ。けれども女の着物を脱がせながら、否定の言葉を口にする男はいないだろう。随分後になってから、千花は気付いた。


デザートの菓子は、ふかしたての薯蕷饅頭《じょうよまんじゅう》とプリンであった。染付の皿に盛られ、かすかに震えるプリンは黄色がとても濃い。

「和食のお店で、プリンが出るなんて珍しいわ」

「このお店の名物だよ。昔のやり方でつくってるんだそうだ」

三ツ岡は皿を萌の前に置いた。

「よかったら、僕の分も食べないか」

「三ツ岡さん、プリン嫌いなの」

「うーん、何て言えばいいのかなあ。プリンは大のおとなが、嬉々として食べるもんじゃないっていう気がするんだ。人前で食べるのは、ちょっと引いてしまうね」

萌は三ツ岡の顔を見る。かなり酒を飲んだはずなのに、酔いは彼の顔を何も変えていない。萌の大好きな、長く浅い皺が両側にある口元、この口が黄色いプリンを頬ばるさまを見てみたいという激しい欲求に、突然萌はとらわれた。願いではなく、欲求にだ。

「ねえ、三ツ岡さん。私の前でそのプリンを食べて」

「だけどプリンは苦手だって、今言ったばかりだよ」

「でも私、どうしても見たいの」

二人の目がからみ合う。萌は相手の小さな拒否を、どんなことをしても崩したいと思った。

「ね、ね、お願い。ひと口でいいからプリン食べて。ね、お願い」

三ツ岡の顔に迷いが生じている。たかがプリン一個ではないかという思いと、この欲求を呑むと何かを譲ることになるという思いとがせめぎ合っているのだ。

「ね、ね、一生のお願い。そのプリン、食べて」

三ツ岡が隣りのテーブルに座っている、中年のカップルをちらりと見た。高価なスーツを着た化粧の濃い女が、さっきからこちらを気にしているのはあきらかだった。

三ツ岡は匙《さじ》をとった。ひと口をすばやく口に入れる。そしてまずそうに咀嚼《そしやく》した。

「わー、やった」

音を出さない拍手をしながら、萌は自分は必ず受けいれられるという確信を持った。

どこもかしこも人が溢れている六本木ヒルズであるが、エアポケットは思わぬところにある。テラス階からの階段のあたりは人の気配もない。蛍光灯のあかりも届かず薄い闇が漂っていた。

ここで萌は立ち止まる。三ツ岡を見上げた。右手を彼の腕にかける。そして萌が待ち望んでいたもの、三ツ岡の唇が萌の唇に落ちてきた。舌を入れてこない静かなキスで、彼の唇は、さっきの萌の勝利の証であるプリンの味をかすかに残していた。

ややあって二人の顔が離れる。

「さあ、行こうか。我儘なお嬢さん……」

「もう終わりなの……」

「そう。さあ、帰ろう」

「あのう、三ツ岡さん」

萌はわざともじもじと身をくねらせた。

「私とそういうことすると、結構楽しいと思いますよオ……」

「そうだろうね」

三ツ岡はやさしく頷く。

「そんなこと、とうに気づいてたよ」

「だったら、どうして誘ってくれないの。一回でいいのに」

「たぶん一回じゃ終わらないよ。それじゃ困るからね」

三ツ岡の目が笑っている。

表情からは迷いや困惑が消え、三ツ岡は奇妙なほどやさしい。このやさしさに取り入る隙はないだろうかと、萌は考える。

「デイトして、キスをして、それでさようならなんて、すっごく失礼だと思う。ねえ、私の気持ちはわかっているのに、どうしてここまで言わせるの。私のこと、図々しくて、なんて大胆な女だと思っているんでしょう」

「思ってやしないよ。ただ君の若さに圧倒されてるだけだ」

「私、死ぬ思いで言ってるの」

都合よく瞼が熱くなり、涙がつつうとこぼれてきた。

「恥ずかしくって、恥ずかしくって、死ぬ思いで言ってるのよ。それなのにはねのけるって、最低の男の人だと思う」

「わかったよ」

三ツ岡がもう一度萌の肩を抱く。今度は長いキスをした。

「おじさんはもう降参だよ」

けやき坂通りに出て、三ツ岡はタクシーを止めた。

「四谷まで」

そこがどんなところか萌は知っている。三ツ岡の仕事場があるところだ。たぶん一DKか二DKの小さなマンション。仮眠用のベッドには、あまりクリーニングしていない毛布が敷かれていることだろう。そこが自分たちの新床になるのかと考えると、萌は気持ちが萎える。やっとの思いで迎える夜が、貧乏たらしい仕事場、などというのはあんまりだ。

けれども四谷に近づくと、三ツ岡はそこにある巨大ホテルの名を口にした。

「え、仕事場じゃないの」

タクシーの運転手を気にしながら小声で尋ねた。

「お嬢さんをお招きするのに、あんな汚ないところへは行けないさ」

エントランスでいったん車から降り、三ツ岡は携帯を押した。

「もしもし、ダブルの部屋をお願いします。三ツ岡です。そちらの会員になっているんですが……」

夜の十時過ぎに、予約していない男女がホテルのフロントでやりとりするのを避けようとした三ツ岡の心配りだ。五分後、二人はキイを手にホテルのエレベーターに乗っていた。

「ここのホテルはチェーン展開してるから、地方に行く時よく泊まる。だから会員になってるんだけど、こういう時は便利だね」

「ここもよく使うの」

「そうでもない。特別の時だけ」

エレベーターに乗ったとたん、三ツ岡は急に大胆になった。他に客がいないのを幸い、萌の髪をずっと撫でている。

チンと音をさせて、エレベーターが二十六階に止まった。三ツ岡が部屋のドアを開ける。

ダブルということだけれども、思ったよりも狭い。部屋の隅に応接セットが置かれているが、これは二人用だ。棚の上のテレビも古い型だった。

萌は少し悲しい気分になる。急なことだったとはいえ、パークハイアットやウェスティン、フォーシーズンズといったホテルはとれなかったのだろうか。スイートとまでいわないけれども、せめてセミスイートぐらい予約してくれてもいいのにと思う。

女はそのための身仕度がある。ゆっくりとシャワーを浴び、鏡であちこちを点検したり、髪をアップにしたりしなくてはならない。そのために広く清潔なバスルームが絶対に必要なのだ。おそらくこの部屋だと、浴室は小さくユニットではないだろうか。

「さあ、こっちへおいで」

三ツ岡が紺色のベッドカバーをはがした。いつのまにか彼はジャケットとニットを脱いでいる。白いシャツを着ていた。Tシャツとも少し違う。Vネックの縁のところが厚い。このシャツは何というのかしらと、萌はぼんやりと考える。

「どうしてそんなところに立ってるの」

「あの、シャワーを浴びようと思って」

「シャワーなんていいよ」

三ツ岡は大股で近づいてきた。恐い顔をしている。今まで見たことのないような顔だ。彼の指が萌のワンピースのファスナーにかかる。が、ぼってりとした織の生地だったので、二回もひっかかってしまった。そしてブラジャーだけになった萌を、三ツ岡は抱きすくめる。おかしな形のシャツから、熱い体温が伝わってくる。それは想像していたよりもずっと熱かった。

「嬉しい？」

彼が問うてきて、萌は大きく頷く。そうするともっと嬉しくなるような気がした。

「僕はもっと嬉しいよ」

そして萌は、ベッドの上に人形のように寝かされる。


千花の東京公演と、桜の季節がちょうど重なった。今年の開花はやや遅いけれども、天気に恵まれ、かけ声をかけたように、いちどきに咲いた。テレビのニュースは毎日のように、各地の花見風景を伝えている。

千花と萌は、例年どおり平沢麗の家の花見パーティーに招かれた。麗は二人が初等部の時からの同級生である。裕福な家庭の娘が多い学校でも、麗の家はケタ違いの金持ちであった。サッシメーカーの創業者である彼女の祖父は、有名な競走馬を二頭持っている。名前を言えば、千花のような若い娘でも知っている馬だ。

麗は、高校時代から異性関係が派手なことで知られていた。大学生の頃は、二枚目の俳優に入れ揚げ、かなりの金を遣っていたらしい。彼は車好きで知られ、レースに参加する腕前だったが、その莫大な費用は麗が出していたらしい。

俳優と別れた後は、六本木でパブやレストランを経営する青年実業家に夢中になった。が、この男があまりにもたちが悪いので、麗の両親は「留学」という名目でしばらくパリに行かせていたのだ。

「パリってさ、たまに買物に行くぐらいならいいけど、住むとこじゃないわよね、人間は意地が悪いし、タクシーの運転手は最低。ちょっといたおかげで、あそこが大嫌いになっちゃった」

ディオールの最新のワンピースを着た麗は、唇をとがらせて、二人にパリ生活のつらさを訴える。さんざん金を遣った揚句、先月帰ってきたばかりなのだ。

麗の肌は鮫肌《さめはだ》で、ぼこぼこと粗い表面は濃いファンデーションでも隠すことが出来ない。彼女があれほど男関係にだらしないのは、その容姿のせいだという者がいる。

「お金がなくってブスだったら、まだ人生に諦めがつくだろうけど、麗みたいに死ぬほど大金持ちで、あんな顔をしてたら、精神のバランスがとれないんじゃないの」

辛辣な友人の言葉をふと千花は思い出した。それでも整形で目を直し、顎もいじっているのであるが、肝心の肌だけはどうにもならない。さまざまなエステに行っているだろうに、生まれつきの不運さを表しているような肌なのだ。

けれども麗は気のいい娘で、クラスの女の子たちに人気があった。同性に対して、はっきりとわかるような劣等感を持たず、当時から美人で有名だった千花と仲よくなるのは、なかなか出来ることではない。

麗の自宅は渋谷区大山町にあり、邸宅が続くそのあたりでもひときわ目立つ。昔は祖父が建てた数奇屋づくりだったのであるが、彼が隠居していささか呆《ぼ》け気味になったとたん、父が世界的に有名な建築家に依頼して、ガラスとコンクリートの家に建てかえたのである。二階建で一面ガラス張りの家は、毎月信じられないほどの光熱費がかかるうえに、中にオブジェのような階段がある。麗に言わせると、「この世でいちばん住みづらい家」だそうだが、このガラスの家は、庭の桜の大木がよく見えるように設計されているのだ。

平沢家の花見といったら有名で、およそ二百人の人々が招かれる。財界の男たちが夫人と共に訪れるし、中にはテレビでよく顔を見る政治家もいる。そうかと思えば、芸能人や作家、相撲取りもいて、千花も萌も毎年このパーティーに招かれるのを楽しみにしていた。といっても、千花が宝塚に入ってからは、うまく日にちが合わず、ここに来たのは数えるほどだ。萌も千花と一緒でなくてはと、同じ回数ぐらいしか来ていないだろう。

平沢家に使用人は何人かいるのだが、これだけのパーティーとなると、ケータリングとなり、黒服の男たちが何人も派遣されている。家の車寄せでは、おそらく会社の人間だろう、スーツ姿の男たちが仕切って駐車カードを渡している。この日のために、近くの駐車場を借り切っているのだ。

玄関に入ると、小さなカードを渡された。そこには今日出されるシャンパンとワインのリストがあり、著名なソムリエの名が記されていた。今日の酒は彼のプロデュースによるものだという。そして京橋の料亭の名と、話題のイタリアンレストランのシェフの名もあった。大得意客のために、主人自らが馳せ参じている光景は、いつもと変わらない。

もう六十はとうに過ぎているだろうが、桜の花のようなピンクのスーツを着た女優が、映画監督の夫と一緒に庭をそぞろ歩いている。そこへ保守党の大物政治家が近寄って、何やら話しかけた。何がおかしいのか、三人は顔を見合わせて笑った。

「ワイン、もっと飲んだら」

麗が言った。

「今年は結構張り込んで、いいワイン揃えてるみたいよ。ここんとこうちの株が上がってるから」

その時、母屋の方から若い女が近づいてきた。麗の従姉にあたる北川ゆりだ。彼女は学校の二年先輩だった。昨年結婚したと聞いているが、もう大きな腹をしている。

「ねえ、知ってる？　ゆりって物産の男と結婚したのはいいんだけどさ、彼ってパリに女の人がいるのよ。出張にかこつけてしょっちゅう会いに行ってる。ピアノを勉強してる女でさ、私も仲よくなっちゃった。知らないのはゆりぐらいよね」

麗はふっふっと笑い、片手を上げた。

「ゆり姉《ねえ》、こっち、こっち。チカもモエもいるわよ。久しぶりでしょ」

従妹に似ず、美人の部類に入るゆりであるが、妊娠のためにむくんだ顔をしている。おしゃれな女だったのに、垢ぬけない紺色のジャンパースカートを着ているのも、千花には意外だ。

麗は身重の従姉を迎えに、歩き始めた。桜の大木の下で、千花と萌は二人残される。よく晴れた日であったから、木もれ陽は強く、ピンクと隙間から見える青との取り合わせは、まるで着物の柄のように鮮《あざ》やかだ。

桜の花びらは音を吸いとる力があるのだろうか、あたりにたくさんの人がいるのに、木の下はしんとしている。その時風が吹いて、花びらが二人の娘の上に散った。それは桜のよさがわかるにはほど遠い年齢の二人さえ感動させた。二人は花びらが舞う中にしばらく囚《とら》われる。

「ああ、綺麗ねぇ……。なんて綺麗なのかしら」

萌がつぶやいた。

「なんか夢の中にいるみたいだわ」

「ねえ、私たちって……」

千花もうっとり目を閉じ、こう言った。

「私たちって、ずうっと不幸にならないような気がしない？　ずうっと幸せなままで生きていけそうな気がしない？」

「そうかなあ……」

萌はけだるく答える。

「ずうっと幸せなままで生きていくなんて、無理なんじゃないかしら」

「でも私たちなら出来るわ。きっと出来る。世の中には、そういう女の人が確かにいるんだもの」

ゆったりとした足どりで、ゆりと麗が近づいてきた。

「チカちゃん、モエちゃん、お元気。相変わらず二人とも綺麗ね。その桜の木の下に二人で立っていると、まるで花の精みたい。私、うっとりしちゃったわ……」

「本当、嬉しいわ。本当に嬉しい」

千花はバレリーナのように、膝をかがめた。

11

「ほら、ほら、リナちゃん、こっちおいでよ」

三歳の女児と追いかけっこをしているのは、研一の娘役である。その他にも、よちよち歩きの赤ん坊に、リボンをちらつかせて喜んでいる子たちがいる。

ここは保育園ではない。東京宝塚劇場の楽屋だ。古い宝塚劇場では、選ばれたファンが「お世話係」として楽屋に出入りすることが出来た。けれども新しい劇場では、それをいっさい禁止したので、団員たちから緊張感が消えた、という者がいる。

初めてやってきた人は、ここが上演中の舞台の楽屋だろうかと驚くはずだ。レビューで全員が出演する第二部と違い、第一部のミュージカルでは、下級生たちの出番は少ない。それをいいことに、大部屋ではみんな自由にふるまっている。

差し入れの「しろたえ」のシュークリームや「千疋屋」のフルーツゼリーは、それこそ山のようにテーブルの上に置かれている。「キハチ」のクッキーを、ばりばり齧《かじ》りながらメールを打ち続ける団員もいるし、ゲームに夢中になっている団員もいる。

圧巻は、楽屋を飛びまわっている子どもたちであろう。公演のたびにOGたちは子連れでやってきて楽屋をのぞく。小さな子どもたちは下級生たちの絶好の遊び相手になっているのである。

追いかけっこに飽きた女の子は、衣裳に触り始めた。白く透きとおるスカートが珍しくてたまらないようだ。ふわっと自分の顔にかぶせたりする。

「ダメよ、リナちゃん。こっちの方へいらっしゃい。それはお姉ちゃんの、大切なものなのよ」

茶色のバーキンを手にした若い母親は、本気で叱る風でもない。女の子はそれがわかっているので、さらに深く顔にかぶってははしゃいだ声を上げる。

若い母親は、芸名を淡川みずきという娘役であった。研三で退団し、確か美容整形医と結婚したはずである。最近のプチ整形ブームで、有卦《うけ》に入っていると聞いた。着ているものはさりげないニットであるが、高価なカシミアでフェンディのマークが入っている。

着替えに戻った千花は、その幸せそうな母娘《おやこ》をしばらく見つめていた。宝塚を退団した元仲間は、しょっちゅう楽屋に遊びにやってくる。青春を共に過ごした仲間に会いたいのはもちろんだろうが、今の自分の生活を披露する目的もあるだろう。

みんながみんな、というわけではないが、早めに退団した娘たちは、たいてい良縁に恵まれている。まるで後輩たちに、お手本を示すかのように、彼女たちはしょっちゅうやってくる。

「宝塚は辞め時が肝心なのよ。ぐずぐずしていたらおばあさんになっちゃうわ。そしてどこかのミュージカルの端役に出る人生しか待ってないわ。ねえ、そんなのは嫌よねぇ……」

子どもの手をひいてやってくる女たちは、たえずそんなメッセージを流しているかのようだ。

後半まで千花の出番はない。化粧台前に座って、千花は「ウエスト」のクッキーをがりりと嚙んだ。ありきたりだ、との声もあるが、千花はこの店の癖のない味が好きだ。幼い頃から、よくおやつに食べていたせいもある。

「チカさん、見る？」

隣りに座っていた下級生が「BLEU《ブリュー》」を渡してくれた。楽屋での楽しみといえば、「メール」と「ゲーム」、そして「雑誌」になる。本は集中出来ないので、みんな雑誌を読む。お菓子と同じように、「オッジ」「アンアン」「ギンザ」「ヴァンサンカン」といった若い女性向けの雑誌が山積みにしてある。ファンからの差し入れが多い。

「チカさん、見てくださいよ。このカジテツ」

下級生は「BLEU」のグラビアページを開いた。そこには裕福な若い娘の日常が、こと細かく載っている。関西は御影に住んでいて、父親はさる学園の理事だという。どうやら一族で経営している学園らしい。金のある家に生まれた若い娘の、豪奢な生活が、これでもかこれでもかと繰り拡げられている。お稽古ごとは、例にもれずお料理とフラワーアレンジメント。将来家庭を持った時のためにと、テーブルコーディネイトもこの頃習い始めた。

「週末はフィアンセとお出かけすることが多いとか。今日は輸入家具店に、ソファを探しにきました」

平凡な顔立ちの娘であるが、フィアンセの傍にたたずむ姿は、いかにも幸福そうだ。カメラマンと並んで、萌の名を見つけた。萌がレギュラーで書いている「平成の令嬢たち」だと合点した。

「やっぱりいいですよねー、カジテツはー」

下級生は感に堪えぬようにつぶやく。家事手伝いの娘を「カジテツ」と呼んで、千花の仲間たちは大げさに羨しがる。

「あーあ、私もこんなに苦労が待ってるなら、カジテツになっときゃよかったなあ。カジテツから結婚っていうコースが、やっぱりいちばんよかったかなア……」

「何いってんのよ。そんなコースたどりたきゃ、いつだって戻れるでしょ。カジテツばっかりが人生じゃないわよ」

「チカさんたらそんなこと言って。自分がすぐに結婚コースに行けるからじゃないですかァ」

その言葉にかすかな揶揄《やゆ》があるのを千花は見てとった。やはりあれを見たに違いない。誰かが立ち上げたホームページ。宝塚ファンがつくるサイトということだが、中身は噂話ばかりだ。その中に千花への中傷があった。今やきさらぎ千華が路之介とつき合っているのを、誰も知らないものはない。最近千華にいい役がついているのは、嫁としてハクをつけようという松倉屋の計画だ。今度の役も松倉屋が頼み込んで貰ったものだという。金がどのくらい動いたのだろうか……。

このところ、宝塚ファンがつくるインターネットのサイトに、千花に関する書き込みが目立つようになった。路之介とのことがほとんどだ。

「路之介に、一日も早く結婚してほしいとせかしている」

「トップになるまで待とうとしたのだが、たぶん駄目だろうと本人も諦めた。それならば引退前にハクをつけようと、このあいだの大きな役は、松倉屋が金で買った」

などという、悪意に満ちた噂ばかりである。

「これは絶対に、内部に誰かいるよね。あることないこと、いろんなところへ情報流してる人が」

サイトを見た、何人かの仲間に言われた。

千花は気が気ではない。もしこの書き込みを、路之介や彼の両親に見られたらどうなるのだろうか。

「チカちゃん、路之介のこと、よろしくお願いしますね。我儘だからどうしようもないでしょうけれども」

歌舞伎座のロビィで、何度か会った路之介の母親を思い出す。関西の大金持ちの娘として生まれ、

「オレの百倍ぐらい歌舞伎に詳しい」

と路之介に言わしめる彼女は、一分の隙もない「梨園の妻」だ。まるで文楽の人形が抜け出してきたような顔に薄化粧をし、地味ななりでロビィに立っているのであるが、そこだけ別の空気が流れているようである。目を動かすことなしに、たくさんの客の中から贔屓を見つけ出せる。頭を下げるさま、微笑み方も洗練されていて、若い役者の妻たちは、全く頭が上がらないということだ。

「チカちゃん、今度おいしいものを食べに行きましょうね。宝塚の話、いろいろ教えて頂戴ね」

眉と唇をはっきりと描く昔風の化粧の顔をほころばせ、千花に話しかける。いくら若く見えるといっても、目のまわりには小皺がある。その小皺をあまり動かさないようにして、彼女は笑いかけてくる。

「素敵なワンピースね。ピンク色が本当にお似合いだわ」

この人はどこまで知っているのだろうかと、千花は思う。この人の留守に、千花は目黒の自宅へ行き、路之介の部屋に入った。昼間から路之介のベッドの上で彼に抱かれた。お手伝いはもちろんいるが、広い家だから気づかれはしない。ことが終わった後堂々とシャワーを浴びた時もある。

路之介の母親は、そんなことはすべて承知で、こんな風に笑いかけてくるのではないだろうか。千花は最近、スキャンダルが噴出したある名門歌舞伎役者の御曹子を思い出す。彼はある有名タレントとの仲を、週刊誌に書きたてられたのであるが、彼女ときたら映画で脱いだのが一度や二度ではない。男性関係の派手さでも知られていて、何年か前まで同業の男と堂々と同棲していた。

けれども当の御曹子の母親は、家に押しかけるマスコミ陣ににっこりと対応した。

「とてもいいお嬢さんで、主人も私も大喜びなんですよ」

ところが路之介はこう説明する。

「あいつのお袋が本当のこと言うわけないじゃんか。うちのお袋が電話したらさ、どうせ本気じゃないだろうから、若いうちは何でもやらせてみるのよ、なんて言ってたらしいぜ」

歌舞伎の世界がどういうところか、千花はほとんどわからないが、心の中で思っていることと、口にすることとが一致していないのぐらい感じている。路之介の母親のあのやさしさが、どこまで本当のものなのか、千花は次第に不安になってくる。もしかするとあの御曹子の母親のように、

「どうせ若い時の遊び相手」

と思っているのではないだろうか。

いや、そんなはずはないと、千花は打ち消す。松倉屋の妻だったら、当然千花について調べ上げているはずである。自分は生まれ育ちも、臆するところは何ひとつない。そして宝塚という組織の中で育った娘たちは、躾もよく美しく賢いことで定評がある。おそらく路之介の母は、自分を「合格」と見なしているはずだ。そうだ、そうに決まっている。だからこそ千花は大層用心しているのである。まさか母親が見るはずはないと思うけれども、あのサイトが、歌舞伎界での噂になったりしたらどうしたらいいのだろうか。

路之介と結婚するためには、どんな小さな小石も今から取り除いておきたいと思う。そしてその時、千花は大切な事実に気づき、ため息をつく。自分はまだ路之介からきちんとプロポーズされていないのである。

四谷で結ばれて以来、三ツ岡の連絡がぱったり途絶えた。萌は不安で仕方ない。こん

なのは初めてだ。今までつき合った男の子たちは、そういう関係になったとたん、あらゆることが溢れ出してくる。会うのもずっと頻繁になるし、二人の間のボキャブラリーも豊富になってくる。

恋人になったとたん、いろいろな秘密が解き明かされるあのひとときが萌は大好きだ。

「どうしてあの時、すぐに電話をくれなかったの」

「すぐに電話をするのは、迷惑かなあって思ったんだ」

「初めてデイトした時、むすっとした顔してたの、どうして」

「緊張してたんだから仕方ないよ」

「最初から、私のこと、好きだったの？」

「もちろんだよ」

何十回となく胸の中で繰り返し、自分で答えを出していた謎が、男の口から明らかになっていく時の喜び。なあんだそんなことだったのか、なんてたくさんの思い過ごしをしていたんだろうかと、二人で笑い合う幸福……。

三ツ岡と寝たというのに、萌はまだその幸福を味わっていない。いったいどうしたというのだろうか。ベッドの中の自分が、気に入らなかったのか。いや、そんなはずはない。三ツ岡はいかにも中年男らしい豊かな表現で、幾つかの賞賛を口にしたではないか。

「それに――」

と萌は思う。裸になると、自分の若さと美しさとがさらにひき立つことを萌は知っている。その点、千花の方が滑稽なほど自分の価値に気づいてはいない。

「私が気に入らない、なんていうことは絶対にないと思う」

今日もまたメールを打ってみた。決して負担に思われないよう、表現に充分考慮する。

「桜が散って、青山墓地のあたりは急に淋しくなりましたね。お元気ですか。おひましていたら、お声をかけてください」

でも……と続け、怒っている顔の絵文字を入れた。

「でも、ちょっと失礼しちゃうよね……」

そしてその日の夜、三ツ岡から携帯にメールが入った。

「確かに連絡もせずに失礼しました。妻が急に危ない状態になり、病院にずっと詰めていました。当分連絡出来ないかもしれないけれど申しわけない」

メールの画面をぼんやりと眺めていた。三ツ岡の妻が癌だとは聞いていたけれども、彼は京都へ旅行するぐらいだし、そう急を要するものだとは思ってもみなかった。これを運命というのだろうか。いや、運命よりも、偶然の力というべきか。自分と三ツ岡ががやっと結ばれ、これからうまくいくだろうと思われた時に、病魔という大きな力が動き出したのである。

「ふん」

と声に出して言ってみた。死にそうな三ツ岡の妻には申しわけないけれども、とても意地悪な力が働いているような気がする。

そして二週間というもの、萌はその意地悪な力に耐えようとした。三ツ岡にメールも打たなかったし、もちろん電話をかけることもなかった。

何を待っているのかと、萌は自分に問いかけ、そして怖しくなる。自分が待っているのは、あきらかに三ツ岡の妻の訃報なのである。人の死を望むのは初めてのことで、萌は思わず十字を切った。

三ツ岡の妻が死んでくれたらいいというよりも、ただこのような膠着《こうちゃく》状態が嫌なだけなのだ。死か快復するかどちらかしかないとして、確実性のあるのは死であろう。だったらさっさとケリをつけて欲しいと、萌は若い残酷さでそう思う。

けれども耳をすましても、三ツ岡の妻が亡くなったという話は聞こえてこない。萌が仕事をするファッション誌では、三ツ岡の情報は得づらいので、わざわざ別の雑誌の映画評をやっている友人に電話をかけた。

「いやー、そんな話は聞いたことないなあ……」

「あ、そう」

受話器を置いたとたん、別の不安が萌を襲う。もしかすると、三ツ岡は嘘をついているのではないだろうか。けれども何のために。少しでも時間稼ぎをするためにか……。

いや、そんなはずはない。ベッドの上で三ツ岡が充分に満足しなかったはずはないではないか……。

さまざまな疑惑の堂々めぐりの結果、萌は映美を呼び出すことを思いついた。何気ない風を装い、彼女を誘い父親の近況を尋ねるのだ。メールで食事に誘ったところ、すぐに返事が来た。人の生死を自分の恋のために尋ねる後ろめたさのために、待ち合わせ場所は張り込んで流行のイタリアンにした。麻布十番のオープンしたばかりのこの店は、インテリアが素敵なのと、フランス料理のように美しい飾りつけとで大層人気があり、なかなか予約が取りづらい。

「わー、ラッキー。この店って前から来てみたかったんだァ」

映美は目をくるくるさせて、あたりを見渡す。相変わらず着ているものは野暮ったいけれども、一段と美しくなっているようだ。肌が透きとおるようで、父親に似ている形の唇に薄く紅を塗っているのが清楚な感じだ。

「あれで結構遊んでいる」

という噂はとても信じられない。

「エイミちゃん、元気してたァー」

「まああっていうところかしら。このご時世でバイトがひとつフイになっちゃった。あてにしてたところだから、もうショックー」

映美は前菜の仔豚のハムに半熟玉子をからめながら言った。

「いいじゃない。エイミちゃんちはお金持ちなんだから」

「とんでもない。うちのママがどんなにシビアか知らないでしょう。なにしろ子連れ再婚だからさ、ママも私もそれなりに気を遣ってるわけ」

「ふうーん」

萌は映美の義理の父親である、有名な建築家の顔を思い浮かべた。イタリアで大きな賞を受けたと新聞で読んだばかりだ。彼の娘として育っている映美は、さぞかし贅沢し放題だと思っていたのに意外だった。

「ねえ、ねえ、先月号の『平成の令嬢たち』に、甲南の子が出てたでしょう。私のまわりじゃ、みんなブウブウ言ってたわよ。あの子、あっちじゃ有名な遊び人なんだって。その子のパパの学校も潰れそうで、あれで『令嬢』はないいんじゃないって結構評判悪いわよ。モエさん、知らなかったのォ」

話がどんどん別の方に行ってしまった。萌の知りたかったのはこんなことではない。

「ねえ、三ツ岡先生、お元気」

ふと思いついたように尋ねてみた。

「うーん、どうだろう。奥さんの調子が悪いから」

萌が欲しかった話題がやっと来た。

「あら、奥さんの具合悪いの？」

「そうみたい。このあいだはかなり危険なところまでいったみたいよ。うちのパパ、病院から一歩も出なかったっていうから、泣かせる夫婦愛よね」

「ふうーん」

彼の妻が危機を脱した安心感ではなく、彼が嘘をついていなかったという安堵で、萌はいっぺんに心が晴れやかになった。

「あのさ、あの夫婦って淡々としてたかと思うと、急にラブラブになっちゃうのよ。変わってるって思わない？」

「へえー」

「だからさ、モエさんが何をしても無駄よ」

「えっ」

最初は聞き違えたのかと思った。だからさと、今映美は確かに口にしたのだが……。

「モエさんって、うちのパパのこと好きなんでしょう？」

「そんなこと、誰が言ったの」

驚きのあまり、息が荒くなった萌の前に、ウェイターが仔羊のソースをからめたラビオリの皿を置いていった。

「最初からモロわかるわよ。だってモエさん、ミエミエのことばっかりしてるんだもの。

そしてね、パパを問い詰めたら、すぐにいろんなこと白状しちゃうんだもの」

「嘘だわ……」

やっとそれだけ言った。

「嘘よ、嘘に決まってるわ」

そんな萌に映美が唇をゆがめる。脂とオリーブ油とで光った唇だ。

「嘘じゃないわ。だって私、パパが再婚する時約束したのよ。二度めの奥さん、嫌いだから絶対に浮気してね。もし浮気したら、その様子を私に教えてねって」

そう言えば思い出した。三ツ岡が再婚した時、子どもはつくらないと約束させたのは映美だったのだ。

「私ね、モエさんのメール、パパに見せてもらったことあるわよ」

映美はうふふと笑った。

「モエさん、結構大胆でびっくりしちゃった。ねえ、四谷のホテル、どうだった？　あのホテルって穴場でしょう。綺麗で空いてて、なかなかのもんでしょう」

「嘘よ」

萌は叫び、その声に隣りの席のカップルがこちらを見た。

「嘘に決まってるわ。そんなひどいこと、するはずがないわ」

震えは下半身からやってきた。足の裏がガタガタ揺れている。この娘の異常さを三ツ岡は知っているのか。いや、三ッ岡は共犯者なのである。やっとわかった。

夏の京都は暑くてかなわない、という人は多いが、初夏の京都の美しさは誰もが認めることであろう。

特に夏のしつらえを始めた京の店を訪れるのは、千花にとって大きな楽しみになっている。どこも店の前に清々しく打水をし、襖を簾《すだれ》に替え、のれんが麻の涼やかなものに替えられる。

花見小路のお茶屋バー「えん」では、馴じみの舞妓、芸妓から贈られるうちわが、ずらりと壁にかけられ、もうじき夏が近いことを客に告げる。

「少し早いけれども」

と言いながら、マスターのぼんが高価な越後《えちご》上布《じょうふ》にきりりと襷《たすき》をかけ、カウンターごしに客の相手をしてくれるのもいつものことだ。この「えん」は、路之介に連れていってもらって以来、京都に来ると寄るようにしている。ここはもともと常磐津《ときわづ》のお師匠さんが住んでいた一軒屋を、お茶屋バーに改装したものだ。カウンターの他に、上にひとつ、下にひとつ座敷があって、舞妓や芸妓が呼べるようになっている。

それよりも、路之介に言わせると、

「京都いち頭のいい男」

という同志社大学出身のぼんの、軽妙なお喋りが人気で、東京からの客はあとをたたない。座敷やカウンターでは、必ずといっていいくらい芸能人や作家の顔を見ることが出来る。歌舞伎の人々もこの店が大好きで、南座を終えた誰かしらが、よくここで小さな宴会を開く。

こうした有名人をめあてにやってくる人たちを防ぐため、店は「会員制」「紹介者なしはお断わり」といった看板をかけているほどだ。

最初にこの店に行ってからというもの、千花はどういうわけかぼんに気に入られた。

「いやあ、少女漫画から抜け出してきたみたいな子やねえ」

それが癖なのか、大きな目を芝居気たっぷりに動かす。

「うちにも宝塚の人、よう来てくれはるけど、昔の人の方がだいぶ綺麗やったわよ。ここんとこ、ちょっとレベルが落ちたなあ、って思うてたけど、こんなコもいたんやね」

お世辞とわかっていたけれども、路之介の前で言ってくれたのが嬉しかった。

あの時は何の祝いだったのか、路之介がカウンターでシャンパンを抜いた。

「ええのよー、学割にしときますさかい、ぎょうさん飲んで頂戴よ」

ぼんに番頭さんも入れて、四人で乾杯をしたけれども、あれはいったい何の祝いだったのだろうか、どうしても思い出せない。

今、千花と一緒にシャトー・ラトゥールの年代ものをあけているのは、白石という神戸の実業家である。もう六十二歳だというのに、麻のコム・デ・ギャルソンのシャツがよく似合う。

　白石は三代にわたる洋服の輸入会社を経営している。幾つかの海外ブランドの日本総代理店も務めているのであるが、バブルの前にボディコンシャスと呼ばれた服が大当りした。その際、手堅い投資をしていたのが幸いして、この不景気でも大金持ちなのは変わりない。彼は千花のファンクラブの有力メンバーである。千花にいい役がついた時は何人か誘って見に来てくれるし、千花の誕生日には高価なプレゼントをしてくれる。千花が年齢不相応な、贅沢な京都の店に出入りするようになったのも、この白石のおかげだ。イタリアンや鮨屋などに、

「チカちゃんが友だちと来た時は、僕の方に伝票をまわしといて」

と言っておいてくれるのだ。

　最近の金持ちの例に漏れず、白石は大変なワイン好きである。中年までは下戸だったのが、ある日突然飲めるようになったのだ。

「それも高いワインほど、ぐいぐいいけるから困るで」

と笑う。今もぼんに頼んで、店の奥からとっておきを何本か出させたばかりである。

「よう、ラトゥールの九〇年なんかあったなあ。ぼんの好みやろ、さすがやな」

「おおきに。そら、白石はんみたいな人にお出しするんどすから、九〇年のラトゥール

ぐらい揃えておきまへんとなア」

　千花のような東京者には標準語で話しかけてくるが、白石には京都弁で喋る。千花は二人の男の関西弁の違いを、ぼんやりと聞いていた。

「ぼんも一杯飲まんか」

「まあ、おおきに」

　ぼんがもうひとつグラスを差し出す。器に凝っている店なので、バカラも模様の多い繊細なものである。

「もう一杯どや」

「いやあ、白石はん、太っ腹どすなア」

「そりゃ、そや。今夜は憧れのチカちゃんをひとり占めや。ファンクラブ代表のおっさんとしては、そりゃ嬉しいわ」

　今度の休みに、宝塚から京都に出てこないかという電話があった。

「鱧《はも》も鮎《あゆ》もうまい時や。木屋町にうんとうまい店が出来たからそこへ行かへんか」

　こういう時白石は、食事代はもちろんのことホテルの代金も払ってくれる。そしてなにかしらプレゼントを買ってくれるのもいつものことだ。最初の頃、こうした行為に、

「まるでホステスさんみたい」

と違和感を持っていた千花であるが、今では何も考えないようになった。娘役はそう

たいしたことをしてもらえない、というのは常識で、男役の饗応のすごさにはとてもかなわない。同期の男役の多くは、ファンにマンションを借りてもらっているはずだ。私服は全部とりまきに買わせるという男役さえいる。

それにひきかえ、たまにご馳走になるぐらいいったい何だというのだろう。

「なあ、ぼん。今月のチカちゃん、よかったでえ。『弓張月の美女』ちゅう一部でなあ、中国のお姫さまになってるんや。きれいやったでえ……」

「そら、チカちゃんやったらきれいやろねえ」

ぼんは如才なく答える。

「どや、ぼんも今度一緒に宝塚見に行かへんか」

「いやあ、残念やわあ。うちはねえ、昔から宝塚がなんや苦手なんよ」

はっきり言うところが、ぼんの人気になっているのだが、やや白石は鼻白んだ。

「そりゃ、残念やなあ。宝塚、喰わず嫌いなんてなア……」

しみじみと言った。こちらに来て千花が知ったことであるが、関西のあるレベル以上の家で育った男は、ほとんどが宝塚ファンだ。母親や姉に連れられて見に行った経験があるからである。少なくとも東京に比べてはるかに偏見は少ない。この白石にしても、宝塚ファンを公言しているぐらいだ。少年の頃、戦後復興した宝塚を祖母や母、若い叔母たちと見に行くのが何よりの楽しみだったという。

「チカちゃんの舞台を見てるとなア、僕はなア、あの少年の日に戻るんや」

「まあ、白石さんって、ほんまにロマンティストやわア」

ぼんが笑ったけれども、千花はそんな白石の言葉を嬉しいと思う。おそらく彼の記憶の中で、宝塚を見た遠い日は永遠に美しいものとして封印されているのだろう。

「それじゃチカちゃん、そろそろ行こか」

白石は立ち上がろうとして、少しよろけた。六十代には見えないひき締まった体をしているが、アルコールが入ると老いがかすかにあちこちから顔を出すような気がする。事実タクシーで千花をホテルに送る途中、白石は大きなため息をついた。

「ああ、しんど」

「そんなに今、忙しいの」

「もうめちゃくちゃくちゃや。こっちも飛行機に乗る回数減らそう思うから、なかなか仕事がうまくはかどらんのや」

「本当に気をつけてね」

もうトシなんだからという言葉を喉の奥に呑み込む。白石は若い娘がぞんざいな口調で話しかけてくるのは好むが、差し出がましい口を叩こうものなら、すぐに不機嫌になる。そのかねあいがむずかしいところだ。

「そやそや、うち今夜、御影に帰るのしんどいから、ホテルに部屋とったわ。明日、京都でお客さんを接待せなならんし」

「ふうん……」

それならば明日の朝食を一緒にとらなくてはならないのだろうかと、千花は少々億劫《おっくう》な気分になってくる。白石はいい人だと思うが、老人というのは一緒にいるとかなりくたびれてくる。何かがあきらかに吸いとられていくのだ。それは若さや、生のエネルギーというものに違いない。

やがてチェックインを終えた白石と二人、エレベーターに乗った。彼は千花よりも二つ下の階に部屋をとっていた。

エレベーターの扉が閉まり、密室が出来上がった。千花は「あっ」と思う。密室独得の張りつめた空気が漂い始めたからである。この空気は、男の方から発せられるものだ。たくさんの経験がある。レストランを出て、ビルの中のあまり明るくないエレベーター、地下のバーの踊り場、カラオケボックス、夜の車。男たちが沈黙すると同時に、その空気はただちに発せられる。

けれども白石のような年齢の男が、発生させているのはにわかには信じられない。彼は千花の父親よりも年が上なのだ。

白石の指はぐずぐずとして動かない。自分の階のボタンを押さないのだ。

まさか、と千花は思う。自分のファンで、〝お食事おじさま〟〝プレゼントおじさま〟

であるはずの白石が、若い男と同じ欲望を持つとは思えなかった。困惑と嫌悪とが同じぐらいの大きさで千花を包み、その後にやってきたのは屈辱感であった。どうして六十過ぎの男が、自分に対してそのような気持ちを持つのか。自分は何か思わせぶりなことをしただろうか。

どうもありがとう、また誘ってくださいね、とにっこりと笑った。あれは媚びと誤解されたのだろうか。

「チカちゃん……」

白石は顔を覗き込む。蛍光灯の下で、年相応の艶のない肌が白々として見える。

「ちょっと、チカちゃんの部屋に行ってもいいかな……」

「イヤです！」

千花は手を伸ばし、掌を力強く操作盤に押しつけた。五つの階に同時にランプがつき、一秒もしないうちにいちばん近い階の扉が開いた。千花は後ろも見ずに、向こう側に逃げ出す。

モエ、こんなひどい話ってあるかしら。もうくやしくって、くやしくって、シャワーを浴びながら泣いちゃったわ。六十過ぎのおじいさんが私に迫ってきたのよ。万が一でも、私が応じると思ってるわけ？　私がそんなに安っぽい女だと思われてるわけ？

メール遅くなってごめん。私もすごく落ち込んでて、すぐに返事が出来なかったの。私も五十のおじさんにひどいことされたの。もう許せない、っていうぐらいひどいことよ。当分立ち直れそうもないわ。

その立ち直れそうもないってどういうこと。あのおじさんにゴーカンされたわけ？

そんなことじゃないわ。いずれ会った時に話すわ。

携帯を手にして考える。萌はこの頃ちょっとおかしかった。以前は一日おきにくれたメールも、このところ全くなかった。どうやら何か深い悩みにとらわれているらしい。が、そのことをまだ千花に話そうとはしない。以前だったら、すぐに電話がかかってきたはずだが、二人のならわしであった深夜の長電話も、このところとんと縁がない。秘密を明かさないことを水くさいと感じる前に、やや鼻白む千花だ。

どうせたいしたことはないんじゃない。萌の悩みなんてたかがしれている。今までも他愛ないことであったが、これからもきっとそうだろう。

休憩が終わり、本公演に向けての稽古が始まろうとしていた。〝板つき〟の兵士役たちは既に決められた場所に待機している。

それにしても暑い。今年の夏は記録的な暑さになるだろうと、毎日テレビで言っている。冷房が効いた稽古場だが、大勢の若い女の熱気で、やがてじわじわと汗が毛穴からにじんでくる。千花はタオルで首すじを拭《ぬぐ》おうとしてはっとした。千花の名前を刺繍した外国製のやわらかいタオルは、白石からのプレゼントだったのだ。投げ捨てるわけにもいかず、とりあえず首から離した。

向こうから夏帆が近づいてきて、ちょっとちょっとと手招きする。演出家の先生が何やら話しているのを見届け、二人で柱の陰へ入る。

「大ニュース、大ニュース。これってまだ誰も知らないことだけどさア。いま今井さんがこっそり教えてくれたの」

今井というのは、スポーツ紙の宝塚担当の芸能記者だ。

「まりなさんが、どうやら秋に引退するらしい」

娘役のトップだ。

「それでね、次のトップはねねちゃんだって」

「まさか」

月影エリカという芸名の彼女は、音楽学校を卒業して二年めだ。研二の団員がいきなりトップになる、などというのはにわかには信じられない。

「驚いたわア。ミイ子さん抜いてねねちゃんがトップなんて。誰も予想してなかったんじゃない」

夏帆が自分の表情をうかがっているのがわかる。次の次のトップと噂されていた千花の順序が大きく狂うことになるのだ。いや、もしかするとその可能性はなくなった、ということではないのか。

演出家の先生がパンパンと手を叩き、お稽古開始の合図となった。音楽が流れ始め、兵士役の五人の団員たちがポーズをとる。月影エリカは、ついこのあいだまで、こうした端役のひとりだったではないか。

「どうして、どうして……」

千花は心の中でつぶやきながら、化粧気のない女たちが踊り出したのを見ている。

ねえ、いろいろ聞いて欲しいことがあるの。すぐに電話をくださいな。

今日二回めのメールを打ちながら、千花は知らぬ間に息が荒くなる。

こんなことがあっていいのだろうか。新人公演、バウ公演といい役が続けてあった後、本公演でも抜擢といっていいほどの扱いを受けた。最初の頃は、

「ひょっとしたらひょっとするかも」

と評されたトップへの道であるが、最近では、

「このままいけば」

という口調に変わった。決して人に言ったことはないけれども、千花自身もそのような心づもりでいたはずだ。千花よりもさらに大きな期待をしていたのは母の悠子で、

「トップさんになれば、半端じゃないお金がかかるっていうけど、どうにかなるわよねえ」

などと喜びを隠さなかった。それがなんとわずか二年めの団員に抜かれてしまったのだ。まだ正式な発表はないものの噂は伝わっていて、彼女をとり囲む空気はまるで違ったものになっている。それと同時に、仲間たちの自分を見る目に、確かに同情が含まれているのに千花は気づいた。

やはりあのことがいけなかったのだろうか。インターネットに流れた、千花についての悪質な噂である。松倉屋に嫁ぎたいために、いろいろ画策している。あるいは、結婚話は進んでいて、この頃の千花の大きな役は、すべて松倉屋が金で買ったものである……。路之介はこんなサイト、まともな人間は見ないよ、と言ったけれども、もしかすると宝塚の幹部たちは目にしたのかもしれない。それが今度の番狂わせにつながったのかもしれない……。

とにかく千花は路之介にいろいろなことを訴えたい。そして慰めの言葉をかけてもら

いたいのである。けれども何度かけても路之介の携帯は繋がらない。電話をくれ、とメールをしても反応がない。

今月の路之介は、歌舞伎座で「髪結新三《かみゆいしんざ》」のお熊の他に、もうひとつ新作を演じている。売れっ子の作家が書いた悲恋ものなのであるが、

「歌舞伎がわかんない先生が書いたから、もうセリフが長くて、長くて……」

と路之介がこぼしていたものだ。初日が開いて、もう十日近くたつが、路之介は長セリフに四苦八苦して、とても電話などする余裕がないのだろう。

それにしても、と千花はそちらの方にばかり思いがいく。つらい時、苦しい時こそ、人は恋人の声を聞きたいと願うものではないか。ここまで携帯もメールも無視出来るという路之介の心理が千花には測りかねる。

千花はふと思いついて、萌に通じる短縮ボタンを押した。が、こちらの方も反応がない。メールを打つことにする。

どうしたの？　このあいだ元気がなかったので、すごく心配してたの。ねえ、ねえ、すぐにＴＥＬして！

このメールの半分は嘘だ。もともとメールなど、嘘ばかり書くものであるが、萌のこ

となどそう心配していたわけではない。ただ自分の話を聞いてもらいたいだけだ。昔から萌は、自分のことをそう話したがらなかった。少女たちが菓子のように秘密をやりとりしていても、萌はほとんど加わらなかった。千花との長いつき合いでも、たいていの場合萌は聞き役になっている。だから今回もそうしてくれるべきだと千花は思った。とはいうものの、多少気が咎めてきてこんな風にメールを続けた。

私もね、すっごくつらいことがあって、モエに話をきいてもらいたいの。モエの声を聞いたらきっと元気になると思うわ。これ見たら、何時でもいいからTELちょうだい。

メールを打った後、千花はCDを二枚聞いてベッドに入った。心配ごとがあるのだからなかなか寝つけないと思っていたのに、あれこれ考えようとする脳の大半を、すぐさま眠りが占拠し始めたのがわかった。千花は身をまかすことにした……。

電話の音で目が覚めた。暴力的な起こされ方だ。この不愉快な目覚めで、今がとても早い時間だと察した。目覚まし時計を見る。八時四十五分だ。猛烈に腹が立った。今日は稽古が休みで、ゆっくり朝寝を楽しむつもりだったのだ。

「もし、もし」

尖《とが》った声が出た。

「私、モエよ」

なあんだと、千花は遠慮なく大きな声で抗議した。

「いったい何よ、こんな時間にかけてきて」

「だって何時でもいいから、って言ったじゃない。私、昨日帰ってきたのが二時だったの。それじゃあいくら何でも遅過ぎると思って。でも朝のワイドショー見たら、一刻も早く電話をしなくっちゃって思ったの」

ワイドショーとは、どういうことなのだろうか。宝塚の新しいトップが決まったというのは、テレビですぐに報じるほどの大きなニュースだったろうか。

「チカ、そりゃあショックかもしれないけど、今は耐えるしかないわよね。チカが東京の公演だったら、すぐに行ってあげられるのにね……」

何かがおかしい。年下の団員に先を越されたのは確かに口惜しいけれども、萌の口調はあまりにも深刻だ。

「ね、私にもすごくすごく嫌なことがあったの。今は話せない。話したら泣いちゃうと思う。だからね、チカの気持ちもすごくわかる、わかるけど、今は耐えようね……。それしかないんだよ……」

「ちょっと待って」

千花は言った。

「ねえ、何のこと言ってるの」

「何のことって？　路之介の婚約のことに決まってるじゃないの」

「えっ、なんですって」

意味がよくわからない。路之介が婚約だなんて、萌はどうしてそんなことを口にするのだろうか。

「さっき朝、テレビをつけたらワイドショーでやってたわ。路之介が婚約だって。トップニュースじゃないけど、結構大きく取り扱われてたわよ」

千花は手元のリモコンでテレビをつけた。けたたましいCMの真最中であった。もうひとつの番組は、「今日の星占い」だ。さらに変える。どこか中東の町が映っていた。

「そんなニュース、どこでもやってないわよ」

「もうひととおり一回、芸能ニュースやったからじゃないの。もうちょっと待ってみたら」

この時、萌が「えっ知らないの？」とか、「まさか、聞いてないなんてね」などと口に出さないことは救いになった。電話を切った後、千花は呆《ほう》けたようにリモコンを押し続けた。

突然、にこやかに微笑む路之介の顔がアップになった。まわりを芸能レポーターや記者たちがとりまいている。

「はい、昨日正式に結納を交しましたので、みなさんにご報告したいと思っております」

一瞬千花は、本人の知らないうちに家同士が勝手に結納を交したのではないかと思った。そうでなくては、こんなことが起こるはずはない。

「花蝶屋《かちょう》さんといえば、松倉屋さんと並んで歌舞伎界きっての名門ですが、そこのお嬢さんと結ばれることによって、歌舞伎界はみんな親戚になるそうですね」

中年のレポーターの女が、わけ知り顔に話しかける。

「そういうことになるでしょうね」

頷く路之介は偽者だと思った。顔と声はよく似ているけれども、この男は路之介ではない。彼によく似た男だ。なぜならつい一ケ月前、路之介は自分と同じベッドに寝ていたのだ。裸で抱き合い、さまざまなことをささやいた。具体的な約束こそなかったけれども、何も身につけていない男が、

「お前がいちばん大切なんだ」

と口にした。これこそ信じるに足る大きな言葉ではないだろうか。その男がどうして、このようなところに立っているのか。

「美佳子さんとは、お子さんの時から許嫁《いいなずけ》のようにしていらしたんですか」

レポーターの女はどうやったら、これ以上狎《な》れ狎れしく出来るのだろうかという口調

で尋ねた。

「いえ、そんなことはありません、本当に子どもの頃から知っているので、その時はただの妹みたいなものですよ」

「じゃ、女性として意識されたのは、最近のこと？」

「そういうことになります」

路之介はひどく疲れているように見える。にこやかにしようと努力しているのであるが、口元が奇妙な感じに固定されている。今どきのタレントを見慣れた人々には、古風な全く抑揚のない顔と思われるに違いない……。

最初の激しい衝撃が去った後、冷静に画面に見入っている千花がいる。

「さて、ここでちょっと路之介さんと美佳子さんのおうちについて、おさらいをしてみましょう」

画面がスタジオに移り、芸能レポーターがフリップを掲げている。

「この五代目中村竹衛門という方は、明治から大正にかけて大活躍した俳優さんですが、路之介さんのひいおじいさんにあたります。この方には弟さんが二人いて、その上の方がご存知花蝶屋さんの養子になられたんですね……」

レポーターは何度もつっかえながら、歌舞伎界のおおよその関係図について説明した。

「まあ、素敵ですね」

アシスタント役の女子アナウンサーが、台本に書かれているとおりのため息を漏らした。

「こういう旧《ふる》いおうちに生まれたお二人は、結ばれるべくして結ばれるっていうことなんですね」

千花はテレビを消した。涙も出てこない。「茫然とする」というのはこういうことを言うのだろうか。感情と心臓が、自分の体から離れて遠いところへ行き、そこでコトコトと動いているようである。ただ「裏切られた」という言葉だけは、千花の中でずうっと鳴り響いている。

今まで男の人と別れた経験は何度かある。自分から言い出したことが大半であるが、それでも男から決定的な言葉を口にされたこともある。が、今回のように手ひどい仕打ちを受けたことはない。

「これは本当に起こったことなのだろうか」

まだ信じられない。もしかすると自分は、誰かが企んだ策略にのせられているだけではないか……。路之介はまだ自分に、別れも何も告げていないのである。

その時、携帯が鳴った。心配した萌からもう一度かかってきたのだと思った。

「もし、もし、オレだよ」

路之介の声であった。見えない手が体の中に入ってきて、誰かによって心臓がわしづかみにされる。あまりの苦しさに、千花はしばらく言葉が出なかった。

「オレだけど、今日のワイドショー見た？」

「………」

「そりゃあ見るよな。オレもさ、その前にチカにちゃんと言っておこうと思ったんだけどさ、急にいろんなことが決まっちゃって」

「ねえ、どういうことなの」

やっとのことでかすれた声が出た。テレビドラマや映画で、こういう時女優が出す声だ。ヒステリックになるのをこらえようとすると、どうしてもこうしたかすれ声になる。

「オレだってさ、ものすごく悩んだんだってば」

路之介は腹立たし気に言ったが、いつもの彼と違っていたのは、それがかん高い声にならず、低い弱々しい声になったことだ。

「彼女ってさ、ずうっと子どもの頃から、オレのことお兄ちゃま、お兄ちゃま、って言って、いつもまとわりついてさ、こうるさくって、女だなんて思ったことないんだよな。それがさ、ずうっとオレのこと好きだったって言い出して、そうしたらどんどん話が決まっちゃって……」

「そんなのあり得ない」

かすれ声に色彩が戻った。

「好きでもない女の人と結婚するなんて、大昔の話じゃあるまいし、そんなことあるわけないじゃないのッ」

「だからさ、オレだってびっくりしてるよ。江戸時代じゃあるまいし、こんなのありィ、って感じなんだけどさ。親父にさ、こってり絞られてさ、ちゃんと役者やるつもりなら、もういい加減に遊びはやめて、腹をくくれだってさ」

「私とのことは、遊びだったわけ」

　このセリフも、やはり何度も聞いたことがある。確かトレンディドラマであった。女というのは、こういう風に追いつめられると、みんな同じような陳腐《ちんぷ》な言葉が出るのだ。ありきたりの言葉を口にすることで、この不幸は自分だけのものではないと、必死で思おうとするのだ。

「チカとのことは遊びじゃないよ。本気でつきあったつもりだよ。だけどこうなったからには仕方ないじゃないか。オレたちって、どうにもこうにも、一緒になれない運命だったんだよ」

「運命」！　あまりにも唐突な響きに、千花は笑い出しそうになった。なんてつまらぬことを口にするんだろう。

「とにかく近いうちに、ちゃんと会って説明するよ。もしかすると、チカのところへ、週刊誌の記者なんかが行くかもしれないけど、気をつけてくれよ。本当に注意した方がいいよ。あいつら何をするかわからないから」

そして電話は切れた。千花の耳の中で「運命」という言葉が、まだ聞こえている。運命という言葉は、不幸とワンセットになっていることを初めて知った。

「ねえ、ねえ、こんな心理テスト知ってる？」

アイスコーヒーのストローを弄《もてあそ》びながら、夏帆が話しかけた。

「あなたは砂漠にいます。道もなく、助けてくれる人もいません。あなたは生き延びるために、一緒に来た動物たちを捨てていきます。動物たちは、ライオン、猿、馬、牛、羊です。さあ、あなたはどの順序で捨てていきますか」

「まずライオンかなあ」

千花は考えた。

「それから猿、羊、牛、馬っていうとこかしら」

「ふうーん、ちょっと意外ですねえ」

夏帆は心理学者を気取ってか、重々しく頷いた。

「ライオンってプライドのことなんですよね。それから猿は友だち、羊は恋人、牛は仕事で、馬はお金の象徴となります。あなたがまっ先に手放すのは、プライドと友人ですか。ふうーん」

「私もこのあいだやったら、まっ先に手放したのは猿やってん。あんたはすぐに友だち捨てる人やねんなァて、皆にからかわれてしもた」

大阪出身で男役をやっている、浜木綿《はまゆう》れいがけたたましい声を出した。えらが張ったアクの強い顔をしているが、舞台化粧が大層映える。何よりも長い脚を使ってのダンスが抜群で、最近の有望株と言われているひとりだ。トップが変わり新体制が落ち着いたら、スターへの道を用意されるかもしれない。

「まあ、いいやん。まっ先に羊さん手放してたら、女としてちょっと悲しいかもしらんけど」

夜のファミリーレストランは飲み物を頼む客ばかりで、ウェイトレスたちも活気がない。所在なげに壁のところに二人貼りついて、ひそひそと私語を交している。宝塚大劇場にいちばん近いファミレスだというのに、従業員は全くといっていいほど団員たちに関心をはらわない。もしかすると採用の時にそれを確かめているかと思われるぐらいだ。が、これは千花たちにとって歓迎すべきことで、稽古の後にほっと寛《くつろ》ぐファミレスのウェイトレスたちが、宝塚のファンだったらと思うとぞっとする。

「あーあ、暑なったなァ」

れいはマイルドセブンに火をつける。宝塚の男役たちはヘビースモーカーが多い。こうしてファミレスに集まる時は、喫煙席で皆がいっせいに火をつける。男のしぐさを研究するという名目で吸い始めるうち、やめられなくなるようだ。

「そや、そや。かーこさんが、今度の本公演で辞めはるんやて」

れいはふたつ上の先輩の名を挙げた。中堅の娘役である。

「えー、なんで、なんで。やっぱり結婚ってこと」

「そりゃそうや。大阪の紙屋さんのジュニアやもん。船場《せんば》にビル持ってる大きいとこやて。私かて名前ぐらい知ってるわ。家中が宝塚ファンで、お父さんとかお母さんもよく見に来てたワ。まあ、かーこさん玉の輿やな。宝塚にもまだまだこういうチャンスあるんやなあって、私、嬉しくなったワ」

その時、夏帆が軽く目くばせするのを見た。千花がいるのだから、そういう話題はやめておけということらしい。

路之介が婚約したというニュースは皆が知っている。中には夏帆のように、

「花蝶屋の娘でしょう。こうなったらもう政略結婚みたいなものだから、あれこれ言うのは可哀想だよ、路之介だってきっと苦しんだと思うよ、わかってやりなよ」

などとはっきり言ってくれる者もいたが、たいていは口をつぐんでいる。いつのまにか、結婚を迫っていた男に捨てられた、という千花についての単純な図式が出来上がったようだ。

「それじゃ、私、そろそろ帰るから」

千花は立ち上がった。気晴らしになるかと思って、久しぶりに稽古後のファミレスに参加したのであるが、かえって嫌な気分になってしまった。夏帆の気遣いは全く余計なお世話というものだ。

「チカ、帰るんなら私の車使って」

夏帆が声をかける。私の車というのは、「お世話係」として、昼となく夜となく奉仕するファンのことだ。稽古の後もここに運んできてくれ、レストランではてしないお喋りが続くあいだ、じっと車の中で待っている女たちである。

「いい。タクシーで帰るから」

千花は外に出たが、十一時近い宝塚でタクシーなどめったに通らない。やっと空車を見つけ、マンションのある通りの名を告げた。

角を曲がり、マンションの建物が近づくにつれ、千花は言い知れぬ不安に襲われた。動物的カンとでもいうのだろうか、いつもと違うよくないことが待っているという予感である。

タクシーを止め、ワンメーターを少し上まわる程度の料金を払った。玄関に向かって三、四歩歩き出した時だ。千花はすんでのところで大きな声を出しそうになった。黒いジャケットを着た男が、いきなり前に飛び出してきたのである。

「きさらぎ千華さんですよね」

男は千花の芸名を呼んだ。

「すいません、ちょっとお聞きしていいですか」

「どなたですか！」

「あ、週刊誌やってる者ですが、中村路之介さんのご結婚について少々お聞きしたいんですけどね」

奇妙な安堵で、千花は深い息をした。痴漢や物盗りではない。男の正体がわかったらずっと気持ちが楽になった。

「きさらぎさんと路之介さんとは、ずっとつき合ってらして、結婚寸前だっていう話を聞いたんですが」

「そんなの嘘ですよ。いったい誰が言ったんでしょうか」

驚いたことに、千花は微笑んで男の言葉をいなす余裕さえ出てきたではないか。

「いやあ、宝塚方面では有名な話だったようですね。お二人はもうずっと前から、結婚を前提におつき合いをされていたって聞いてますよ」

千花は男の顔を見た。暗いけれども男の肌が若さで張っているのがわかる。自分とそう変わらない年なのではないだろうか。

この男に向かって本当のことを言ったらどうなるのか、路之介がどれほど不実で卑劣な男かを告げたらどうなるのか。

千花の胸の中に、今まで感じたことのない粘っこい快感がわく。「復讐」という言葉も浮かぶ。

なあんだ、こんなに簡単なことだったのだ。男に仕返ししてやるには、ここで被害者となってめそめそと泣き、目の前の男にさまざまなことを訴えればいいのだ。

けれども自分は、それほど簡単な仕返しはしないだろう。簡単過ぎて絶対にしない。千花はさっきの心理テストをふと思い出した。まっ先に手放すはずのライオン。自分の中にはまだこのライオンが飼われているらしい。

萌はそのメールをいっさい無視することにした。

「やりかけていたことがあって、昨日から京都に来ています。モエちゃんのおじいちゃんが、あの神谷英一だと知って驚いています。近いうちに会おうね」

馬鹿にするなと萌は思った。あれほどひどいことをして、どうして「会おうね」などとメールを送ることが出来るのだろうか。おそらく娘の映美が、萌に対してすべて話したことを彼は知らないに違いない。

あの時のことを思い出すと、萌は屈辱で体が震える。悲しみではなく、もっともっと強く暗い感情で全身が金縛りに遭ったようになる体験を初めてした。

「パパは何だって私に話してくれるのよ。だからあなたとのことだって、何だって知ってるのよ」

あの時の勝ち誇ったような映美の言葉を一生涯忘れることはないだろう。

「異常な父娘《おやこ》だわ」

口に出して言ってみた。それでも気は晴れなかった。口惜しい。本当に口惜しい。いったいどうしたら、この気持ちから逃れることが出来るだろうか。

萌は今まで男から屈辱を受けたことがない。別れの時、屈辱を与えていたのは、いつも自分の方だったような気がする。けれども仕方ない。必死になって萌の愛を乞うてきたのはたいていの場合、あちらの方であった。それに男の方がつらい思いをするのはあたり前のことではないか。女は男よりもずっとナイーブで、つらいことに耐えられないようになっている。だから恋の仕組みを、女が有利なように神さまは考えてくれたのだ。

萌は突然「復讐」という言葉を思いついた。このまま沈黙を守るつもりだったが、そんな我慢をすることはないだろう。嫌なことがあったらそれきりつき合いを断つのではなく、相手を責め、なじることが大切だ。そんなことをしてもみじめになるだけだ、という人もいるがそれでもよかった。一時的にせよ気が済む。この「気が済んだ」という記憶だけで、人はしばらくは怒りのつらさから逃れられるはずだ。まだ収まらなかったら、人に言いふらすという手もある。

萌はメールの返事を打った。

「このあいだ、あなたの娘さんからすべて聞きました。私とのことをすべて報告していたそうですね。ふん、ヘンタイ父娘！」

このメールを打ったことで、気分はずっとらくになった。萌は洋服を着替えて、パーティーに出かける。

イタリアの有名ブランドが、青山通りに初めて路面店を出すことになり、そのお披露目のパーティーだ。マスコミの人間が中心であるが、芸能人や有名人も何人か招かれている。萌は彼女たちの姿をたやすく予想出来た。こうしたパーティーに必ず顔を出す芸能人が何人かいるからだ。ブランドのプレスの方も心得ていて、彼女たちに自社ブランドのものを提供するか、あるいは貸し出す。最近これといった仕事はないのだが、「パーティーピープル」となり、女性誌に写真が出る女優やタレントはとても多い。

萌が入っていくと、ちょうど金沢ミカが店に入っていくところであった。二十人ほどいたカメラマンたちが、いっせいにフラッシュを焚く。ミカは八〇年代、社会現象まで巻き起こした歌手であるが、急激に人気が衰えていくうちに中年になってしまった。この数年ほとんど名前も聞かなかったのに、ここ一年「パーティーピープル」として華々しいカムバックを遂げた。仕事などないはずなのに、どうして最新のイヴニングを着、高価な宝石を身につけられるのだろうか、というのは、当時から謎とされていた。流行りの若いタレントならともかく、ミカのような中年の元スターに服を貸し出しても、ブランド側には何のメリットもないはずである。

が、すぐに謎は解けた。独身のミカに大金持ちのスポンサーがついたというのである。若かった頃、憧れのスターだったミカに、男は惜し気もなく金を遣っているという。そしてたとえ女性誌の小さなスナップでも、フラッシュを浴びるうちにミカは綺麗になっていった。今夜は初夏にふさわしい、光沢のある白いソワレを着ている。それはミラノコレクションで発表された今年の目玉商品である。プレスではこんなすごいものを貸してはくれない。おそらく海外で求めたものだろう。

もう四十も半ばになっているだろうが、ミカの肩や胸元はよく手入れされていて、光沢のある生地に負けないのはさすがであった。

「モエちゃん、こっち、こっち」

シャンパンを片手に手招きしているのは、ファッション誌の編集者・丸山咲子である。同業者の夫がいるため、出版社からの高額な給料のすべてを洋服に遣うという彼女は、新品らしいデニムのバーキンを腕にかけている。二人で会場につくられた飲食のコーナーへ行き、カナッペをつまんだ。こうしたパーティーの定石どおり、料理は簡単なものばかりであるが、シャンパンとワインはかなり張り込んだ銘柄だ。

「だけど来ている有名人はイマイチよね。プレスの太田さんが電話かけまくって泣きおとし作戦に出たらしいけどさ、この季節だったら、もうそろそろみんなバカンスに出てるしね……。あ、でもマダム伊藤が来た」

　ここのブランドの、ビーズをたっぷり使った黒のソワレを着て現れたのは、伊藤裕子である。「マダム伊藤」と呼ばれている彼女の肩書きは「富豪の夫人」だ。それ以外の何者でもないのであるが、美人なのと各ブランドの服をとっかえひっかえ着ることが出来る財力を持っているので、たちまち「パーティーピープル」の中でも重要人物となった。今では雑誌の写真のキャプションに「伊藤裕子さん」それだけで通る有名人だ。が、彼女はもうじきこの座を追われるかもしれないというのは、業界の専《もっぱ》らの噂である。親代々の貸ビル業に加え、話題のレストランを何店か所有している彼女の夫は、他の女と同棲中なのだ。多額の慰謝料を払ってでも別れたがっているらしく、そうなると「マダム伊藤」は、ただのパーティー好きの女になってしまう。一度憶えたフラッシュを浴びる快感はどうなるのだろうかと、皆は半分同情し、半分面白がっているのである。

「あ、歌手のＲＥＩＫＯが来た。わー、驚き、毛皮着てるぅ」

　咲子が大きな声を上げる。売れっ子中の売れっ子であるＲＥＩＫＯは、ベストとはいえこの季節にミンクを着て現れたのである。ここのブランドだろうことはすぐにわかった。広報担当の女は、ＲＥＩＫＯが今宵来てくれることのお礼として、この毛皮を贈呈したらしい。後にミンクを羽織ったＲＥＩＫＯの写真は、さまざまなところに掲載されるだろう。広告料と思ったら安いものだ。

その時、携帯が低くうなった。メールが着いた合図である。萌はシャンパングラスをテーブルに置き、携帯をバッグから取り出した。三ツ岡からだった。

「何のことか全くわからない。娘には何も言ったことはない。君は誤解をしています」

「カレシ？」

咲子がふざけてのぞき込むふりをする。まあねと萌は答えた。

その夜、三ツ岡から長いメールが携帯に入った。

「さっき、映美と話をしたら、何も言っていないと答えました。たぶん嘘をついているのでしょう。もちろん僕は、君とのことを彼女に話した憶えはない。けれども娘はものすごく勘がいいのです。たぶん何か気づいたのでしょう」

三ツ岡はいつもパソコンでメールを打ち、携帯に送信している。途中で携帯に受信される文字数に限界があることを考慮し、

「続きあり」

とメールは一たん切られた。その間に友人からのどうでもいいような「元気ィ？」というメールが入り、三ツ岡からの第二信が映っていた。口調がずっとくだけている。

「娘がどんなことを言ったのか、僕は見当がつく。たぶん嫌な思いをさせてしまったと思うけれども許してほしい。彼女があんな風になったのは僕の責任だ。僕は今まで娘の変わった性格を、困ったとも思いつつ、どこか面白がってたんだから本当に始末に負え

ない」

考えた揚句、すぐには返事をせず、一日おくことにした。出来るだけそっけない文章を打つ。

「了解。誤解はとけたけど、まだ嫌な気分は続いてます。言っちゃ悪いけど、あんなに性格曲がった女の子だと、将来大変だよ。私だって親が離婚して、遊び人の父はすぐに再婚したけど、ケナゲに生きてきたもの」

「本当にそのとおりだ。おわびといっては何だけど、京都から帰ったらすぐに食事しないかい。とにかく君に会いたいんだ」

最後の言葉を、萌は何度も見つめる。

「おじさんたらやるじゃん」

わざと蓮っ葉《はすっぱ》な言葉で言ってみた。照れているのだと自分でもわかる。今まで三ツ岡が、これほどはっきりとした意思表示をしたことがあったろうか。初めての愛の言葉はシンプルで強かった。

「とにかく君に会いたいんだ」

なんて素敵なんだろう。ああいう年齢の男が口にする愛の言葉は、若い男がたやすく吐き出すものとは価値がまるで違う。誠実というのでもなく、言葉や感情の重みを知っているからという答えもはずれているような気がする。決定的な言葉を言ったり書いたりすれば、厄介なことが起こるのがわかっている。大人の男だったら、さまざまなことが予想出来るだろう。それにもかかわらず、危険な方に足を踏み入れようとする男の心意気のようなものを萌は感じてしまうのだ。それは自分がどういう種類の女か、知っていることも意味する。

萌は時々、千花の男に対する従順さや、臆病さに驚くことがある。並はずれた美しさを持っている彼女なら、どれほど傲慢だとしても男は許すだろう。それなのに千花は、好きな男からの連絡をひたすら待っているようなタイプだ。

路之介にしてみても、萌から見れば女好きで我儘な芸能人のひとりに過ぎない。それなのに千花は、名門だ、御曹子だと、まるで王子さまとつき合っているかのようだ。

もしかすると、これは容姿の違いではなく、育った家庭の違いではないかと、萌は考えることがある。心理学など大学の一般教養でやったきりであるが、娘が母親の強い影響を受けていることぐらい萌にはわかる。有名な医者である千花の父親が、家の中では気むずかしく、専制君主であることは前から知っていた。贅沢なものを身につけ、好きなように海外旅行に行く千花の母であるが、

「あれでパパに、ものすごく気を遣ってるの」

と千花は言う。

「ママのさ、私に対するのめり込み方ってハンパじゃないもの。切符いっぱい買ってく

れて、お友だち誘って見に来てくれる。あれってママの生き甲斐なのよね。あの人って、結構パパのことで苦労しているから」

それならば、自分の中にある男への意地の悪さはどういったらいいのだろうかと、萌は考える。自分を求めてくる男に対しても残酷だし、裏切ったりするともっとひどい。とことん罵《ののし》ったりしなければ気がすまないのだ。

「モエちゃんみたいに、男の人をなめてると、いつかひどいシッペ返しが来るわよ」

と母の桂子が、いつになくありきたりの言葉を口にしたことがある。

「モエちゃんだけじゃなくって、今の若い女の子っていうのは、男のことを知らないくせに見くびってる。男の心が、女の自分の相似形だと思っているんだからおかしいわね」

それならば自分はどうなのよと、萌は反論したことがある。

「結構いろんな男の人とデイトしてるのは、相手を見くびっているからなの。それとももっとよく知ろうとしてるからなの」

「あら、痛いところをついてくるじゃない」

と笑いかける桂子の目のまわりには、短い皺が幾つも浮かぶ。が、桂子の肌はたるみもシミもなく、四十六歳という年齢には見えない。ふだんは地味な図書館司書として暮らしているが、桂子の育ちのよさはこの肌の美しさに表れている。日本人なら誰でも知っている建設会社の創立者一族の家に生まれ、我儘いっぱいの娘時代をおくった桂子は、離婚をきっかけにまるで隠遁者のような生活に入った。

昔の仲間の誰ともつき合わず、昔の贅沢な衣服もいっさい身につけようとはしなかった。その桂子が、この三、四年、中年期に入ってから、思わぬ変貌を遂げたのである。仕事が終わると、服を着替え、きちんと化粧をして夜の街に出かける。きっかけは学生時代の親友の離婚だった。大金持ちの弁護士と別れた彼女は、夜遊びをする相棒として桂子を誘ったらしい。中年の夜の遊び場、などというものを萌はなかなか想像出来ないのであるが、会員制のレストランや静かなバー、そう入会金は高くないがメンバーを厳選したクラブなどというところに桂子は出入りを始めた。そしてそこで知り合った何人かの男たちとつき合うようになったのである。年頃の娘として、これについて嫌悪を感じない、といえば嘘になる。けれども桂子は、

「つき合っているって言っても、みんなご飯を食べたり、お酒を一緒に飲むぐらい。深い関係になったのはひとりだけ」

と娘に告げた。娘の質問を決してはぐらかさないのが桂子のいいところだ。

「そうよねえ、本当に私って、どうして今頃こんなことをしているのかしらねぇ」

と何度も頷きながら答えを探そうとする。

「この年になって、自分だけでも結構やっていけるんだってわかったからじゃないかし

ら」

「え、それってどういうこと」

「モエちゃんなんか、こんな没落生活してるからわからないでしょうけど、私の子どもの頃から若い頃って、日本の高度成長期で、うちは大金持ちの代表みたいになった。するとね、私の名前は『新井建設の娘』になったのよ、誰も本名で呼んでくれない。嫌だったわよお、近づいてくれる男の子たちは、みんなそこそこ金持ちだからお金めあてとは思わないけど、有名な家の娘とつき合いたいんじゃないかってずっと思ってた」

そこで知り合ったのが萌の父親で、二人はたちまち恋におちた。すごい美男子で遊び上手だったのも気に入ったが、彼もまた有名スターの子として、独得のナルシシズムと屈折を持っていたからだと桂子は言う。

「私たちはこんなに似てるんだからうまくやってけると思ったのが間違い。親の大反対押し切って学生結婚までしたのにね……。まあ、これ以上言うと、あなたのお父さんの悪口になるから、まあ、想像して頂戴よ」

「ばんばん浮気されたんでしょう」

「まあ、そういうことよね。言いたくないけど」

「私、もうさんざん聞いてるわよ」

「そうだったかしらね」

離婚は初めての挫折となり、まわりの人が意外に思うほど桂子は深く傷つくことになる。

「もう離婚した女は、まともに世の中に出られないと思ってたわ」

「今どき、そんなこと考える人いないわよ」

「そこが私の世間知らずなところだったのよ」

事実、家名に傷をつけたと叱る親戚の年寄りも何人かいたらしい。その桂子が中年になり、久しぶりに外に出た。そして男たちから好意を持たれたり誘われることで、にわかに新しい世界を得たのだ。いや、それは新しい世界ではなく、かつて桂子が慣れ親しんだ場所であった。女子大生時代、遊び仲間と夜な夜な体験したことがまた始まったのである。違っていたのは、若い男の子の替わりに中年の男がいて、ワンレングスの派手な化粧をした女子大生の替わりに、四十代の女がいることだ。

「だけどおおむね同じなのよ。こっちが年とってる分、あっちも年とってる。それでバランスがとれているっていう感じなの」

桂子の日常は確かに変わった。けれども桂子自身はそう変化を遂げたわけではない。化粧は手抜きなくするようになったが、若づくりをしたり、明るい服を身につけるということもなかった。美しい肌以外には、これといってとりたてて目立つところもない中年の女だ。少なくとも萌にはそう見える。けれども男たちはそうではないらしい。

「ちゃんと知性ある男の人には、私の中のいろんなものが透けて見えるのよ」

以前桂子がふざけて言ったことがあるが、案外あたっているかもしれなかった。これは大層むずかしいことであったが、萌は時々自分が今、四十代の男であると仮定して目を凝らして母を見つめる。すると視線を感じてか、桂子はこちらに視線をあてる。うっすらと笑う。その姿が薄い墨でひと刷毛《はけ》したように見える時もあるが、それだけのことだ。四十代の女に野心を持つ男がいるというのは、どうしても理解出来ないことであった。

初夏という言葉のさわやかさとは裏腹に、汗が体中からじわじわと湧いてくるような宵であった。萌は腋の下に、汗止めのスプレーを何度もかけた。三ツ岡と会うのは何ケ月ぶりだろうかと、頭の中でずっと計算をしている。

青山スパイラルビルのカフェは、後ろがギャラリーになっていて天井が高い。ちょうどどこかの美大生たちの作品展をしているところで、鉄でつくった小さなオブジェや、ガラスのアクセサリーが飾られていた。

アイスコーヒーのストローをいじっている萌は、白いノースリーブのワンピースを着ていた。特別の運動をしているわけでもないのに、二の腕はぜい肉とは全く無縁だ。そんなところを三ツ岡に見てもらいたいと思う。

もう萌は彼を許していた。あんな娘を持っていることは不愉快だけれども、それも我慢出来る。考えてみれば、父親と親しくなるために、娘に近づいたのは萌の方だ。今考えると、どうしてあれほど姑息《こそく》な手段をとったのかわからない。男の人というのは、自分が望みさえすれば、じっと待っていさえすれば、次第に掌の中に落ちるものではなかったろうか。自分はどうしてこんな簡単なことを忘れていたのだろうかと、萌は久しぶりに自信を取り戻していた。

やがて時間少し前に三ツ岡が現れた。今日の彼は灰色の麻のジャケットを羽織っている。中に白い変わり衿のシャツを着ているが、萌はこうした衿のシャツが好きではないけれども今は我慢すべきなのだろう。彼の娘の存在と同じようにだ。

「やあ」

三ツ岡はどさり、という感じで椅子に座った。しばらく見ないうちに、彼の動作はやや年寄りじみてきたような気がする。

「久しぶりだね」

「本当」

他人行儀に挨拶を交した後、仲直りしてもいいという口火を、まず萌が切った。

「でも、もう二度と会ってやるもんかと思っちゃった」

「そりゃそうだ。本当に悪かった。確かに僕はヘンタイ親父と言われても仕方なかった」

「ヘンタイ親父じゃありません。ヘンタイ父娘です」

それには三ツ岡は反応せず、近づいてきた店員にビール、と注文した。そして萌の大好きなやわらかい微笑を見せる。

「君にお土産があるんだ」

「えっ、本当」

「ああ、きっとびっくりすると思う」

手にした茶封筒の中から、一冊の本を取り出した。白いパラフィン紙でくるまれた本だ。

「君のおじいちゃんの伝記だよ」

「えっ、おじいちゃんの」

それならば読んだことがある。雪深い越後から上京し、奨学金を貰って東京帝大に進んだ。卒業後は学者の道へ進むつもりだったのだが、教授から今は実際に建物を建てる時代だと言われ、新井建設に就職した。戦前の建設業界は土建屋とそう変わらず、帝大出が行くところではなかった。やがてすごい勢いで出世した彼は、創業者の娘婿となり、新井建設の中興の祖となっていく……。ずっと前、創業記念パーティーの際に配られた一冊だ。

「いや、そっちのおじいちゃんじゃなく、お父さんの方のおじいちゃんだ」

タイトルをなぜか隠している。白いパラフィン紙のカバーのついた表紙をめくると、中扉ページに「神谷英一」という文字が見えた。

「京都の古本屋で見つけたんだ。モエちゃん、これ、読んだことある？」

「いいえ」

萌は首を横に振った。

「うちは両親が早く離婚したんで、あっちのおじいちゃんとはほとんどつき合いがないの」

「そうかなあって思ったんだ……」

さらにめくる。一枚のモノクロ写真があった。「日本のバレンティノ」と呼ばれた若き日の祖父である。

「この本、読んだことがないわ。うちの祖父ってよく名前は見聞きするんだけど、古い映画なんかめったにかからないし……」

そう言えば、と萌は声を上げた。

「このあいだBSで見たことがある。古い映画だったわ。ちっとも面白くない。大学のえらい先生が、芸者さんを好きになって、だけど娘の結婚のために別れる、っていうストーリーよ」

「『桔梗の里』だね」

さすがに三ツ岡は、即座に名をあてた。

「昭和三十一年か二年につくられて、今でも小渕監督の名作といわれている」

「白黒でね、俳優はみんなへたっぴいで、すごい棒読みなの。音楽なんか笑っちゃうぐらい単調だったわ」

「あの頃の映画はそういうもんだよ。だけどあのテンポは、なかなか捨てがたい味がある」

「うちの祖父は、白い麻のスーツ着て、帽子被《かぶ》って、外見はまあ悪くなかったけど、やっぱりヘタだったなあ。今だったら大根、でくの坊って悪口いっぱい書かれちゃうと思う」

「モエちゃんにかかると、往年の大スターもめちゃくちゃ言われるなあ……」

三ツ岡は本当に楽しそうに笑った。

「これはどこかの芸能記者が聞き書きしたもので、まあイージーな本だ。だけどこれを読んで、単なる二枚目だと思ってた神谷英一のイメージが変わったね。戦後の五社協定に立ち向かおうとしたり、レッドパージにかかった仲間を助けようとしたり、なかなかの反骨漢だね」

「ふう〜ん」

それがどういうことなのか、萌はほとんど理解出来ない。とうに父方の祖父は亡くなっていたし、両親が離婚してからというもの、あちらの係累は遠いぼんやりしたものになるばかりだ。

萌はぱらぱらと本をめくる。後ろに年譜が出ていた。新橋の料亭の息子に生まれ、立教大学を卒業している。大学生の時に銀座で声をかけられ、そのまま映画界入りした。ここまでは萌も知っていることだ。けれども二十七歳の時に、

「女優の緑谷麗子と結婚」

とある。

「へえ、これって初めて聞いたわ。うちの祖父が二回結婚してたなんて。この人とは一年後に離婚してるんだ」

「戦前には珍しいヴァンプ役だったけれども、なかなか人気のある女優だったよ。この頃スター同士の結婚は、世間に絶対隠していなきゃいけないことだったたから、神谷英一がこの秘密結婚について喋ったのも、戦後かなりたってからだ」

「ふう〜ん、うちって二代続けて離婚してたんだ。これって家系かもしれない。ということは、私も離婚の可能性があるっていうことよね……」

萌は本を麻のトートバッグの中に入れた。

「おじいちゃんの人生はゆっくり知るとして、その前にとりあえず、私、とってもお腹

空いたんですけど……」

「わかった。今日はイタリアンを予約しておいた。僕が行くところだから流行の店じゃない。昔からの小さな店で、君が気に入るといいんだけど……」

「ふうーん、おじさん仕様の店か」

照れがまだ残っていて、萌はそんな風に言ってみる。

「でもおいしいんでしょう。連れていって」

視線がからみ合った。食事の後も、どこかへ連れていってくれるんでしょうと、萌は目で問いかける。笑うと皺が寄る男の目は、むき出しの欲望が燃えているわけではない。けれども優しさに溢れている。優しさはいとおしさと同じものだと萌は知っている。そしていとおしさというものが、女を抱く情熱になるということも萌は知っている。

今夜、きっと三ツ岡は自分のことを誘うだろうと萌は確信を持つ。障害を乗り越えて、さらに絆《きずな》が強まる。これは恋愛のセオリーの初歩ではないだろうか。五十を過ぎた人間でも、初歩をたどるのである。それが嬉しくて、萌はにっこりと笑った。

週刊誌の記者に突然取材されたにもかかわらず、千花の記事は大層小さかった。女性週刊誌の「芸能人スキャンダル夏の陣」と銘うたれた特集で、扱いは半ページほどだ。

「花蝶屋が気にする路之介の遊び遍歴」

とあり、千花についてはたった五行だ。

「祇園の芸妓や銀座ホステスなど、路之介と噂になった女性は何人にものぼるが、中でも本命視されていたのは、宝塚娘役のA子さん。

路之介との仲は、ファンの間では既に有名であった。けれどもA子さんは、

『ただのお友だちで、噂されているようなことはありません』

ときっぱりと答えた」

あの時、自分はどんなことを言ったろうか。はっきりとは憶えていない。「そんなことはありません」と何度か言ったような気がするけれども、その言葉の中にさまざまなニュアンスを込めたつもりである。けれども相手には何ひとつ伝わっていなかった。いや、わかっていて、わざとこういうありきたりの記事にしたのかもしれない。

自分はどんなことを望んでいたのだろうかと千花は思う。

「あの路之介に恋人発覚！」

と大きなスキャンダル記事になり、表紙に見出しが載ることを望んでいたのだろう。千花にとっては、初めての醜聞であり、取材であった。それならば大きなスキャンダルになった方が、まだ自分の心は救われるような気がする。

そしてそんな自分の愚かさに悲しくなった。

けれどもわかったことがふたつある。

路之介には自分以外に、何人も噂された女がいたということ。

もうひとつは、恋愛沙汰が週刊誌のスクープになるほど、路之介は大物ではないということ。

後者に気づいたことの方が、千花には悲しかった。どうしてこんなに悲しいのかと思うほど千花は悲しい。

路之介からは一回電話があったきりだ。

「イヤな思いをさせて悪かったな」

突然携帯が入った。

「週刊誌の奴らときたら、歌舞伎のことなんかまるっきりわかっていないくせに、勝手なことばっかり書きやがって、親父もお袋も怒ってた」

千花が沈黙していることに耐えられないのか、さらに言葉を続ける。

「あいつらが書いてることなんか、まるっきりいいかげんなことばっかりなんだ。だいたいオレたちは、そこらのタレントとは違うんだから、いろんなしきたりだってあるさ。そういうことを知らないアホな奴らが、出鱈目《でたらめ》なことを書いてるんだ」

おい、聞いてるのかよと、路之介は尋ね、ちゃんと聞いてるわよと千花は答えた。

「とにかくさ、チカに会っていろんなことを説明したいんだよ。チカに会いたいんだよ」

「会ってどうするの」

「わかんないよ。でもオレ、今はチカに会いたくって、会いたくってたまらないんだ。もうチカに会えないかと思うと、おかしくなりそうなんだ」

「ねえ、もうじき結婚する人が……」

ここで千花の声が詰まった。「もうじき」「結婚」という二つの言葉は、自分のためにだけ用意されるものではなかったか。人のために発音するものではなかった。

「結婚する人が、どうして私に会いたいの」

「だからわかんないんだ。うまく説明は出来ないけど、とにかくお前に会いたいんだ」

この言葉は思いもかけない大きさで千花の胸をうった。路之介を許すつもりはない。このあいだまで本気で復讐を考えていた。けれどもこの傲慢な男が、これほど率直になったことがあるだろうか。率直さを声だけでなく、彼の顔を通して見たい。最後に彼の顔から誠実さを感じ取りたい。こう考えるのはいけないことだろうか。

「今度いつ公演に来るんだよ」

「東京公演はしばらくないわ。今月の末にお休みはあるけど」

「だったら会わないか。いいだろう、な、な、オレ、ちゃんとチカの時間に合わせるよ。チカの指定してくれたところへ行くよ」

「わかった……」

結局千花は逢瀬《おうせ》の約束をさせられたのであるが、それっきり路之介からの電話は来なくなった。千花は二度めの裏切りにあったことになる。

このところ稽古に少しも身が入らない。次の娘役トップに決まった月影エリカが、日ごとに変わっていくのを見るのはつらかった。今までは踊りはうまいものの、これといって特徴のない平凡な娘役と思っていたのであるが、大役がつくようになるとそこだけスポットライトがあたっているようだ。芸能の世界には「化ける」という言葉があるが、エリカは、まるで何かが乗り移ったかのように別人になった。化粧の仕方もうまくなり、小づくりの顔が大層見映えするようになった。

「チカさん、私、口惜しくって、口惜しくって。どうして三年下のエリカがトップなんですか。踊りも歌も、顔の綺麗さもチカさんに及びもしません。エリカのうちは、神戸の大金持ちだから、お金でトップの座を買ったって専らの噂ですよ。私たちは本当に口惜しいです」

このところファンの女たちから送られてくるメールも、千花を憂鬱にさせる。最近は見ていないけれども、インターネットの方には悪質なことがいろいろ書かれているらしい。それは路之介にふられ、トップから遠ざかった千花が、近いうちに退団するという書き込みだ。

「辞めるのか、それもいいかもしれない」

部屋でひとりいる時など、その考えが何度も頭をもたげる。このままいっても、おそらくトップの座はめぐってこないことであろう。五年前に華々しく引退公演をした星野麗奈は、「おしんトップ」と言われ、何人もの後輩に抜かれた上のトップ就任であった。が、自分の身の上に、あのような幸運は起こらないような気がする。

「本当に辞めちゃおうかなァ……」

退団した後のことは、ぼんやりと想像出来る。トップまでいった女たちでさえ、その後の芸能界で生き抜くのは至難の業《わざ》なのだ。成功例が華々しく喧伝《けんでん》されるが、彼女たちはほんのひと握りなのである。

「毎年一割ずつファンが減っていく」

とまで言われ、東宝ミュージカルの傍役《わきやく》となるか、あるいはドラマのちょっとした役につくぐらいだ。後は昔のファンを相手に、細々とコンサートをするしかない。千花はそんなみじめな形で、芸能界に残るつもりはなかった。もし退団するとしたら、きっぱりと芸能界と縁を切り、憧れていた「カジテツ」、家事手伝いの身の上になるつもりだ。高校中退という経歴になるけれども、出身校が出身校だし、宝塚にいたことは決して不利ではない。おそらく多くの良縁が舞い込むはずだ。今でさえ、父親を通じて若い医師の縁談はいくつもある。何も嫌な思いをしてまで、宝塚にしがみついている必要はないのだ。そんなことをちらりと話した時、

「私はチカと違うから、そんな優雅なことは言ってられないよ」

と夏帆は不快な表情を隠さなかった。

「チカはお金持ちのお嬢さんだから、やめてお嫁に行こう、なんて言ってられるけど、私なんか田舎のサラリーマンの子だからね、宝塚に入る時、かかった分ぐらいは返さなきゃ悪いっていつも思ってる」

医師や弁護士との合コンに精を出している夏帆に、そんな一面があったのかと驚いたものだ。

「そりゃそうだよ。せっかくここまでやってきたんだもの。どんなにつまんない役だってドラマや舞台に出るつもりよ。女優が無理だったら、チラシのモデルになっても何かやるつもり」

夏帆がそこまで将来を考えているとは思わなかった。考えてみれば、自分も夏帆もまだ二十四歳なのだ。ふつうに大学へ行っていれば、OL二年めで、社会へのスタートを切ったばかりというところだ。

けれどもこの徒労感はどういったらいいのだろうか。もうかなり長く人生を過ごしたような気がする。十七歳の時から何かに打ち込むというのは、幸福なことであったが、同じ齢の女たちより、はるかに大きなエネルギーを奪い去られたのではないだろうか。

ぼんやりとそんなことを考えている夏の夜に、携帯に電話が入った。

「もし、もし、私。松下絵里奈よ。久しぶり」

中等部、高等部を通じてのクラスメイトだ。いつだったか萌を含めての食事会をした時、久しぶりに会った彼女と携帯の番号を教え合ったことを思い出した。

「忙しい？　ゴメン、ちょっと今、いい？　あのね、今、私誰と一緒にいると思う。伊藤謙一郎、そう、ケンちゃんと一緒なのよ」

「もし、もし、チカ、元気」

間髪を入れず、男の声と入れ替わった。謙一郎は千花の高校時代の遊び仲間のひとりである。慶應高校に通っていた彼は、有名な駐米大使を母方の祖父に持ち、父親は商社の重役であった。大学を卒業した後は、外資系の銀行に入り、すぐにアメリカに渡ったため、それきり連絡がとだえていたのである。

「わー、ケンちゃん、元気。久しぶり。嬉しい。声聞けてすっごく嬉しい」

「あれ、チカと最後に会ったのいつだっけ。確かさ、宝塚の学校に合格して、みんなでお祝いした時以来だよな」

「えー、そんな昔のことだったたっけ」

「そう、そう。僕もさ、就職したとたん、すぐに研修に行かされて、アメリカいったり来たりで、みんなともずうっとご無沙汰だった」

千花は謙一郎と交した、何回かのキスを思い出した。たいした意味を持たないキスだ。

それ以上進むこともなかった、ちょっとしたたわむれ。千花の初体験の相手は、謙一郎の同級生だったのだから。

学生時代の遊び仲間というのは、電話の会話だけで、昔のうきうきした調子を簡単に取り戻すことができる。

「インターネット使って宝塚のサイト見たらさ、ちゃんとチカが出てくるじゃんか。すっげぇ美人になっててびっくりしたよ」

「やめてよ。舞台化粧してるから恥ずかしいわ」

「でも美人、美人。こんなになるんだったら、高校の時にちゃんとツバつけときゃよかったと思ったよ」

「よく言うわよ。あの頃、英和の彼女とすごくうまくいってたじゃない」

「ああ、美佐だろ。あいつさ、知ってる？　パリに留学してんだよ。なんでもお菓子の研究家になりたいんだって」

「へぇー、そう。じゃ、まだ続いてんだ」

「続いてる、ってことはないけど、時々メールするぐらい。ま、若い時の話だけどさ」

二十五歳の謙一郎の口から漏れる「若い時」という言葉は、妙に真実味があった。

「それでさ、絵里奈とも話してたんだけど、久しぶりに皆で集まってご飯食べようよ。チカの時間に合わせるよ。今度の東京公演はいつなの」

「ここ当分、東京公演はないわ。でもお休みの日に東京へ戻るつもりよ」

「僕も、ここんとこずっと日本にいるからさ、どこかおいしいとこに連れてってよ。半分浦島みたいなもんで、最近の東京のことよく知らないんだ。渋谷なんかもう何年も行ってない」

「渋谷なんか、もう私たち行けないわよ。お子ちゃまたちに占拠されて、おちおち歩けないぐらいだもの」

あの頃渋谷は、まだ千花たちの遊び場としての余裕を持っていた。パルコの裏の方に小さなカフェ・バーがあったが、馴じみの名門高校生に限り、個室でこっそり酒を出してくれたものである。やがてそこは、仲間の溜まり場となり、千花も毎日のようにビールや安ワインを口にした。けれどもその店もたぶん存在していないだろう。たった七年前のノスタルジアも許してはくれない。渋谷はそんな街だ。

メールのやりとりが続いた後、結局白金のイタリアンレストランが選ばれた。ここは巨万の富を得て、マスコミでも話題になったIT関係の社長の妻が経営している店だ。このご時世に金に糸目をつけない内装にしたと話題になった。フィレンツェから運んできたという梁《はり》が、漆喰《しっくい》塗りの天井にめぐらせてある。これまたイタリアの古い教会のものだったという木の床は、歩くたびにぎしぎしと小さな音をたてる。

最近東京のレストランは、超モダンな好みが一巡して、こうした温もりのある場所が多い。テーブルの上では、古風な形のキャンドルが揺れている。

謙一郎はイタリア人のソムリエと、英語でやりとりをした後、まずトスカーナの白ワインを選び出した。皆で乾杯をする。千花に絵里奈、謙一郎の他に、当時麻布高校に通っていた井上拓也がテーブルについていた。大学まで続いている付属校生ばかりの仲間の中で、拓也は抜群の秀才であった。遊びながらもきっちり勉強し、現役で東大に入ったのであるが、「思うところあって」二年で中退し、医大に入り直したという変わり種である。スーツ姿の謙一郎と違い、白いワイズのシャツがいかにも学生という感じだ。

夏らしく前菜は茄子《なす》とキャビアを使った小さなサラダだ。やや神経質に茄子のマリネをナイフで切りながら、拓也が尋ねた。

「今夜はモエちゃんがいないね。モエちゃんっていえばさ、チカちゃんといつもコンビ組んでたじゃないか、どこへ行くのも一緒だった」

「そう、そう、ひょっとするとレズじゃないか、なんて僕たち噂してたんだぜ」

「ご冗談。私もモエも、あの頃ちゃんと彼がいましたから」

「今も仲がいいんだろ」

「もちろんよ」

「あのコ、僕、ちょっとこわかったよなぁ」

謙一郎がグラスを持ち上げながら、遠いところを見る目をした。

「君たちとはまるっきり違うんだ。高校生っていう感じじゃなくて、こっちをずうっと観察してる大人っていう感じだったよなあ」

「へえ、そうだったの」

絵里奈が大げさに驚いてみせる。同じクラスでも、千花と絵里奈とは仲がよかったが、絵里奈と萌とは違うグループであった。まるで花びら一枚の微妙なニュアンスで、幾つかの派閥と幾つかの思惑に分かれていたのだ。

「ほら、うちの学校じゃ珍しかったんだけど、モエって、子どもの頃に両親が離婚したのよね。だからさ、ちょっと変わってたかも。へんにシニカルかと思えば、好きな男の子には大胆でさ。学校でも目立ってたよね」

「でもね、そういうところがあったから、今みたいに雑誌記者が出来るんだわ」

千花は彼女の親友としての威厳を取り戻して、皆の顔を見渡す。

「今夜もね、モエはすっごく来たがってたんだけど仕事が入ってるの。あの人って結構売れっ子なのよ。大きな連載ページも任されているんだからたいしたもんよね」

絵里奈はかすかに肩をすくめた。政治家の父親のコネで、最大手の総研に就職した絵里奈は、東京の金持ち娘独得の濃い化粧をしている。ゴルフ灼《や》けをカバーしようとファンデーションは厚く塗られていた。リキッドのアイライナーを上手く入れた目は、どうやら整形したらしい。昔から絵里奈はおしゃれに力を入れ、美人の雰囲気をつくることに長《た》けていた。しかし、ついに力尽きてメスの力を借りたらしい。なにやら千花は楽しくなってきた。そして絵里奈の萌に対する小さな意地悪を、許してやってもいいかなと思い始める。

「ねぇ、モエって雑誌で『平成の令嬢たち』っていう連載をしてるのよ。ちゃんと仕事を持ってるお嬢さまのライフスタイルを、グラビアで紹介するんですって。エリナなんかぴったりじゃない。ねぇ、モエから連絡あったら、絶対に協力してあげてね」

「やだーっ、私なんか、別にお嬢さまでもなんでもないわよ」

絵里奈はたちまち相好を崩した。

ワインを四人で三本空け、長い食事が終わった。この店は絵里奈の父親の名前で予約してもらったため、彼女が誰だかわかっていたのだろう。店長がサービスで食後酒を何種類か運んできた。中に北イタリアの修道院でつくっているというリンゴの酒があった。

「ちょっと香りがきついですが、ぜひおためしください」

小さなアンティックのグラスで二杯ずつ飲んだら、みんなすっかり酔いがまわってしまった。

「どうする、もう一軒行こうよ。どこかさ、新しいクラブ行きたいな」

アメリカから帰ったばかりの謙一郎は、最新のスポットに行きたがるのだが、関西で生活している千花が、そう流行りの店を知っているわけでもない。医大生の拓也は、

「すっかり現役を退いてる」

と真顔で言う。となると、絵里奈が頼りなのであるが、

「私、もう踊る体力なんか無くなっちゃった」

と、そそくさとタクシーに手を上げた。

「ケンちゃん、悪いけどもう帰る。私、あのリンゴのお酒が効いちゃってさ、もう、踊りもカラオケもダメだわ」

「じゃ、僕が送ってくよ」

拓也が乗り込み、緑色の無線タクシーはあっという間に目黒通りを曲がっていった。

「さてと……。僕たちどうしようか。まさかチカまでシンデレラっていうわけじゃないだろ」

「まさか……。私たちってね、たまのお休みは大阪か京都で本気で遊ぶわよ。命賭けて遊ぶっていう感じ」

「命賭けてはよかったよな……」

そう言ったとたん、彼は千花の腕をやわらかくつかむ。そしてシャッターをおろしたブティックの陰に千花を誘《いざな》った。むっとする熱気が、その路地には籠《こも》っていた。ノースリーブのワンピースを着ているから、千花の腕はむきだしだ。踊りで鍛えた二の腕には、余分な脂肪は全くついていない。はじくような皮膚がある、そのあたりを謙一郎はきつ

くつかんだ。謙一郎の唇が千花の唇に重なる。七年前の彼の唇の記憶など全くない。それに男の唇などというものはそう変わりがあるものではない。ただ千花はひどく懐かしい気分になった。何年も謙一郎とはつき合いがなかったのに、唇を重ねることに何の抵抗感もなかった。十七歳の時の少女の気分がずっと冷凍されていて、キスによって溶け出したような気分だ。

違っていることといえば、謙一郎が多くの賞賛の言葉を口にすることだろうか。

「すっごいよ、チカ。噂には聞いてたけど、ものすごい美人になっててさ。僕は本当にびっくりしたよ」

唇を離したまま、しばらく千花の顔を見つめている。昔から睫毛《まつげ》は長かったが、宝塚に入って念入りの化粧をするようになってから、ますます長く濃くなった。まるでつけ睫毛のようだとよく人に言われる。目を見開いても、目を伏せても、この睫毛は千花の目を飾り、人形めいた美しさをひき出すようだ。あの路之介でさえ、この睫毛を口に出して褒《ほ》めたものだ。

「これからもしょっちゅう会ってくれるよな」

謙一郎は千花の栗色の髪を撫でている。図々しい男だと、キスをした後平気でホテルに誘ったりするが、さすがに育ちのいい彼にはむずかしい。もて余した欲望を髪への愛撫に変えたようだ。

「ちょっと荒れてるでしょう」

千花は小声で尋ねた。

「そんなことないよ……」

「しょっちゅう染めてるから、ゴワゴワになっちゃうの」

「全然。この髪の色、すっごくチカに似合ってるよ。めちゃくちゃ可愛いよ」

二人は手を繋いだまま路地から出た。白金は夜が早く、向こう側の遠くにカフェのあかりが見えているだけだ。そのくせタクシーだけはひっきりなしに通る。

「もう一軒行こうよ。歌ったり踊ったりしなくていい。チカとゆっくり喋れるところがいいな」

そういうことを言って、レストランの奥にある個室に連れ込もうとする男がいるが、謙一郎に限ってはその心配はなさそうだ。

タクシーを停め、謙一郎は赤坂にある大使館の名を告げた。そこの一角にある会員制のクラブに行こうというのだ。

「うちの会社が法人で入ってるんだけど、僕みたいなペエペエは行けないよ。でもこのあいだ親父と行った時にコネつけといたから」

大手の商社の副社長をしている父親に、支配人を紹介してもらったというのだ。

「オヤジばっかりのとこだけど、落ち着けることは落ち着けるよ」

地下に降りていくと、黒服の男がドアを開けてくれた。謙一郎が受付に何やら言って奥に通された。バーは英国風の重厚なインテリアである。ソファのところどころに、スーツを着た男たちが小さなグループをつくっている。そうかと思えば、端のテーブルでは、大柄な白人の男がブランデーグラスを片手にひとり本を読んでいた。

「なんだか私たち、場違いみたいな感じしない」

「ま、いいよ、僕もちゃんとスーツ着てるし」

二人は目立たないテーブルを選び、グラスでワインを注文した。

「今度さ、ここのレストランに来ようよ。鉄板焼きがわりといけるよ」

その時、千花は女の笑い声を聞いた。決して耳ざわりな声ではないが、男ばかりだと思っていたクラブの中で、空気がさっとひと刷毛されたようだ。女はもう一度笑う。若い女の声ではなかった。思わず視線をやると、暖炉の前のテーブルに、男と女が座っていた。眼鏡をかけた男は、小太りのどうということもない中年男だ。その傍に黒いワンピースを着た女が座っていた。ショートカットのうなじから、首、鎖骨のあたりが白く薄闇の中で光っている。どことなく洗練された女だと目を凝らし、千花は小さくアッと叫んだ。

「どうしたの」

「あの女の人。モエのママだと思うわ。そう、間違いないわ」

謙一郎はゆっくりと自然な動作で、四十五度体を後ろにまわした。

「デイトかな。なかなかやるじゃん、あのカップル」

「びっくりしちゃった。だってモエのママ、図書館に勤めてる、すっごく地味な人なのよ。実家ともあんまりおつき合いしてないって聞いてるわ」

「確かあそこのお母さんは、新井建設の一族だよな」

男だけあって謙一郎はその名前を諳《そら》んじていた。彼の父親が勤める商社とも、新井建設は深いつき合いがあるというのだ。

「私、人違いかと思ったわ。どうしてモエのママが、こんなとこで夜遊びしてるのかしら、ねぇ、挨拶した方がいいと思う？」

「うーん、むずかしいとこだな。でもあの二人の感じからして、恋人がデイトしている風にも見えないけどな」

決して無躾に見たつもりはなかったが、若い二人の視線は力を持って届いたようだ。気配を感じて萌の母、桂子がこちらの方を見た。そしてゆっくりと微笑みかける。

「なんて綺麗な人なんだろう」

今まで桂子に会ったのは、すべて萌の家でであった。ダイニングテーブルや、テレビを背景にした桂子は、少々変わった過去を持つというものの、普通の主婦に見えた。親友の母親。それ以外の存在ではなかった。ところがこうして背景が一新され、シンプルであるが質のいいワンピースを身につけた桂子は、謎めいた大人の女に見える。考えてみると、学生結婚をして萌を産んだ桂子は、まだ四十六歳という年なのだ。その年で恋愛したり再婚する女優はいくらでもいる。いや、ふつうの女でも珍しい話ではない。

挨拶しようかどうかと迷っている間に、桂子がふわりと立ち上がった。こちらに近づいてくる。

「チカちゃん、久しぶりね」

桂子は本当に嬉しそうな声を上げた。双方近寄っていく形になり、よく見ると桂子の長めのワンピースには、膝のところまでスリットが入っていて、白い素肌がちらりと覗いた。千花はどんな時でも必ずストッキングをはく母の悠子を思い出した。二人の母親の年齢の違いというのは、こういうところに表れているようだ。

「モエからいつも聞いてたけど、チカちゃん、本当に綺麗になったわねえ。さすがだわあ、チカちゃんのまわりにだけピンク色の霞がかかってるみたいな感じ。すごく目立って、みんな振り向いちゃうのよ」

酔っている風でもない。桂子は昔からこんな風な言い方をする。決してお世辞は口にしないが、人を誉める時は、それこそ全身全霊で言葉を続けるのだ。

桂子は視線を謙一郎にあてた。

「チカちゃんの彼？　素敵な人ね」

「そんなんじゃありません」

なぜか千花は必要以上に大きな声を上げた。これから起きようとすることに対して、図星を言いあてられたような気分だ。

「今まで高校の時の友だちと集まって、食事をしてたんです。こちらは伊藤謙一郎さんで、モエもよく知ってる友だちなんですよ」

「はじめまして、伊藤と申します」

すばやく名刺を出すしぐさは、千花の知らない謙一郎であった。

「高校時代はモエさんとも仲よくしてもらっていたんですよ。今夜はモエさんとも会えると思って楽しみにしてたんですけど、お仕事ということで残念です」

「あの娘《こ》はダメ、ダメ」

桂子はふふと手を横に振った。そのとたんノースリーブの二の腕の肉もやわらかく一緒に揺れた。

「あの人はね、今、ラブラブの最中なの。彼からのメールを待ってすっとんでくわ」

千花は何度となく聞いた萌の愚痴を思い出した。年の離れた恋人が、どうにも煮え切らないと嘆いていたものだ。しかしどうやら千花の知らないところで、萌の恋は着々と進んでいるらしい。

「じゃチカちゃん。東京に帰ってきたら、たまにはうちにいらしてね。宝塚のスターさんにこんなこと言うのは失礼かもしれないけれど……」

「スターだなんて、そんな……」

言いわけをしている間に、桂子は〝じゃあね〟と背を向ける。そして左手だけをひらひらと振った。背中もかなり開いているワンピースだ。白い肌が扇のように浮かび上がる。

「モエちゃんのお母さんって、ものすごく若くてカッコいいね」

「そうよ、だってモエのママって学生結婚なんだもの、二十一か二の時の子どもなの」

席に戻ってから、二人はひそひそと話し合った。桂子も連れの男と、何やら深刻そうな話を始めた。たいした話をしていなくても、中年の男女が顔を近づけて話をしていると、傍目《はため》からは深刻な話に見える。

「でもね、今日久しぶりに会ってびっくりしちゃった。前はね、もっと普通の地味な感じだったのよ。間違っても夜遊びなんかしないタイプ。うちのママは隠遁生活に入ってるってモエも言ってたぐらいだもの」

「ふうーん、それよりもさ」

謙一郎はせかせかと携帯を取り出した。

「チカの携帯の番号と、メールアドレス教えといてよ。これからはじゃんじゃん会おうぜ」

「わかったわ」

二つの携帯がテーブルの上に並んだ。千花のそれはピンク色で、謙一郎のものはシルバーだ。メール交換をする前に、しばらく二人でそれを見つめた。

「チカって、今、恋人いる？　いないわけねえよなあ……」

突然乱暴な口調で言う。

「一〇〇パーセントの確率でいると思うけど、それって僕が頑張れば何とかなりそう？可能性アリ、だよね」

「頑張ってみれば……」

千花はゆっくりと顔を上げ、睫毛をしばたたかせる。何人もの男から絶賛された表情だ。宝塚に入り化粧を習ってから、睫毛はさらに深く濃くなり、小さな森をつくっている。この森に風を起こすと、たいていの、いやすべての男は、呆けた表情になるのだ。

クラブの階段を上がったところで、謙一郎はもう一度千花にキスをしようとしたが、それはやんわりと拒絶した。

「今度いつ会えるんだよ」

怒ったように問う。

「次の東京公演かな」

「次の東京公演っていつなんだよ」

「今年の秋」

「冗談じゃないよ」

地団駄《じだんだ》を踏みそうな勢いだ。

「休みあるだろ、休み。その時に会おうよ。僕もさ、休みとれたらそっちへ行くから」

送っていくという謙一郎を断わり、ひとりタクシーに乗った。走り出して五分もたたないうちに、携帯の着信音が鳴った。

「チカがあんまりキレイでびっくり。よおしガンバルぞー！ 力の限りガンバルぞー！」

千花は微笑した。少女の頃、七十点で終わった試験が、いま満点になって戻ってきたようなものだろうか。千花を恋人に選ばなかった男が、こうして渇仰《かつごう》してきたのである。いずれにしても男のこうした一本気な求愛は、今の千花の心を浮き立たせてくれる。

その時携帯が鳴った。謙一郎がメールだけでは飽き足らず、千花の声を聞きたくなったのだろう。

「もし、もし……」

「オレだよ、オレ」

しばらく声が出てこなかった。路之介からであった。

「チカ、元気してた？」

「うん、まあね……」

「あのさ、オレ、今、京都に来てるんだ。ちょっと会えないかな」

「そんなの無理よ。だって私、今、東京にいるんだもの」

「東京公演……か。そんなわけないよな。今月は星組だもんな」

「ちょっと休みがとれたんで帰ってきたの」

「だったら明日来ればいいじゃないか。オレ、明日比叡山の歌舞伎に、ちょっと顔出すことにしてるから、そこで会おうよ」

「何言ってんの」

千花は叫んだ。

「私、東京にいるのよ。それなのに明日、比叡山に来いってすっごく乱暴な話じゃない」

「大丈夫。歌舞伎は六時半からだから、充分に間に合うってば」

これは路之介のいつものやり方なのであるが、精神的な逡巡《しゅんじゅん》に気づかぬふりをして、物理的なことにすり替えるのだ。

「比叡山で歌舞伎をするなんて初めてのことなんだぜ。うちも今度、別の寺で奉納歌舞伎することになってるから、親父が勉強のために見てこいってさ。その後さ、二人でうまいものでも食べようよ」

いつのまにか約束が出来上がっていた。婚約したことについて、彼はきちんと言いわけしようとはしなかった。

12

比叡山に上るのは初めてだ。路之介がさし向けてくれたMKタクシーに乗って、カーブの多い山道を上がっていくと、夕暮れの気配がする中、緑は黒味を帯びてくる。どこまで続くかわからない長く遠い山道。

自分は何ていう大馬鹿者だろうかと、千花はさっきから胸の中で繰り返している。路之介は自分を裏切っただけでなく、二ケ月近く電話一本寄こさなかったのだ。それなのにいきなり電話をかけてきて、明日比叡山を上って来いというのだ。

その言葉に従い自分はそそくさと荷物をまとめ、午後早い新幹線に乗った。

「急に演出家の先生に呼ばれたの」

と嘘をついたけれども、母は何か勘づいたのだろう。

「どうしてチカちゃんって、いつもいきあたりばったりなのかしら」

とあてこすりのようなことを口にした。

自分は路之介になめられているのだとはっきりとわかる。どんなにひどいことをしても、電話一本で千花が来ると彼は思っているのだ。

「私ってこんなにプライドがない女だったかしらん」

ひとりごちた。するとプライドという言葉はいかにも古くさく、陳腐に思えた。そんなものよりも、自分がいったいどうしたいかということの方がずっと大切だ。千花がいちばん望んでいることは、とにかく路之介に会い、直に言葉を交したいということであった。

謝罪でもいい、言いわけでもいい。とにかく路之介が苦渋の表情を浮かべるのを見てみたい。路之介が一瞬でも、自分のために苦しみ悩むさまを見てみたいのだ。よくわからないけれども、人の記憶に深く刻まれるのは、歓喜ではなく苦悩ではないだろうか。生まれて初めて、路之介によって苦悩を与えられた千花は思う。それならば彼の人生に、自分は深く刻まれるのではないだろうか……。自分はそれを見定めたら、静かにひとり去っていくつもりだ……。

いや、いや、そんなことはみんな嘘だと、衝動にかられて千花は大きく首を振る。望んでいるのはそんなことではない。本当は、口に出しては言えないけれども、自分が本当に望んでいるのは、奇跡ではないか。路之介が名門花蝶屋の娘との婚約を取り消し、自分にプロポーズをする。

「本当に好きなのはお前なんだ。お前以外の女との結婚は考えられない。やっとわかったよ」

そう言って跪《ひざまず》くことではなかったか。けれどもそんなことは起こるわけもない。起こるわけもないことを祈って、こうして千花は聖地と呼ばれる高い山へと上っていく。

「ああ、私ってなんて馬鹿なんだろう……」

久しぶりに路之介に会う緊張感もあり、コンパクトをのぞくと青ざめた顔の自分がいる。睫毛をしばたたかせてみる。昨夜と違って神通力を失ったような気がした。

「着きました。終わる頃にまたお迎えにまいります」

運転手がドアを開けてくれた。しばらく行くと石段があり、観光バスから降りた一団が上がっていくところであった。

階段の上に会場がしつらえてあり、土産物や弁当を売るテントまで張られている。路之介に教えられたとおり、受付に行きチケットを受け取った。一緒に貰った芝居のパンフレットを読む。

比叡山は、最澄が開いた山であるが、ここが開宗されてもうじき千二百年になる。その記念事業のひとつとして、比叡山の山頂で薪《たきぎ》歌舞伎が催され、若き日の最澄を鴈治郎が演じることになっているのだ。

法華総持院の前で東塔と阿弥陀堂の回廊まで利用して、千人を収容する席がもうけられている。舞台も大きなもので花道もある。やがて山頂の森の静けさが伝わってきて、ざわめいていた客席もしんとしてくる。その中でひぐらしだけが、いささか野放図な声をあげていた。

最初に演じられるのは、吉右衛門による「橋弁慶」である。これは弁慶と牛若丸とが五条の橋の上で出会ったという故事にのっとった舞踊劇だ。成駒屋の十三歳になる孫が牛若丸に扮して、花道を進んでくると、あまりの凜々《りり》しい愛らしさに歓声が上がった。

「この顔は、吾妻の方の顔だね」

千花の隣りに座っていた年配の女が、隣りの男にささやく。この少年の母は、吾妻流の家元だと、千花は初めて知った。曾祖母《そうそぼ》はあの吾妻徳穂だ。

舞踊劇が終わると、あたりはすっかり暗くなる。ライトで朱色の伽藍《がらん》が光っている。それにしても客層はさまざまだ。絽《ろ》の訪問着を着た粋筋の女たちも何人もいるし、着流し姿の旦那衆もいる。千花の目の前には、尼さんの青々とした頭があった。人の頭というのは、随分でこぼこしたものだと千花はつくづく見た。年のせいか、頭のてっぺんにも大きな皺が寄っているのだ。

そのうちに、しずしずと二人の僧侶が進み、火入れの儀式が始まる。舞台の両脇の薪に、千二百年間絶やさぬ火を移すのだ。炎が上がると、場内から大きな拍手が起こり、ひぐらしの声がぴたりとやんだ。

芝居が始まる。旅姿の墨染の衣を着た最澄が登場する。薪の炎が上がる。やがて鴈治郎が笠をとると、人々はいっせいにどよめいた。そこに十九歳の青年がいたからである。確か鴈治郎は七十を過ぎているはずだ。さっきの演目で牛若丸を演じた少年は彼の孫だった。それなのに舞台の上にいるのは、丸顔の初々しい青年である。年齢さえも自由に変える役者という人々を本当に凄いと思う。もし自分に路之介と離れられないものがあるとしたら、それは恋情だけではない。路之介がこうした偉大な人々の集団に属していることも大きいと気づいた。

千花は路之介のさまざまな舞台を思い出す。高貴な姫君、愛らしい町娘。髷をつけ、白塗りした路之介は、まるで別人ではなかったか。何かが乗り移ってはいなかったか。そうだ、あの舞台を見てから、自分は諦めることを知った。彼の不実さを許してやろうと思った。それは千花もまた舞台を踏み、舞台の上に神が宿ることを信じるひとりだからだ。

いつのまにか千花の目に、熱いものがこみ上げていた。それは今見ている舞台の感動ゆえか、それとも自分のつらい恋ゆえか、千花はわからない。ただ火と朱が入り混じった空間の中、結局自分には手が届かない世界があることだけがわかる。

自分は路之介を忘れられない。けれども別れなければならない。こんな矛盾したことが自分に出来るだろうか。千花は今まで、これほど強く大きな行為をしたことはなかった。

　芝居がはねて、人々は山を下る。人々が途切れた頃約束どおり、路之介は出口とは反対の階段の下で待っていた。ライトのためにあたりは昼のように明るい。その中に紺色のジャケットを着た路之介が浮かび上がる。忘れられない。別れなくてはならない。忘れられない……。こちらの声の方が大きくなる。

　八月だというのに、夜の比叡山はうっすらと冷気が漂い始めた。「寒いわ」と、千花は声に出して言ってみる。仕方ないさと路之介は答えた。

「ここは標高がかなりあるんだ。そんな格好じゃ、寒くなるのあたり前だよ」

　千花の半袖のワンピースから出ている二の腕を刺すように見たが、それは咎めているためではなかった。その証拠に、路之介は腕をわし摑みにして引き寄せる。夜道を歩く人たちがちらほら見えたから、彼は唇を求めるようなことはしない。その替わり片手で千花の肩を抱き、千花と自分とを密着させた。傍目からは、夜の寒さから恋人を庇《かば》おうとしている、さりげない動作と見えただろう。路之介は、以前からこういうしぐさがとてもうまいと千花は思い出す。

「なんかおいしいもの食べに行こうよ」

　千花は路之介の口から、まず多くの謝罪と言いわけを聞きたいと思ったが、出たのはそんな言葉だ。多分照れ隠しなのだと、千花も黙って頷く。駐車場には、路之介が手配した、迎えのMKタクシーが止まっていた。ここの会社の習慣で、馬鹿丁寧にドアを開けてくれる。

「木屋町の方まで行って」

タクシーの中で、路之介は千花の手を握っている。こんなことは初めてだ。千花は路之介の指の長さを、しっかりと記憶している。それが舞台の上で、どれほど優雅にそるかも知っている。骨張ったふつうの若い男の手が、女となって踊る時、それは白く塗られ確かに縮小するのである。ひらひらと動く華奢な手となる。その手が自分と会う時は、再び男の手となり、着ているもののボタンをはずし、体のあちこちを愛撫する。その落差を知った時から、自分はこの男にこれほど深く執着するようになったのではないかと千花は思う。

それにしても路之介は黙ったままだ。おそらく運転手を気にしてのことだろうが、一言も発せず、ただ千花の指を掌で包んでいるだけだ。その温かさが、大人びていて、千花をせつなくさせる。そしてゆきかう車のあかりに照らされる路之介の横顔はもっとせつない。千花は息苦しくなってくる。

このまま自分たちは逃避行をするのではないだろうか。路之介が本当に愛しているのは千花なのに、彼は近いうちに政略結婚をさせられる。今頃になって、路之介は、やっと行動に移したのだ。千花の許しを乞い、一緒に逃げようとしているのだ……。千花はうっとりと目を閉じた。いろいろなことがあったけれども、路之介は自分を選んだ。そして二人、手に手を取り合ってどこかへ行こうとしている。そこがどこなのかわからないけれども、とにかく路之介は自分を連れ去ろうとしているのだ……。

けれども路之介の横顔が、街の赤や青のあかりに照らされ始めた時、車は港や駅でなく、一軒の食べもの屋の前で停まった。麻の長い暖簾《のれん》を、路之介はまるで芝居の所作のようにくぐり抜ける。

「若旦那、お久しぶり。お待ちしておりました」

カウンターの向こうから、まだ若い主人が声をかける。とうに十時をまわっていた。夜の早い京都の食べもの屋では、閉店の時間だろう。カウンターに一組の客が残っているだけだ。おそらく路之介が無理を言って開けさせていたに違いない。しかし主人はおもねるように言葉を重ねる。

「どないしましょ、お腹空いてはりますか。いかようにもいたしますけども……」

「まずビール。それとあんまりお腹は空いてないから、適当に見つくろっといて」

それを聞いたとたん、自分がとても空腹なことに千花は気づいた。午後すぐの新幹線の中で、サンドウィッチをつまんだだけだ。

路之介は慣れた様子で、店の奥にある小座敷に上がっていった。既に二人分の箸やコップが用意されている。

「はい、ビール。アサヒでしたわね」

調理場に立つ主人は、薄物に襷掛けだというのに、妻とおぼしき女はTシャツにエプロンといういでたちである。すぽんと勢いよくビールの栓を抜いた。客には注がないらしく、つき出しを置くとすぐ出ていってしまった。千花は瓶を持って路之介のコップに注ぐ。サンキューと言って、路之介も千花のコップに注いだ。小さく二人で乾杯と言った。

「おいしいわ」

「でも今日みたいな日は、やっぱり日本酒かな。ワインがあればいいんだけど、ここの店はどういうわけか一本も置かないんだ」

路之介はこの二、三年ワインに凝り始めている。ワイン好きの友人たちと会をつくり、定期的に飲む会も開いているようだ。名酒にちなんで「ペトの会」と名づけたその会は、路之介よりも年上のテレビ俳優やタレント、イラストレーターや漫画家でつくられていて、週刊誌のグラビアに載っているのを見たことがある。以前から路之介は、同じ世界の者ばかりでなく、異業種の友人が多くそれを得意がっていた。千花も何人かに会ったことがある。有名なバラエティタレント、売れっ子のイラストレーターと、ワインバーで飲み明かしたことがあるが、もう彼らとは二度と会えないのだろうか……。

「おかみさん、熱燗頂戴」

やはりさっきの女は、妻だったのだ。鱧の皿を持ってきた女に、路之介はそう声をかけた。

「そうよね。今日みたいな日は熱燗よね」

女は東京弁であった。

「比叡は涼しかったでしょうしね」

「そう。下に降りてきてもやっぱり涼しいや」

「今年はね、全くどうなっているんでしょうね」

女が騒々しく出ていった後で、路之介がふうーっと大きなため息をついた。

「もうさ、いろんなことがあってイヤになっちゃったぜ」

「……」

「週刊誌には、好き放題のこと書かれるしさ、ワイドショーなんて奴らが来るしさ。チカにも悪いことしちゃったよな」

「いいの」

思いもかけない路之介のいたわりの言葉であった。そうしたものを求めていたはずなのに、突然発せられると千花はとまどう。

「別にどうっていうこともなかったわ。その他ひとりの女性、っていう感じで書かれたから」

「おい、おい、そんな嫌味言うなってば」

「別に、そんなつもりで言ったんじゃない。宝塚のA子さんってだけで、名前も出たわけじゃないし。もっとも、インターネットじゃいろんなこと書かれてるみたいだけど」

「あのさ、本当にこの話って、バタバタって決まったんだよな。オレだってびっくりしたよ。めんどうくさくなって、もう勝手にしてくれっていう感じ……ま、何言っても信じてくれないと思うけど……」

路之介は上目遣いで千花を見つめる。ああ、こんな風な目を見たことがある。何の舞台だったか、娘役に扮した路之介がねっとりと男を見つめる。あの目と同じだ。今、彼は男となり、同じ目で、同じ力で、千花を圧しようとしていた。

「オレさ、チカだけにはわかって欲しい。オレがどんな気持ちかさ。オレがチカをどんなに大切に思ってたかさ」

思わず声が出た。

「過去形なわけね……」

「だからさ、違うんだってば」

路之介は舌打ちしながら身をよじった。

「今さ、オレがどういう気持ちかじっくり聞いて欲しいんだよ。そのために今日、ここで会ってるわけじゃないか。オレだってつらいんだってば……」

千花は驚いて息を呑む。男の口から、ましてや路之介から〝つらい〟などという言葉が出ようとは思ってもみなかったからだ。この言葉は、何かの吉兆であり始まりなのだろうか。〝つらい〟路之介は、自分の人生を変えようとしているのか。婚約を破棄し、千花ともう一度やり直したいのだろうか。

「今夜いいんだろう」

路之介の目の中に、さっと狡猾な色が横切る。それは千花にとって見憶えのあるものであった。手品のように、路之介は胸元から一枚のカードを取り出した。

「ホテルのキイ、渡すから入ってて。いつものとこに泊まってる。人目があるからさ、ひと足先に行ってて」


「もし、もし、モエ？　僕のこと憶えてるかな。伊藤謙一郎だけど」

「何言ってんのよ。ケンちゃんでしょ。憶えてるも何もないわよ。お久しぶりイ」

「元気そうじゃん」

「まあね」

「このあいださ、みんなで会ったのに、モエは忙しいって来なかったね」

「そう、そう、ごめん。私だけがビンボー人で働かなきゃいけないのよ」

「よく言うよ。それでさ、チカからモエの携帯番号聞いたんだ。やっぱりチカに会ったのに、モエに会わないのって、もの足りないよ」

「まあ、ケンちゃんって相変わらずやさしいのね。それってお世辞でも嬉しいわ」

「またみんなで会おうってことになってるから、その時は絶対来てくれよな」

「もちろん。私もケンちゃんに会いたいし……。最後に会ったの、アメリカへ行く前だよね」

「そう、そう、あの渋谷のイタリアン、もうないんだってね」

「経営者が替わったとたん潰れちゃったのよ。もう東京はすごい変化でございますよ」

「何年かぶりに原宿行ったら、びっくりだよ。知ってるとこが何もないんだ」

「東京は一週間行かないと、もう別のとこになっちゃうわよ」

　ここで萌は気づいた。謙一郎のこの電話はいささか不自然ではないか。何年かぶりにみなと食事をした彼が、そこに居なかった自分の声を聞きたいという気持ちはわからないでもない。高校時代の遊び仲間であった。けれども、なかなか電話を切ろうとしない態度が腑に落ちない。何かを言い出しかねている感じがありありと伝わってくる。

「本当に近いうちにみなで会いたいよな。だけどさ、チカが宝塚っていうのがネックだよな。なかなか出てこれないみたいだもんな」

　萌はすべてを悟った。

「なんだ、ケンちゃん、チカのこと聞きたいのね」

「ま、そんなとこ」

「やだー、そんなのケンちゃんらしくないわよ。彼氏いるか、いないかなんて堂々と聞けばいいじゃない」

「聞いたら、いないみたいなこと言うんだけど、昨日からずっとケイタイの電源が切れてんだよな」

「困りましたねえ……」

萌は大げさなため息をついた。

「チカの男性関係、私がレポートしてあげなきゃいけないわけね」

「そんなんじゃないよ」

携帯の向こうの声が、大きくなった。

「ただcouさ、チカ、あんまり変わってたから心配になってさ。モエの口から聞きたいわけ」

「チカは昔どおりってことを?」

「そういうこと」

「何が昔どおりかわからないけど、チカは変わってないわよ。外見はあのとおり、すんごい美女になったけど、中身は高校の時からそんなに進歩してないってば。ケンちゃんの知ってるチカに、ちょっと上乗せして考えれば大丈夫」

「モエ、サンキュー」

「自信出たでしょ」

「ま、頑張るよ。あ、そう、そう、言い忘れたけど、君のお母さんに会ったよ。赤坂で。みなでご飯食べた日だった」

「男の人と一緒だったでしょう」

「まあね……。でも若くて、すごく綺麗だったよ」

「ありがとう。ママに伝えとくわ。とにかくチカのこと、頑張ってね。応援するわ」

「ありがとう」

萌は携帯を切ると、三ツ岡のところへ戻った。三ツ岡の仕事場のソファで、ビールを飲みながらプロ野球ニュースを見ている最中だった。

「いつもこうなの」

三ツ岡の腕は、さっき萌がすり抜けたとおりのままの形で湾曲していた。そこに元どおり萌はすっぽりと入る。

「美人の友だちを持つと大変なのよ。子どもの時からずうっとそうだったわ。それ、電話番号を教えてくれとか、彼がいるのか、いないのかって。私、コンプレックス持ってひがみっぽくなってもよかったんだけど、なんかそれもめんどうくさくなっちゃったの」

「チカちゃんは確かに美人だけど……」

三ツ岡は萌の髪をゆっくりと撫でる。萌は男に髪を撫でられるのが大層好きで、ベッドの上でもよく、

「いいコ、いいコしてよ」

とねだることが多い。それを知っている三ツ岡はたえず萌の髪をいじってくれるのだ。

「モエほど魅力的な子じゃないと思うよ」

「でもね、チカって本当に美人よ。目はこんなに大きくって、睫毛なんか信じられないぐらい長い。少女漫画から抜け出してきたみたいで、二人で歩いてるとみんな振り向くわ。男の人だったら、みんなあのコを好きになると思う」

「でもね、君の方がずっと綺麗で魅力的だ」

「それって、かなり、ひいき目だと思うなぁ……」

「黙りなさい。僕が言ってるから間違いはない」

「だけど、本当に綺麗なのよ……」

「うるさい。大人の言うことに逆らうんじゃない」

二人はじゃれ合いながら、手足をからめ衣服を脱がしていく。

「それにチカちゃんは、モエみたいにこんないい体してないはずだよ……」

やがて三ツ岡は、卑猥な冗談をいくつか口にする。

上演中だというのに、楽屋にはだれた空気が流れていた。今度のミュージカルは再演で、宝塚としてはかなり珍しい心理サスペンスものになっている。その結果、登場人物が少なく、じっくりと長いセリフが多いので、下級生たちは出番が少ない。

千花も最初に出た後は、クライマックスまで短いシーンに一度出るだけだ。ファンから差し入れられたシュークリームを食べながら女性雑誌をぱらぱらとめくっていた。この雑誌もまたファンからの差し入れである。半端な時間しかないので、本を読めない団員たちにとって、女性誌は必需品だ。それも「ヴァンサンカン」や「ＭＩＳＳ」といった豪華なグラビアがたっぷり載っているものが歓迎される。

雑誌をめくっていくと、見憶えのある女の顔があった。ワイドショーや週刊誌で見たことがある、路之介のフィアンセであった。

歌舞伎顔というのは、女にもあるらしい。うりざね顔にひと重の目という、非常に古めかしい顔をしている。この女が美しいのか、美しくないのか千花にはよくわからない。けれども着物が似合うのは確かであった。雑誌は季節を早取りするので、女は初秋の着物を着ていた。秋明菊《しゆうめい》を染めた単衣《ひとえ》の着物である。女はこれまた古めかしい形に髪を結っていたから、大層落ち着いて見えるが、キャプションで、まだ二十三歳とわかった。

千花のまわりには出た者などひとりもいない、二流の女子短大を出ていた。

「この秋、名門松倉屋に嫁がれる辻村美佳子さん、幼い頃から〝お兄ちゃま〟と慕っていた路之介さんの奥さまになります」

と、若い女の憧れをそそるような文章が続く。

「ご自分も歌舞伎のおうちに育った美佳子さんですから、梨園に嫁がれることにこれといった不安はないとおっしゃいます。

『ただ彼に、お芝居のことだけ考えていればいい環境をつくってあげたいと思います』

嫁がれるにあたって、いまお祖母さま、お母さまと相談して、お着物を揃えていらっしゃる最中だそうです。お祖母さまの代からひいきにしていらっしゃる銀座『水亀屋《みかめ》』は、江戸前のすっきりした着物で知られています。

『ここは私の産着《うぶぎ》からつくってもらっていた店です。偶然にも松倉屋のお母さまたちも、ここに着物をお願いしているので、あちらのおうちの好みもわかっているのが、とても心強いですね』」

今どき珍しい「着物」や代々のしきたりにとらわれる家を、これでもか、といった調子で紹介するのは高級女性誌の特徴である。美佳子という路之介のフィアンセは、嬉々として、自分の所属する特殊な世界を語っている。それは嫁ぐ前のはじらいや喜びをも越えているように見えた。

「こんな女と結婚するなんて、あの人もきっとつらいはずだわ」

そして千花は思う。いったい自分は何を期待しているのだろうか。京都で会った時、路之介は何度も言った。自分は結婚などしたくはない。今度のことは、家同士であっという間に決まったことなのだ。相手の娘《こ》については、幼馴じみぐらいにしか思ってはいない。それなのにあの娘は、子どもの時から自分と結婚するのが夢だったと言い張り、こちらの親もすっかりその言葉にほだされてしまったのだと、路之介はしきりに愚痴った。けれども彼は、肝心なことは何ひとつ口にしないのである。それは千花が渇望している、

「本当に好きなのはお前なのだ」

という言葉だ。一緒に逃げよう、などという言葉を、決して待ってはいない。けれども、

「オレが結婚したいと思っているのは本当はお前なのだ」

という言葉が路之介の口からもたらされたとしたら、千花はどれほど安らかな気持ちになっただろう。けれども路之介は嘘でもそうした言葉を口にしなかった。路之介はたぶん、生まれてこのかた、女に対して嘘をついたことがないだろうし、これからもつくことはないだろう。なぜならば本当のことや、どんな残酷なことを口にしても、女は寄ってくると信じているからである。千花にしてもそうだ。許しを乞わない男を千花は受

け入れ、抱かれたのである。言いわけも許しも口にしない男を、いつのまにか許していたのだ。愛の言葉の替わりに、路之介はしきりに言う。

「これからも会ってくれるよな。こんな風にさ」

「それって、結婚してからも会うっていうこと?」

「まあ、そういうことになるんだけどさあ」

路之介は苛立って眉間《みけん》に皺を寄せる。彼は不機嫌になればなるほど美しい顔になった。

「だけど、本当に好きな女と結婚するわけじゃないからいいじゃないか。うちの親父だってそうだよ」

路之介の母親は、関西の財界人の娘である。路之介の祖父は、小さな踊りの流派の家元も兼ねていたが、そこに来ていた女たちの中から、とびぬけて金のある家の娘を選んだ、という話を千花は以前聞いたことがある。

「親父だって、新橋にも祇園にも女がいるしさ。まあ、はっきり口に出しては言わないけど、結婚なんてそんなもんでいいんだって思ってるらしい。だけどさ、頭来るよなア、一応親父とお袋っていうのは、恋愛結婚っていうことをあちこちで言いふらしてたんだぜ」

路之介の不満というのは、どうやら結婚のプロセスにあるらしい。両親のようにお膳立てされた政略結婚でも、まわりの者たちが、二人は偶然出会い大恋愛の末に結ばれたと世間に言い繕《つくろ》ってくれた。自分にはその配慮が全くない。誰が見ても家同士の思惑がらみだと判断されるのが口惜しく、彼のプライドが傷つけられるのだ。週刊誌に、年不相応の女遊びの末に、父親から灸《きゅう》をすえられたと書かれたのも気に障ったようだ。

「全く頭にきちゃうよなア。勝手なことばかりされるオレって、何だろうかって思っちゃうよ」

こんなぼやきをおととい聞いたばかりだ。

けれども彼の結婚の日が近づいているのは間違いない。現にこの女は「路之介のフィアンセ」として、こうして誌面を飾っているのだ。

千花はああと小さなため息をついた。いつケリがつくのか、見当がつかないのだ。いったいどういう時に、どういうきっかけで自分は路之介に心から怒り、別れることが出来るのだろうか。

「私って、私って……」

千花はつぶやく。が、後の言葉がなかなか出てこない。

「私って可哀想」でも、

「私ってついていない」でもなかった。「私って……」で千花は言葉を失い、そのまま頭を垂れる。

麻布十番は、昔から萌の大好きなところだ。昔ながらの商店街に入り混じって、小さなビルの中に、最新のバーやレストランがひっそりとあかりを放っている。最近萌が気に入っているのは、一ノ橋に近いイタリアンレストランだ。地下に下りていくと、大きなワインセラーがあり、その陰にテーブルが置かれている。ここは上階の客たちには気づかれない席で、化粧を落とした女優が、女友だちとにぎやかにパスタを食べたりしていることもある。

雑誌の取材で訪れてから、この店とこの席がすっかり気に入ってしまい、三ツ岡とのデイトによく使うようになった。

「この席に座ると、いかにも密会っていう感じで好きだわ」

などと言い、三ツ岡を苦笑させた。何を食べてもうまいが、特別に注文すると、焼き野菜たっぷりの皿や、豆の入ったリゾットをつくってくれる。つき合うようになってわかったことであるが、意外にも三ツ岡は大層肉が好きで、特に仔羊には目がない。この店の仔羊は香りが濃くてよいと、骨をしゃぶるようにして食べる。

が、今夜の三ツ岡は遅刻したうえに、とても疲れているように見える。前菜のガスパッチョも半分も飲めず、すぐに皿を下げさせた。

「どうしたの。仕事が忙しいの」

「いや、そんなわけじゃない……」

三ツ岡はかすかに微笑む。女を美しく見せるための白熱灯は、男も美しく見せた。彼の目のまわりの皺はあまり目立たず、肌もやわらかく光っている。萌はそんな男のことを、すべて知りたいと激しく願う。

「じゃ、なんでそんなにぐったりしてるの」

「いや、ちょっと疲れているだけだ」

「だから、どうしてそんなに疲れているのか聞いているんじゃないの」

「僕は決めたんだ。君の気分が悪くなるようなことは口にしないってね」

「バッカみたい。もう言ってるようなもんじゃないの」

萌はごくんと白ワインを飲み干す。

「私が気分を悪くすることって、ひとつしかないわ。奥さんのことでしょう」

「ああ、そうだ」

「じゃあ言っちゃえば。確かに気分は悪くなるかもしれないけど、聞かないわけにもいかないし。どうせわかることじゃないの」

「妻が入院した」

萌の言葉尻にかぶさるように、三ツ岡が早口で言った。

「また具合が悪くなった。放射線治療も再開して、あれを見るのはつらいね。癌の細胞と一緒に、人間の細胞も破壊されていくのがはっきりわかる。ゲボッゲボッて吐いていくんだ」

「ふう……ん」

「妻が言うには、自分の体であって、自分の体じゃないんだそうだ。苦しさに占領されて息もたえだえだって言ってた」

「つらそうね」

萌は会ったことのない三ツ岡の妻に、同情しているわけではない。ただめんどうくさいことだけは嫌だと思った。妻が病魔と戦っている時に君とつき合うことは出来ないと言った男である。一度容態が急変して後、奇跡的に彼の妻は小康状態といおうか、比較的平穏な日が続いていたようだ。通院だけで済んでいたのであるが、どうやら怖れていた事態が起こったらしい。この事実が二人の関係に影響してくるのは避けられないはずだ。おそらく三ツ岡は、良心の呵責《かしやく》というやつに苦しめられ、もうあまり会わないでいようと言い出すのではないか……。

「今度のことで、彼女はものすごく気弱になっているんだ。やっぱり罰が下ったのねって言ってる」

これについて萌はどう反応していいのかわからない。二番目の妻は、銀座のホステスをしていて、三ツ岡を一番目の妻から奪い取ったのである。

「別の女の人をあんなに苦しめたから、こんなことになったのかしらって泣くんだよ。

そんな弱々しい安ドラマみたいなことを絶対に言う女じゃなかったから、本当にびっくりしているんだ」

罰ならとっくに下っているのではないかと萌は考える。そこまでして結婚した彼女の夫は、とうに裏切りをしたのだ。そして若い女と恋をしているのだ……。

「馬鹿馬鹿しいわ」

萌は顔を上げた。

「人を好きになるのは仕方ないことじゃないの。その人に奥さんや子どもがいても関係ないわ。もちろんうんと悪いことだけど、人間って仕方ないことをいっぱいするもんじゃないかしら。私だってそうよ。私だってこんな風に三ツ岡さんとご飯食べてる。これってすっごく悪いことよね。じゃ私にも罰が下って病気になるの？　そんなの、すっごくヘンな考え方だと思う」

「そんなに興奮しなくてもいいよ」

三ツ岡はワインを注ぎにきたウェイターを気にして声を潜めた。

「ますます君の気分を悪くする話になってしまうが、今日ふと思ったんだ。彼女の言っている罰が下った、っていうのは別の意味があるんじゃないかって」

今夜は空怖しいほど勘がよくなっている萌は、それですっかり見当がついた。

「奥さん、私のことを気づいてるっていうこと？」

「ああ、そうなんだ。そうじゃないと合点のいかない言い方なんだ」

ここで三ツ岡は沈黙する。今度は本気で言おうか言うまいか迷っているのだ。

「どうか怒らないで聞いてほしいんだけれども、どうも君とのこと、娘が吹き込んだんじゃないかと思う」

「えっ、エイミちゃんが」

「ああ、今まで顔を見せなかったのに、今回に限って、彼女の病室をちょろちょろしてるんだ。たぶんそうじゃないかと思う……」

「まさか」

萌は大きな声を上げた。そうでもしなくては、背筋に走る冷たさをはらいのけることは出来なかったからだ。

「まさか、あの人、いくら性格が悪くても、重病人にそんなことするわけないじゃないの」

「僕だってそう思いたいよ。だけどあの子は、君にも悪質な嘘をついた。あの時、僕のしたことがどのくらい娘の心を歪《ゆが》めてきたか、嫌になるぐらいわかったんだ。あの子は妻や君のことを憎んでいる。だけど本当に憎んでいるのは僕のことかもしれないな。今、みんないっぺんに復讐しようとしているのかもしれない」

「嫌だわ、すっごく嫌」

萌は映美の顔を思い出す。名門大学に通い、ふつう以上の美しい容姿を持った娘に、それほどどす黒い憎悪が燃えているとは誰が思うだろう。自分にした悪巧みを思い出し、萌は本当に震えがきた。

けれども、とさらに思う。自分は彼女にどんな仕打ちをしただろう。彼女の父親に近づきたいばかりに、偽りの友情を結ぼうとしたのだ。目的が自分ではなく、父親だとわかった時、若い女が傷つかないはずはなかった。

「私にも罰が下ったのかもしれない」

萌はつぶやく。不倫した男、夫を奪った女、同性を裏切った女、悪巧みした女、皆にいっせいに罰が下ろうとしているのだ。その時萌は三ツ岡との別れは近いと直感した。こんなサークルが長続きするはずはなかった。

そしてその夜以来、三ツ岡からばったりと連絡が途絶えた。おそらく彼の妻の具合が深刻なのだろう。

思いきった化学療法が効いて、三ツ岡の妻はしばらく小康状態を得ていたのである。この時、三ツ岡との仲が急激に進んだのだと考えると、萌はかなり嫌な気分になる。彼の妻はまだ大丈夫だという安堵が、若い女と恋をしようとする意欲につながったことになるのだ。

以前萌が誘惑した時、三ツ岡ははっきりと言ったものだ。

「妻が病魔と戦っている最中に、とてもそんな気分になれない」

しかし萌の気持ちを受け入れたのは、自分の魅力に負けたのだと萌は自惚れていたところがある。それなのに全く連絡がない今、悪い方にばかり考えがいく。

妻の症状が悪化するにつれ、萌への関心は薄れたのだ。今や彼のエネルギーは百パーセント妻に注がれており、萌のことなど思い出しもしないのだろう。

それはあたり前のことだと思いつつも、萌はやはり腹が立つ。自分が彼の妻の代用品として扱われたのはあきらかなのだ。

「私ってモテアソばれたのかしら」

というメールを打ったら、千花から、

「よく言うわよ」

という返事が来た。

「だって奥さんいるのわかってて、ものすごく積極的だったじゃないの。モテアソばれたのは私よ。もうじき彼の結婚式だっていうのに、平気で電話やメールが来るのよ。もー、信じられるう?」

来月から千花たちの組が、宝塚東京公演のために上京してくることになっている。その時に会って、いろいろ相談したいのだと千花は言った。

この頃二人は、メールでのやりとりがもどかしくなり、電話で話すことも多い。

「結局、私、彼になめられてるのよ。本当なら私、怒って怒って、絶交すべきなんだけど、電話かかってくると、ついやさしくしちゃうの。本当は結婚したくない、どうしてこんなことになったのか、よくわからないって言うのよ」

「馬鹿馬鹿しい」

深夜の電話で、萌は思いきり大きな声を上げる。

「チカのことを裏切って、他の女と結婚する男なのよ。どうしてきっぱり出来ないのよッ。だいたいね、歌舞伎の御曹子なんて、江戸時代から変わんないような生活してるんでしょ。若い時から女遊びいっぱいしてるし、浮気はあたり前。結婚前からあちこちに隠し子つくってるじゃない。ああいう男と結婚したら、後が大変だと思うわよ」

「歌舞伎座行ったことのない人には、何を言ってもわからないと思うわ……」

千花はため息をつく。

「彼がね、お姫さまになって花道歩いてくるの。あんまり綺麗だから、涙が出てきちゃうわ。私ね、あれを見ちゃったから、どんなつらいことにも耐えられるのかもしれない」

「ちょっとオ、笑わせるようなことを言わないで頂戴よ。私なんか、男が女になっているっていうだけで、もう別の人種だと思うけどね……」

「だから、歌舞伎を見ていない人は……」

「ほら、それよりケンちゃんがいるじゃない。あのコ、どうなったの。気のいいお坊ちゃまクンだったら、あっちの方がずうっとマシだと思うけどな」

「しょっちゅうメールや電話が来るわ、休みの時に宝塚まで来るって……」

「あら、ケンちゃん、頑張ってるじゃないの」

「だけど何ていうかなア、片っ方の男の人が駄目だと、もう片っ方にも興味がいかなくなるってことないかしら？　もう片っ方とすごくうまくいってる時って、他の男の人をちょっぴり受け入れる余裕もあるの。だけどね、こんな風に落ち込んでる時は駄目なの、他の男はわずらわしいだけなのよ」

「わかる、わかる」

萌にも憶えがある。熱愛中の女が貞淑かというとそんなことはなく、恋人から得る昂《たか》まりを、他でも無性に使ってみたくなるものだ。ひとりの男にすべてを与えることの不安と疑いとが、小さな浮気心をつくる。

「私だってね、今、すっごくつらくて嫌な毎日なの」

「まだあのおじさんから連絡ないの」

「そうなの。ケイタイも電源切れてるみたいだし、留守電に入れておいてもそのままなのよ」

「うちもね、おとしおばあちゃまが癌で亡くなったからわかるわ。家族はもう、病人にふりまわされっぱなしになるの」

「私、思うんだけど、この世でいちばん強いのは、美人でも若い女の子でもない。死にそうな奥さんがいちばん強いわね。どんな女が束でかかってもかなわないの……」

「モエ、そんなこと言っちゃダメ。すっごく意地悪くて、嫌な女に聞こえるわよ」

「そうね、本当にそうね……」

しばらく沈黙があり、気を取り直した萌が尋ねる。

「ところでさ、十二日のパーティー、大丈夫なんでしょうね」

六本木ヒルズに、有名ブランドの路面店がオープンすることになっているのだが、東京でこの秋いちばんのイベントになるだろうと専らの噂だ。このブランドは金をかけて、人々をあっと言わせるような仕掛けをする。

昨年の、表参道の路面店オープンの素晴らしさは、それこそ歴史に残るとまで言われているのだ。出席した人々は、ロゴマーク入りの革で出来たブレスレットを渡され、それを腕に巻いた。それが次の会場へのパス替わりになり、数百人の人々は行き先がわからないまま、二次会のためのバスに乗った。そして着いたところは絵画館前で、そこでは「エキゾチック・ナイト」と称して、遊牧民のテントが幾つも張られていた。本物のラクダがいきかい、民族音楽が奏でられ、本当に楽しい夜だったと今でも語りぐさになっている。不景気な話ばかりの東京の夜を、あの日ばかりは花火が彩ったのである。その話を聞いて、宝塚にいた千花も、仕事で行けなかった萌も、どれほど口惜しい思いをしたことだろう。

このブランドには、千花と萌の先輩が、プレスとして勤めている。

「ものすごく派手で楽しいパーティーにするから絶対に来てね」

と電話をもらっていたのだ。

13

今度の六本木ヒルズのオープニングは、ちょうど千花の組の東京公演の最中だった。

「だけどね、夜の部が終わるのが九時半なのよ」

「大丈夫だったら、明け方の四時までやってるって、カナさん言ってたから」

カナというのは、学校の先輩でプレスをしている女性だ。帰国子女でなんとモロッコ人と結婚という珍しい経歴の持ち主だ。

「私はね、一部の方に行って、来ている有名人を見てから、ちょっとひと休みしてご飯を軽く食べて、それから二部の方へ行くつもりよ。ケイタイで連絡を取り合おうね」

その日朝から萌は着ていくものをあれこれ思案した。ブランドが主催するパーティーだと、そこのものを何かしら身につけるのが、出席者の礼儀とされている。が、高級ブランドの洋服は高くて、若い萌に手が出せるものではない。二年前にバーゲンで買ったワンピースがあるが、それならば着ない方がずっとマシというものだろう。カメラマンのフラッシュを浴びる有名人たちは、ブランドから新作のドレスを貰ったり借りたりするのだが、萌にそんな恩恵が与えられるわけはなかった。

千花は、日本にはまだ入っていないロゴマーク入りのバッグを手にして行くと言っていた。千花ははっきりとは口に出さないが、どうやらそれは路之介からのプレゼントらしい。自分の挙式が近づくにつれ、我儘な御曹子は、初めてプレゼントをくれるようになったのだ。それで罪滅ぼしをしているつもりらしい。

どうしてあんな自分勝手な、古くさい顔をした男に、千花は夢中になるのだろう。

「いい加減で目を覚ませばいいのに」

とひとりごちて、おそらく千花から見れば自分も同じことをしているのだろうと思った。妻がいる父親と同じ年齢の男を追いまわしているのだ。けれども自分は千花と違う。

「とっくに目を覚ましているもの。自分がどんなに馬鹿なことをしているか、ちゃんとわかっていてしているんだもの」

そして萌はクローゼットから、黒いニットのワンピースを選び出した。パーティーを主催するブランドのものではないが、今年買ったものなので、素材と色が流行にかなっている。おそらく今日は、たくさんのファッション雑誌編集者たちが招かれていることだろう。あそこのブランドのものは身につけられなくても、彼らの鋭い視線に耐えられる程度のおしゃれはしていかなくてはならない。

知り合いに会った時、あまりにひどい格好をしているのは、仕事にもさしつかえるというものだ。

この季節にまだ早いかとは思ったが、黒のワンピースに黒のブーツを組み合わせ、萌は家を出た。六本木駅を降りた時は、いつもとは人の流れが違っていた。パーティーに向かう客たちで、ヒルズのけやき坂通りは行列が出来ている。それに有名人をひと目見ようとする人々が詰めかけているから、店の前は身動き出来ないほどだ。皓々《こうこう》とライトがつけられ、ロープの向こうでは、カメラマンたちが並んでいる。キャーッと歓声が上がり、いっせいにフラッシュがたかれた。一瞬あたりは真昼のようになる。海外で活躍するサッカーのスター選手が車から降りてきたのだ。

おしゃれが大好きな彼は、ここのブランドの黒のスーツをまとい、黒いサングラスをかけている。萌も野次馬に混じって、しばらく彼を眺めていた。

また車が停まった。有名人がやってきたことの合図である、歓声とフラッシュ。今度は若い人気女優だ。彼女はカクテルドレスを着ていて、美しい肩がむき出しになっていた。カメラマンの要望に応えて、短くポーズをとる。すると深いスリットから自慢の長い脚がのぞき、人々の歓声は一層高くなった。

「モエちゃんたら」

後ろから肩を叩かれた。知り合いの女性編集者が二人並んで立っている。くっくっと笑っていた。

「そんなとこでポーッと口開けて見てたら、いつまでたっても中に入れないわよ。さ、行きましょう」

パーティー会場となる店の中も、客で溢れていたが、野次馬がいない分だけ落ち着きがある。ワイングラスを片手に幾つかのグループが出来ていた。一方的に萌が知っている顔ばかりだ。

黒いパンツスーツに光る素材のインナーをのぞかせている女は、いま「美のカリスマ」として大人気のヘアーメイクアップアーティストだ。自分も女優のように美しい容姿をしているので、彼女の書いた本やビデオはどれも売れている。彼女の傍にいるのは、これまた有名なスタイリストと、ファッション雑誌の編集長である。彼女たちは一見地味な服装をしているようだが、バッグや靴はここのブランドの新作だ。

「モエちゃん、上の階、行ってみた？」

顔見知りの編集者に声をかけられた。

「有名人がいっぱいよ。さっき女優の高橋江梨花も、大塚雅樹と一緒に来たんだから」

それほど芸能人が好きというわけでもないが、華やかな場所に来ているという高揚が、萌をやや軽薄にさせる。

「じゃ、私、見に行ってくるわ」

萌は階段を上がり始める。そしてあっと声を上げた。降りてくる一団の中に、見知った顔があった。映美であった。

どういうつてで学生の映美が、こんな派手なパーティーに来たのかわからない。が、驚いたことにしばらく見ないうちに映美はぐっとあかぬけていて、ここの秋冬ものの新作の、ふくれ織りのジャケットを着ているではないか。こうしたものを身につけると、生来の美貌がはっきりと表れて、もしかすると映美はモデルをしているのかと思うほどであった。

「あ、モエさん、お久しぶり」

なんら悪びれることなく、映美はにっこりと微笑んだ。

「エイミちゃん、来てたんだ……」

「うん、この人……」

映美は後ろから階段を降りてきた男を顎でしゃくるようにした。若い女にはふさわしくない品のない動作であった。

「この人に誘われたの。倉田さんといって、ファッションショーのプロデュースしている人なの」

男の名を聞いたことがあった。業界ではかなりの有名人である。そのことを充分意識しているらしい男は、ふつうの男ならまず着こなせないであろう、グレイの革のジャケットを着ている。

「こちら、新井萌さん。いろんな雑誌のライターしてる人」

「よろしく」

男と軽く会釈し合った。けれども階段は降りてくる者と上がってくる者とでいっぱいになり、すぐに男と萌とはすれ違わなくてはならなくなった。

「あ、そう、そう……」

階段を上がりきったところで、映美が下から呼びとめた。あたりはざわついているので、かなり大きな声を上げる。

「ねえ、昨日の夜、パパの奥さんが死んだのよ」

「え、何ですって」

「あのねー、パパの奥さんが死んだの」

映美の声はよく響き、「死」という言葉の重みに、階段を歩く人々はぴたっと静かになった。

「とにかく報告しとくわね。後はあなた次第よねー」

全くふさわしくない、無邪気で明るい声であった。

宝塚劇場の楽屋からタクシーに乗ってきたというのに、六本木ヒルズに着いた時にはとうに十時をまわっていた。

店の方には、もうほとんど人はいない。二次会場である、目の前のテレビ局へと移っていったのだ。ここの一階のロビィは、今夜だけのために巨大なクラブに変身しているのである。

「どうぞ、あちらの方にいらしてください」

黒服の男が、千花の腕に通行証替わりのブレスレットを巻きながら言った。革のそれは、ロゴマークを変化させた今年の色と柄だ。おそらくプレミアムがつくだろうと言われている。しばらく眺めた後、ブレスレットをつけた方の手で、携帯を探しあてた。

「もし、もし、モエ？　どこにいるの」

「あぁ、チカね……。クラブやってる方にいるわよ」

「でも、テレビ局のだだっ広いロビィ借り切ってるんでしょ、どうやってモエを探せばいいのよ」

「あのね、奥の方の二階にＶＩＰルームらしきものがあるの。入口に立ってる黒服のおニイさんにね、プレスのカナさんからここに来るように言われたって言えば、中に通してくれるわ」

「ふうーん、わかった。じゃ、行ってみる」

千花も萌も、さまざまな店のVIPルームに行くことに慣れていた。誰かしら知り合いが中にいて誘ってくれたし、そうでなくても黒服たちが何も言わなくてもすぐに入れてくれた。有名人や芸能人でなくても、若くて美しい女なら、特別席に通される権利を有することが出来るのだ。

千花はけやき坂通りをつっ切り、テレビ局へと向かう。この日のために雇われたであろう黒服の青年たちは、誰もがハンサムで背の高さまで揃っている。彼らは、入場者をチェックしたり、駐車する車を結構こうるさく注意したりしているのであるが、会場の真前につけられた車には何も言わない。運転手つきのベントレーが、誰のものか知っているからであろう。

やがてほろよい加減で出てきたのは、日本で何番めかに大きい芸能プロダクションの女社長である。自身もかつては女優をしていた彼女は、還暦を過ぎても彫りの深い美貌の持ち主だ。イタリアのものであろう、ピンク色のよく光る絹のドレスを着ていた。ちょうど会場に入ろうとしていた何人かが、女社長に気づいて近づいていく。人垣が出来、夜のテレビ局の入口が、小さなパーティー会場のようになった。肥満した男色家のファ

ッションデザイナーが、

「ママー」

と女社長に甘えて抱きつく。その様子をにこにこして見ている白いドレスの女は、最近売り出し中の若い女優である。女社長に連れられて来たのであろう。彼女は千花の姿に気づくと軽く微笑みかけた。自分と同じ世界の人間と認識したのだ。さっきもそうだった。有名人のスナップを撮りに来ているカメラマンの何人かがまだ路上に残っていて、千花を見るとフラッシュを焚いた。誰だか全くわからないのだが、千花の姿に反射的にカメラのシャッターを切ってしまうらしい。

これほどたくさんの芸能人がいる中でも、自分はかなり目立つ存在なのだと、千花は思う。そのことははっきりとひとつの可能性を浮かび上がらせてくれる。宝塚という枠を出たとしても、千花は芸能界という場所にいることが出来るのだ。

若い女優の視線に気づいてか、女社長も千花の方を見る。

「あら、どこの事務所の子かしら」

という風な、温かい好意の籠ったものであった。千花は軽く会釈して、テレビ局の中に入った。

どのくらいの金をかけたのだろう、テレビ局のロビィは、何から何までクラブと化していた。六〇年代を意識した長く続くサイケ調の光のトンネルを抜けると、音楽と人々と喧騒があった。が、踊りはそううまくないことに千花は気づく。あきらかに年齢層が高いのだ。クラブに踊り目的にやってくる若者たちとは、まるで違う。萌に教えられたとおり奥へ進むと、二階に続く階段があった。どうやらここがＶＩＰルームの入口ということらしい。わざわざ鉄骨を組んでつくったのだ。

「だからさ、言ってるじゃないの、友だちが中で待ってるんだって」

かなり酔った中年女のグループが大きな声を出しているのを、若い黒服が上手に捌《さば》いていた。

「ですから、会社の者が案内しない限りは、お通しすることが出来ません」

千花は男に近づいてささやいた。

「プレスのカナさんに、こっちで待ってるように言われたの」

「はい、どうぞ」

千花がすんなり通過しても、女たちは怨嗟《えんさ》の声ひとつたてなかった。千花の姿を見て当然と思ったのだろう。

二階のＶＩＰルームには、有名人とシャンパンがふんだんに用意されていた。まるで裸かと思うほど、ぴっちりとした短いドレスを着たタレントの女が、Ｊリーグの選手と二人、大げさなふりで踊っていた。テレビや雑誌でよく顔を見る美容整形医がひとりシャンパンを飲んでいるが、顧客と思われたくないのか女たちはほとんど近づかない。

手すりにもたれて萌が、下のフロアを見ていた。萌の横顔にも、ライトの色が走っていく。千花に気づいて、軽く手を振った。

「知ってる人たちがいっぱいいるわ。だけど踊りはあんまり上手くないよね」

千花と同じ感想を漏らした。

「仕方ないわよ。ふだん踊りに行かないような人でなきゃ、こういうパーティーに招かれないわ。それで昔を思い出して踊ってるのよ」

「曲は昔のばっかりみたいね」

二人は顔を見合わせて笑った。今夜の萌はとても疲れているように見える。この暗さのせいではないだろう。ちょっと座ろうよと、千花はソファに誘った。その際シャンパングラスとチョコレートを持ってくることは忘れない。パーティーのために、洋服やバッグと同じロゴマークが入ったチョコレートが、ピラミッド型に積まれていたのだ。

「モエ、久しぶりイ。メールはしょっちゅうだけど、会うの、何ケ月ぶりかな」

「もう憶えてないぐらい、遠いよ」

萌は微笑んだが、口角だけが上がる笑いだ。

「モエ、あのおじさんとうまくいってないの。この頃連絡ないって言ってたけど……」

「あのね、さっき聞いたんだけど、あの人の奥さん、昨日死んだんだって」

「ふうーん」

千花はチョコレートを口の中に入れた。ここで何か死者を悼む言葉を口にすることは、いかにも嘘っぽい感じがした。なにしろ一度も会ったことのない女なのだ。

けれどもこげ茶色のチョコひとかけらを口にしたとたん、苦く重々しいものが胸にこみ上げてきた。

「ふうーん、奥さん、死んじゃったんだァ……」

「そうらしいよ……」

二人は黙ってシャンパンとチョコレートをかわるがわる口にほうり込んだ。

「だけどさあ……」

不意に萌が言う。

「奥さんが死んだら、あの人、もう別の人になったような気がして仕方ないんだ。まだ会ってないんだけど、たぶん変わってると思う」

「そうかなあ……でも一度会ってみたら？　慰めてあげたら、向こうも嬉しいんじゃないかしら」

「でも慰めるってどうすればいいの。私、ちっとも可哀想だとも、気の毒とも思っていないのに、どうして慰めたり出来るの」

「そんなの大丈夫よ。だって私たち、いつも心と同じことを人に言ったりするわけじゃないじゃないの。モエだって、男の人に好かれるために、心にもないことを言うことあるでしょう。そう思えば出来ないことないと思うけどなあ」

「でもね、人が死んでいるんだから、いつもとは違うわよ」

「あのね、モエって、おじいちゃまとかおばあちゃまが亡くなったことがないの？　その時のことを思い出したらどうかしら」

「うーん、むずかしいかも。だって一度も会ったことがない人なんだもの。それに……」

萌はさっきのことを話しかけてやめた。たいていの嫌なことやつらいことは、女友だちに話すと三分の一になる。まるで魔法のように軽減される。そのために女たちは必死に同性の友人をつくるのだ。けれどもあの映美の異様さは、誰かに話すことによって、二倍にも三倍にも膨れ上がるような気がする。それどころか、黒い粘着質のものになって、体の内部に貼りつくような気さえするのだ。あんな怖しいことを口にする娘を持っているだけで、三ツ岡が遠ざかっていく。

「でも、メールだけでもしてみたら……。こういう時に知らん顔してるのって、やっぱりよくないと思う。会ったことのない友だちの親の時だって、やっぱりお悔みって言うじゃない。エチケットだと思えば、メールぐらい打てるんじゃないの」

チョコレートのついた指先を、丁寧に拭いながら千花は言った。薄闇の中で白く光っている小さな手。萌は千花ほど美しくきゃしゃな手の持ち主を見たことがなかった。けれどもその手の小ささが、今とてつもなく不吉で不幸なことのように思われる。

　萌はその考えを振り払うように、メールの文字を、指先で探しあてる。

「さっきお嬢さんにお会いしました。奥さまが亡くなられたそうですね。さぞかしお力落としのことと思いますけれども、元気を出してくださいね」

　どうして自分が、これほどありきたりの文章を知っているのか不思議であった。とにかく短い文章をつくり上げた。

「またお会いする日があるといいんですけれども……」

　そして送信のボタンを押して三十秒後に、携帯が光り、ディズニーの「眠れる森の美女」のテーマ音楽が鳴り出した。

「もし、もし」

「僕だ、三ツ岡だけれども」

　信じられなかった。最近こちらからのメールをいっさい無視してきたというのに、妻が亡くなった直後に、こうして電話をかけてきたのである。

「あの……さっき……」

　とっさのことで、萌はなかなか言葉が出てこなかった。

「さっき、エイミちゃんと偶然会ったの。そうしたら、奥さんが亡くなったって聞いて、それでびっくりして……」

「昨日の夜中だった」

萌に最後まで言わせず、三ツ岡が言葉を続ける。まるで独白のような喋り方だ。

「医者の話だと、もうちょっと持つということで油断していたんだ。そうしたら、あっという間に容態が変わった。僕は帰ろうとしたんだけれども、予感がしたっていうんだろうか、なんかぐずぐずしていたんだ。そうしたら妻が、もういいから、さようなら、って言った。それが最後の言葉だったよ。気になったけどうちに帰ったら、病院から電話がかかってきた。大急ぎで行ってみたら、びっくりするぐらいの早さで、呼吸が細く小さくなっていったんだ」

音楽が変わった。五年ぐらい前に流行っていた曲だ。大学生の時、男の子たちと腰を押しつけ合いながら踊った曲だが、題名を思い出すことが出来ない。ああ、この曲を止めることが出来たらと萌は思う。妻の死を告げる電話の向こうで、ソウルミュージックがかかっていたら、三ツ岡はどんな風に思うだろうか。けれども彼の言葉は続く。

「まだ夢を見ているみたいだよ。このあいだまで生きていた人が、もう口もきかないし、まるっきり動かないんだ……」

わかるわ、とあいづちをうって、萌は自分の言葉のそらぞらしさにぞっとした。

「彼女には本当に可哀想なことをしたと思う。さんざんつらい思いをさせて、やっと結婚出来たのに、何もいいことがなかったんだ。僕は旅行ばっかりしていたし、金にならない仕事ばかりした」

「そして浮気もした」

　自分の声のようではなかった。いちばん驚いたのは萌だ。どうして突然、こんな言葉が飛び出してきたのかわからない。向こうで千花が心配そうにこちらを見ている。さっきの千花の、

「いつも心と同じことを言うとは限らない」

　という言葉を思い出した。

「私と浮気したから可哀想だった？　奥さんに悪いことしたと思ってるわけ？」

「いや、そんなんじゃない。ただ、僕はすごく混乱しているんだ。どうしていいのかわからない。君もいつか……配偶者を亡くしたらわかるよ」

　配偶者という言葉は唐突で、強く萌の耳を刺す。

「私は結婚しないから、配偶者なんか出来ないと思うわ」

「そうかな……」

「そうよ。私、絶対に結婚なんかしないもの。うちの両親見てて、どうして別れるのに結婚するんだろうと思った。それから……」

　萌は思いきり残酷な言葉を口にしようと身構える。これは「心にある」言葉だ。

「ものすごく愛してる奥さんがいるくせに、どうして男の人は浮気するんだろうと、ず

っと思ってた。だから私は、絶対に絶対に結婚しないわ」

「そうだね、それがいいかもしれない……」

そしてまた沈黙があった。さようならと萌は言った。さようならと三ツ岡は言い携帯は切られた。

どうしたの、と千花が近づいてきた。萌にぴったり寄り添って座る。

「いま、あのおじさんにさようならって言ったの。挨拶のさようならじゃなくて、お別れのさようならよ……」

涙がいくらでも出てくる。二人はまるで恋人同士のように、隙間なく体をくっつけ合う。泣かないでと千花は萌の肩を抱く。萌の指先からは、チョコレートのにおいがした。

14

夜が長くなったとたん、静けさを持つようになった。夜のにおいもまるで違ってくる。冷気を帯びた、遠い国の草のようなにおいが、窓を開けると伝わってくるのだ。こんな時は夜遊びするのももったいなくて、萌は本を読んだり仕事に精出す。今日は新しく請け負った書評ページの「著者インタビュー」の原稿を書いている。萌が手がけるこの雑誌は、おしゃれと恋愛以外に全くといっていいほど関心を持たない女たちが読んでいる。したがって書評ページといってもおざなりのもので、たいていは編集者が義理のために取り上げなければならない本ばかりだ。

萌は自分で簡単にテープ起こししたメモを元に、パソコンを打っていく。

「この本で私が伝えたかったのは、女の人はもっとおしゃれに、もっと恋をしましょうっていうことなの」

平凡な書き出しになったが仕方ない。人気女性デザイナーが初めて書いた、おしゃれなエッセイ集という触込みになっている。出版社がライターをつけ、若い女性が好みそうな話題をあちこちにちりばめてある。

「おしゃれになりたかったら、とにかく大きな鏡を買いなさいって、私は若い人に言うの。靴をはいて全身映るものをね。そしてちょっとでもおかしいと思ったら、全身着替えるぐらいの気持ちを持たなくっちゃね」

「私の初バーキンは三十二歳の時。パリの本店で注文したの。そして使い出したのは三十五歳の時。なぜかわからないけど、自分でそう決めていたの」

彼女がインタビューで喋った言葉をまとめながら、萌は不思議な気分になってくる。

「バーキンはともかく、こんなはなし、みんな知っていることじゃない。私たちがいつもしてることじゃない」

肌の手入れの仕方、色のバランスのとり方、彼女が語る言葉に新しいことはほとんどない。それなのにこのデザイナーが喋っているというだけで、多くの女が有難がる。編集者から聞いたのだが、本は発売されたばかりだというのに、ベストセラーの下位の方に入っているというのだ。

「どうして、おばさんが喋ると、みんなへへーって感じで聞くのかな。年をとってるから、いろんなことを知ってるって思ってるのかしらん」

六本木ヒルズのパーティーで、ふと千花が漏らした言葉を思い出した。

「モエって、いつか作家になるわ。私なんだかそんな気がするんだけど……」

千花は少しものごとを短絡的に考え過ぎると思った。

「私はぺーぺーの取材記者よ。それにものを書く仕事をしてるからって、作家になりたがってるってもんじゃないわよ」

「でもね、私、この頃、すっごく思うの。モエって作家になるんじゃないかって。いいえ、絶対になるわ。だってモエって、なんかふつうの人と違うもの……」

あれは三ツ岡とのことでひとしきり泣いた後だった。千花は萌を慰めようとしたのかもしれない。けれども、と萌はさらに思う。千花が確信を持って何かを告げると、それは必ず実現されるような気がする。千花の際立った美しさというのは、時々呪術のような重みを持って萌に迫ってくることがあるのだ。

萌はさらにパソコンを打つ。

「私のこの本は、若い女の人にぜひ読んでもらいたいの。そして少しでもパワーを感じてもらえたら嬉しいわ」

こんなつまらないものが本になるのなら、いつか自分も本を出してみたいと考えるのはいけないことだろうか。それはどんな本になるのだろう。小説ではないことは確かだ。自分が出会った、この東京に住む若い女たちのことを書くのはどうだろうか。それなら真っ先に登場するのは千花だ。信じられないほど美しい娘が、どれほど傷つきやすく、つらい恋ばかりしているかをいつか書くことが出来たら……。

パソコンの手を休めてしばらく、萌はあれこれ考える。そして夢想などということをした自分を少し恥じて、またキイを打ち続ける。写真入りで半ページのコーナーだから、すぐに原稿を書き終えることが出来た。

コーヒーを飲もうと居間へ行くと、母の桂子がソファにもたれてテレビを見ていた。いつもは絶対にチャンネルを合わせない、夜のバラエティ番組が流れている。髪を金色に近く染めた若い女が、舌たらずの口調で喋っている。

「だからあー、私はカレシがいなきゃイヤなのォ。いなくなると、もー、誰でもいいって感じ。押し倒してでもカレシにしちゃうッ」

過激な発言に、スタジオ中から笑いが起こる。それを桂子は聞いている風でもなく、ぐにゃりと座っていた。どこかの帰りだろうか、派手なところではないことは確かだ。紺色のツインニットを着ている。

「帰ってたの」

「うん」

「気づかなかった。いつ」

「さっき……。モエちゃんが仕事してるみたいだったから遠慮してたの」

「それはどうも。コーヒー淹《い》れるけど飲む？」

「ありがとう」

二人分のコーヒーを淹れ、小皿には麹町にある老舗のクッキーを盛った。新井の祖父母の家は昔からこの店の会員になっている。由緒ある家だけが入会出来、会員になるとこの店のクッキーを買えるというシステムだ。ここの繊細なクッキーは萌の大好物で、それを知っている祖母が定期的に送ってくれているのである。

特に萌が目がないのが、薄緑色をしたチップだ。舌にのせると静かに溶けていく。このクッキーには紅茶が合うのだが、わざわざ湯を沸かすのはめんどうくさい。コーヒーメーカーはセットさえしておけばいいのでずっと簡単だ。

桂子は萌の差し出したコーヒーに、のろのろと砂糖とミルクを入れる。目はテレビの方を向いているが、見ている様子はなかった。さっきの金髪の女を、司会役の男性タレントが何か叱り、再びどっと笑い声が起こっている最中だ。

「あのね、ちょっと嫌なことがあって……」

不意に桂子が言った。マスカラが少しにじんで目の下の縁が黒ずんでいる。が、中年女と呼ぶにはまだ早いような皮膚の張りだ。桂子が萌を産んだのは、まだ大学生の二十二歳の時であった。

「どうせモエちゃんの耳にも入るだろうから、伝えておこうと思って」

「ふうーん」

萌は身構える。桂子がこれほど気弱で卑屈な口調になるのは初めてのことであった。

「私、ずうっと奥さんのいる人とおつき合いしてたの」

「知ってるわ。税理士やってる人でしょう」

「違うわ。その人じゃなくって、小さな会社やっている人……」

そういえば、外国のフルーツを輸入している男とつき合っていると聞いたことがある。が、ある時から萌は、母の恋の冒険をいっさい無視することにした。三ツ岡とのつき合いが始まった頃だ。母と娘で同時に不倫をしているというのは、やはり見よいものではない。それについてお互い打ち明け合ったり、相談したりするのは悪趣味というものであろう。

「その奥さんっていうのが、ものすごく気が強い人で、信じられないことをしたの。私を訴えたの」

「訴える？」

その響きはあまりにも唐突で、とっさに理解出来なかった。訴える、訴えられるというのは、ふつう犯罪があった時に使う言葉であろう。母とどう結びつくというのだ。

「そういう法律があるんですって。妻の権利を侵害されて、精神的に傷つけられたって、訴えることが出来るんですって」

「じゃ、ママ、牢屋に入るってこと」

「まさか」

桂子は初めて笑顔を見せたが、疲れて皮肉めいたそれは、自嘲《じちょう》という名にふさわしいものであった。

「ちょっとお金を取られるぐらいよ。あっちは吹っかけてきてるけど、何百万も払った人なんか聞いたことがない。これは単なる嫌がらせなの。ものすごく気の強い奥さんだから、手の込んだ、ふつうしないような非常識な仕返しをしてるだけなの」

桂子はとたんに饒舌になった。

「私は何も、あの人と結婚しようなんて思ったわけじゃない。そんなことこれっぽっちも考えてなかったわ。ただたまに会って、楽しい時間を過ごしてただけよ。ふつうの奥さんだったら、そういう時耐えるか、せいぜいがヒステリーを起こすぐらいよね。それなのにあっちの奥さんときたら、私のことを訴えたのよ。ねえ、信じられる。この私を裁判にかけようって言うのよ」

「ママ、落ち着いてよ」

萌は思わず桂子の手を握った。母の手を握るなどというのは何年ぶりだろうか。そのとたん、相手がたまらなく愚かに思えた。

「いい弁護士さんつければいいじゃないの。そんなに心配することないわよ。別に泥棒したり、人殺ししたわけじゃないんだもの」

「週刊誌がかぎつけたのよ」

桂子はいつのまにか涙ぐんでいて、マスカラの汚れは一層濃いものとなった。

「いいえ、あの女が売り込んだのかもしれない。もうすぐ週刊誌に私のことが出るのよ、新井建設の娘、不倫で訴えられる、ってね。新井建設の娘って言われるのが嫌なばっかりに、こんな風に生きてきたのに、結局は私は新井建設の娘なのよ。面白おかしく書きたてられるの」

なんとかうまい言葉で慰めようとしたが、心と体が拒否した。それよりも萌の口をついて出たのは母をなじる言葉である。

「どうして、そんな奥さんがいる男の人とつき合ったのよッ」

「………」

「私、ママのこと、もっと頭のいい人だと思ってた。男の人とつき合うのだって、もっとカッコよくやってくれると思ってた。それなのに何よ。最低じゃない。私、週刊誌やワイドショーに出てくるような女の娘だと思うと、たまらなく恥ずかしい」

どうして、どうしてとなじるうちに、涙はいくらでも出てきた。やっとわかった。こんな生活は間違っていたのだ。すべてまやかしだったのだ。ある日突然タガがはずれたように男と遊び始めた母親、そしてそれを半分面白がって眺めていた娘。都会的でしゃれた関係のはずだった。

母はつき合う男のことを正直に娘に話し、娘はシニカルな助言を与えたものだ。

どうして萌は口にしなかったのか。母を恨んでいると。父と離婚したことは、許しがたいことであったと。そのうえ桂子は、中年と呼ばれるようになってから、幾人かの男と交際を始めたのである。そんなことは不潔で嫌らしいと、萌はどうして口にしなかったのか。なぜクールな娘を気取ったりしたのか。

「私、イヤだからね。本当にイヤだからね。こんな風なトラブルに巻き込まれるなんて、最低の女っていうことじゃないの。私、絶対に絶対にイヤ……」

萌は母の肩を揺さぶった。桂子は人形のように前後に揺れる。何も入っていない空っぽの人形。

「似合わないことをしてたのよ、私もママも」

萌は叫んだ。

その日のことを忘れていたわけではない。いつか来る日だと思っていた、けれども奇跡が起こることを、千花は心のどこかで信じていたのかもしれない。その奇跡というのは、千花の空想の中で、日々大きく、そして単純になっていった。

ある日路之介から電話がかかってくる。直接来てくれるともっといい。

「チカ許してくれ。僕はやっぱりチカが忘れられない。愛している。結婚はとりやめるよ」

けれども十月になってから、路之介からのメールも電話も全く途絶えた。

そしてその夜、千花はテレビをつけた。路之介の挙式など、それほどの価値はないのであろう、夜のニュース番組からはいっさい無視されていた。千花は安堵してテレビを消す。もしかすると、路之介の結婚などというのは存在しなかったのではないかとさえ考えた。

次の日、千花はなんと朝の六時半に起きた。こわごわと、本当にこわごわとテレビのスイッチを入れる。ワイドショーが始まっていて、スター歌手に第一子が誕生したと伝えている。何百万枚というヒットＣＤを出す彼は、記者たちに囲まれて手放しに喜んでいる。

「ええ、娘です。名前はいろいろ考えてたんだけど、顔見たらまた迷っちゃってえ……」

わざとらしい笑い声が上がる中、ハイトーンのナレーションはこう続ける。

「次もおめでたいニュースです。昨日都内のホテルで人気歌舞伎役者、中村路之介さんの披露宴が行なわれました」

いきなり紋付姿の路之介が目に飛び込んできた。鏡割りをしているところだ。傍に豪華な赤い打ち掛けを着た花嫁がいる。酒の雫《しずく》がはねると、大げさに驚く様子がふつうの娘のようではなかった。白塗りの顔はまるで女形のようだ。彼女の兄の若手役者によく似ていた。

「お相手は人間国宝中村文十郎さんの長女、美佳子さん。この結婚によって、歌舞伎界はほとんどが親戚になるそうです」

短いショットが終わると、次は記者会見のシーンになった。屏風《びょうぶ》の前に新郎新婦が座っている。今日の感想をと聞かれて、路之介は神妙に答える。

「感動で胸がいっぱいです。今日参列してくださった方のためにも、いい役者、いい夫にならなくてはいけないと、肝に銘じました……」

新妻の方を見る。二人で顔を見合わせて微笑む。路之介は文句なしに幸せそうであった。

「私はそんなに傷ついてはいない」

千花は声に出して言ってみた。千花が望んでいたような奇跡は起こらず、路之介は昨日式を挙げ、披露宴を行なったのだ。結局千花は裏切られたことになる。いや、この場合〝結局〟という言葉は似つかわしくはない。もうとうにわかっていたことを再確認したということだろう。

「だけど私は、そんなに傷ついているわけじゃない」

もう一度千花は言ってみた。紋付姿の路之介を見ていても、現実感がほとんどないのだ。画面の向こうで、花婿の役を演じているような気がする。ただ体が寒い。風邪をひいているわけではないが、腋の下から小さな震えがくる。

寒いわ、と不満の声を漏らしたとたん、たくさんの記憶が、閉じこめられていた思い出が、堰《せき》を切ったように脳の中に流れ込んできた。

ホテルの一室で、裸の自分をしっかりと抱き締める路之介がいる。

「チカのこと、大切で大切でたまらないんだよ」

比叡の山の中で、じっと自分を待っていた姿。

「チカだけは、オレの本当の気持ち、わかってくれよ」

あのすがるような目つきは、愛ではなかったか、こちらをいとおしげに見る目は、女形の役者だけあって、しんから心を蕩《とろ》けさせた。あれはいったい何だったというのだろうか。千花はわけがわからない。路之介と自分は、ほんの一ケ月前、ホテルの一室で過ごしているのである。こんな理不尽なことがあっていいのだろうか。若い恋人の愛がまやかしだとしたら、千花はいったい何を信じればいいのだろうか。

寒気と共に、たくさんの疑問が千花の体内にわき上がり混乱させる。あまりにもわからないのだ。今度のことは、千花がずっと持ってきた愛のセオリーとあまりにも違う。誰かが順序だてて、説明してくれればいいのに。

萌の言葉を思い出した。

「チカって、あのわがままな御曹子に、弄ばれたっていうことじゃない」

けれどもそんな下卑た単純な言葉で説明されるのは、千花のプライドが許さなかった。おそらく何か深い事情や、男性の心の不思議さがあったに違いない。今、誰かがそれを教えてくれたらと思う。

千花はのろのろと体を動かした。早くしなければ午後からの稽古に遅れてしまう。つい先日、次の公演の配役が発表されたのであるが、今回も千花にはいい役がついていなかった。ひと頃は、

「ひょっとするとトップかも」

とささやかれていたのに、千花はその波を完全に逃してしまったようだ。研二の後輩

が、次のトップとなった。それならば次はあの人、もしかするとあの人かもしれないと、皆が噂する中にもう千花の名前はないのだ。

寒気はまだ続き、心は別のところにあるのに、千花はいつもの習慣で冷蔵庫を開ける。牛乳に粉末を混ぜる手順も、手が勝手に動いていく。この粉末は、キナコに昆布の粉を混ぜた母の悠子のお手製だ。肌と健康にいいと聞いて、自分でつくり宅配便で送ってくる。母は今朝のワイドショーをどんな風に見ていたのだろうかと、千花は恥ずかしさのあまり呼吸が荒くなってきた。歌舞伎の人とつき合っているとだけ話していたが、相手が誰かはわかっていたはずだ。セックスする恋人がいると親に知られることはそう恥ずかしくないが、恋人に捨てられたことを知られるのは死ぬほど恥ずかしい。千花は意地でもこのことを話すものかと心に決める。

あまりおいしくもないドリンクを飲み、次は先輩から勧められたサプリメントを四粒飲んだ。その後はインスタントコーヒーにミルクを入れ、昨日買ってきたあまり甘くない菓子パンを食べた。

そして自分がきちんと咀嚼していることに、千花はとても満足している。

「ほらね、私はあんまり傷ついていないのよ」

わけのわからないこと、理解出来ないことは山のようにあるが、とりあえず自分はこうして落ち着いていて、なんのさしさわりもなく日常生活をおくっているのだ。自分が傷ついていない証を、今ここで見せようと思いつく。テーブルの上で充電していた携帯を取り、すごい早さで両手打ちを始めた。

「ケンちゃん、元気ですか。このあいだチカに会いに、宝塚まで来るって言ってたけどホント? 今月末にお休みがあるんだけど、遊びに来られますか」

二分もしないうちに、千花の携帯に着信の合図があった。

「ずうっと知らん顔されてたチカから、メールが来るなんて信じられなかった! やったね! 行く、行く。いつだってどこだって行くよ。もー、チカのポチだよ」

千花は微笑んだ。このメールを路之介に見せたいぐらいだ。望みさえすれば、こんな内容のものを、携帯の画面に満たすことは簡単なのだ。自分はそれほど美しく、魅力的な女なのである。その思いは温かく、寒さに震える千花の体にゆるやかな流れになって、注がれるかのようだ。

そうだ、愛や恋人などというものは、たやすく手に入るものなのだ。だからそれに固執するのはくだらないことなのだ。

「そう、だから私は、絶対にめげたりしないんだからね」

芝居のセリフを口にするように、千花ははっきりと発音した。

謙一郎は宝塚に来ると言ったのであるが、これといった店もない。人の目もあるので、デイトをするといったらやはり京都ということになった。有給をとったという謙一郎は、木曜日の夜にやってきた。宿泊するのは京都でも一流といわれるホテルである。

「ここの本社とうちって、いろいろつながりがあって、ものすごく安い値段で泊まれるんだ」

その後、謙一郎はややぎこちなく、チカはどうするの、と聞いてきた。

「京都から宝塚までタクシーで帰るとすると、すごい料金になるだろ。いつもこういう時どうしてるの」

「心配しないで」

千花は言った。

「ファンの人から、時々タクシーチケットをもらうことがあるの。だからそれで帰るから大丈夫よ」

「よかった。じゃ、シンデレラっていうことはないよね」

謙一郎は心から安堵したように微笑む。そんなところに彼の育ちのよさが表れている。今日の彼は外国製らしいトレンチを着ている。それは千花にとって新鮮だった。考えてみると、千花の知っている冬の謙一郎は、いつも紺色のダッフルコートであった。高校時代の格好だ。そして彼の着ているものは、いつのまにかダッフルから、ウエストでベルトをキュッと締めたトレンチに変わっている。そのことがとても嬉しい、そしてそういう嬉しさをひとつひとつ積み重ねていくと、いつかこの青年を愛することが出来るような気がする。

「京都のお店はどこも知らないから、チカに任せるよ」

と謙一郎は言い、千花はさんざん思案した。馴じみとなった有名割烹店もあるにはあるが、そこは路之介に連れていってもらったところだ。お茶屋バーの「えん」に頼めば、どんなところも予約してもらえるが、高級な京料理を食べる気が次第に失せていった。いくら謙一郎が高給取りといっても、ああした店は若い二人が食事するのにふさわしくないような気がする。

路之介はどんな店でも顔であった。どこでも「若旦那、若旦那」とちやほやされ、食べ方、飲み方も二十代の青年のそれではなかった。遊び馴れた様子を、洒脱《しゃだつ》さとも粋とも思っていた千花であったが、今はうっすらと不潔感が残る。路之介の欠点が、日ごとにあきらかになっていくのが、今の千花には嬉しい。

「ねえ、高級割烹店で食事っていうのもオジさんっぽいから、いっそのことイタリアンにしようよ」

「えー、京都に来てまでイタリアンかぁ」

謙一郎はあきらかに不満気な顔をした。

「あのね、京野菜を使ったイタリアンなの、水菜のサラダとか出てね。すっごくおいしかったのを憶えてる」

幸い席が空いていて、タクシーで向かった。祇園町北側のこのあたりは、飲み屋街といってもビルが多く、京都の風情は薄い。レストランは、小さなビルの地下にあった。まずは京茄子とキャビアを冷菜仕立てにしたものが出され、二人は白いワインで乾杯した。

「だけどさ、チカとデイト出来るなんて、夢みたいだよな。ホントにまだ信じられないな」

「ケンちゃん、それ言い過ぎ」

「そうだよ。だってさ、チカはちょっと会わない間に、すげえ美人になっちゃうしさ。とてもじゃないけど、相手にしてもらえないって感じだったよ」

「そんなことないってば」

「おまけに、がんばってみたら、なんて言われてもさ、メールは返事がこない。ケイタイはそっけないとくりゃ、どうがんばっていいのかわからないじゃないか」

「うーん、私も忙しかったしさあ」

「まわりにリサーチしたらさ、カレシもいるっていうから、もう半分諦めてたんだ」

彼の饒舌《じょうぜつ》を封じ込めるかのように、松茸を使ったパスタが運ばれてきた。バターと松茸のにおいが混ざり合って、なんともいえぬこうばしさだ。

「これ、めちゃうま」

謙一郎は盛大にフォークに巻きつけ口に運んだが、全く音をたてない食べ方をした。

「とっくに別れたわよ」

「えっ」

パスタに気をとられていた彼は、一瞬けげんそうな顔を見せた。

「確かにつき合っている人がいたけど、とっくに別れたから」

「そうか。じゃ、僕にも可能性が出てきたってことか」

謙一郎はフォークを皿に置き、手を前で組んだ。重大な話をする時、西洋人がよくするポーズである。

「あのさ、じゃ、僕とつきあってくれないかな」

「もうとっくにつきあってるじゃないの」

「お前って、ホントにやな女だな」

テーブルクロスの下で足を蹴るふりをする。

「ちゃんとこっちの気持ちを受け止めてくれることが、つきあうっていうんだ」

「だって、私たちが二人きりで会ったのは今日が初めてじゃないの」

「初めてだろうと、何回めだろうと関係ないよ。僕はさ、とにかくチカにツバつけようって必死なんだ」

「汚ない言い方しないでよ」

「イヤ、ホント。今日はツバをいっぱいつけて帰りたい気分なんだ」

入口を出て上にのぼる階段のところで、彼は千花の唇を求めた。二回めで酔っていたこともあり、以前の時よりもずっと長く積極的なキスであった。ワインは二人で、一本とハーフボトルを飲んでいる。思っていたよりもはるかに、謙一郎は酒が強くなっていた。

「本当に、僕はラッキーだよ」

「そう……」

千花は微笑む。この薄闇の中で、自分の微笑がどれほど美しく、愛らしいか、千花には自然にわかる。

「僕をさ、もっとラッキーにして欲しいよな」

「………」

謙一郎は意外とストレートな口説き方をしてきた。

「ねえ、タクシーで帰らなくてもいいんだろ」

「わからない」

「タクシーチケットなんか破いちゃいなよ」

「いやよ、次にまた使うんだもん」

その「次」というのを、二人それぞれに解釈した。千花の「次」というのは、次に宝塚まで帰る時のことを意味しているのであるが、謙一郎は自分とまた会う日、という風に考えたようだ。

「そんなタクシーチケットなんか、いくらでも渡してやるよ」

彼は千花の腕を強くつかんだ。

「それよりもさ、二人っきりになれるところに行こうよ」

千花はもう返事をしない。自分の運命が、こうして何かに運ばれていくのはいい気分だ。少し酔っていて、哀しみがまだ癒《い》えぬ状態だったから最高だ。

千花は謙一郎と一緒に、フロントの前を通り過ぎる。ホテルの男はパソコンを熱心にしているふりをしていたが、ちらりと千花の方を見た。またまた嫌なことを思い出した。路之介の常宿のホテルでは、千花が時々泊まることを知っているのか、ホテルマン同士でめくばせをしているのを見てしまった。いずれにしても、このホテルが歌舞伎役者たちが来るところでなくて本当によかった。どんな噂をたてられるかわからない。

新しいホテルだったから、部屋はどこも広く清潔だった。長いキスの後、千花はシャワーを浴びるために、やっと謙一郎の腕から解放された。

千花はシャワーの湯を全開にし、強く首すじから胸にあてる。その時ふと奇妙な感覚に襲われた。隣りの部屋で待っているのが、謙一郎ではなく、路之介でないかと思ったのだ。けれども、小さなソファに腰かけ、テレビを見ているのは別の男だ。こうしてシャワーを浴びる動作までは同じだけれども、千花は別の男に抱かれるのである。それほどに自分は傷ついていないのだと千花は思う。

ベッドの上の謙一郎は大層やさしかった。その最中、何度も千花の顔をいとおしげに見て、額にかかった髪をはらったりする。けれども行為自体は早く、その後は千花の髪を腕に抱いて軽いイビキをかき始めた。

午前中の稽古までに宝塚に帰らなくてはならない千花は、夜明けと共に目を覚ました。謙一郎は目覚ましのアラームにも気づく様子はない。その寝顔を起き上がって千花は見ている。昨日の夜よりも、髭《ひげ》がかなり濃くなっている。朝、愛撫されたらかなり痛いだろう。唇が少し開いているのが、可愛いといえないこともなかった。

愛せるか、愛せないのか。

千花は二つの道のどちらかを選ばなくてはならない。が、その時全く違う思いが、千花の中にわきあがる。

「もお、宝塚辞めちゃおうかな」

不思議な感覚で、萌は目を覚ました。時計を見る。まだ六時半だ。

どうしてこれほど早く目覚めたのだろうか。漂ってくる暖かさと静けさのためだ。いつものきりりとした冷気と、テレビの音がない。早朝から暖房をつけているらしく、居間の方から生ぬるい空気が伝わってくる。この暖かさと静けさが、なんとも言えぬ不吉さを萌にもたらした。パジャマをニットとジーンズに着替え、萌はそろそろと廊下を歩いた。居間のドアを開ける。母の桂子がコーヒーを飲んでいるところであった。まだ化粧をしていない青白い顔で、萌の方を見る。そして唇をゆがめて笑った。

「今朝の新聞に出てるわ。正確に言うと新聞広告にね」

テーブルの上に、朝刊が置かれていた。破られることもなく、テーブルのいつもの位置にある。萌は黙って新聞を開いた。中ほどのページに、よく売れている週刊誌の広告が載っている。「新井建設」という文字が、大きく書かれていた。左側柱というべき見出しだ。

「名門ゼネコン新井建設令嬢、不倫で告訴される」

「名門ゼネコン」と「される」という文字はやや小さくなっており「新井建設令嬢」「不倫」「告訴」という文字が目立つ仕掛けだ。これによって、文字はなんともまがまがしく見える。

「たかだか、私が不倫したぐらいのことが、どうしてこんな大きな記事になるの」

いきなり桂子は問うてきた。が、萌は返事をしない。人がこんな風な口調になる時は、自問自答だということを知っているからである。

「新井建設令嬢だって、笑っちゃうわね。いったい私が幾つだと思ってるのかしらね」

「だけど」

思わず声が漏れた。

「その、幾つだと思ってるのよ、って威張ってる人が、不倫したんだから仕方ないじゃないの。週刊誌は面白おかしく書きたてるわよ」

「あんたなんかに何がわかるのよ」

桂子は萌を睨《にら》んだ。こんな風な母の顔を初めて見ると思った。はっきりとした憎悪が燃えている。おそらく誰かを憎まなくては、心を支えられないに違いない。

「離婚した時、みんなに言われたのよ。もう世間に顔向け出来ないことをした。新井の名に泥を塗った、ってさんざん責められたのよ。それで私は二十年、まるで死んだように暮らしてきた。私の人生、こんなもんかなあって思って生きてきた私も私だけど、そこまで追い込んだ人たちはどうなのよ」

「私にそんなこと言われたってわからない」

萌も怒鳴り返した。

「ママの内面の苦労なんて、私が知るわけないでしょう。知りたくもないわよ」

「じゃ、私を責めるのをやめて」

「責めてなんかいないわよ」

「責めてるわよ。このあいだから私をずうっとなじるような目をしてる」

「仕方ないでしょう。私、ママのこと、もっと頭がいい人だと思ってたの。ちゃんとうまくたちまわってるってばかり思ってたのよ」

「仕方ないのよ。これはもう事故だって弁護士さんも言っているわ。とにかく相手の奥さんが精神的におかしい人なの。週刊誌に売り込んだのだって、あの女に決まってる」

「〝あの女〟なんて……。ママの口から、そんな言葉聞こうなんて思ってもみなかったわ」

そのとたん、桂子は両手を顔にあてた。肩が小さく震え始めている。自分が母親に対して、どれほど残酷なことを言っているか、萌は充分に知っていた。けれどもどうすることも出来ない。同情するふりをしたり、やさしい言葉を母に与える力は、もはや自分にはない。そんな体力も気力もまるでなかった。今回の事件で、自分もとことんうちのめされているのだ。

母には母の人生がある、などとうそぶいていられたのはどうしてなのだろうか。この世でいちばん近い女が、スキャンダルに巻き込まれた。すると自分も同じぐらいのダメージを受けることになるのだ。

けれどもこれほどつらい嫌な目にあいながら、週刊誌の記事の中身をどうしても知りたいと思う。今日発売のそれを、母はもう手にしているのだろうか。萌はあたりを見わたす。けれども記事が載っている週刊誌は見あたらなかった。コンビニに行ってみようか、いや、まだ店頭に並んでいないかもしれない。

気がつくと萌はコートを羽織り、地下鉄の駅までの道を歩いていた。こんなに早い時間、駅へ行く道を歩いたことがない。けれどもあちこちの路地から、白い息を吐きながらコート姿の男や女が出てきた。この街にこれほどたくさんのサラリーマンがいるとは驚くばかりだ。しかも七時を過ぎたばかりなのに駅に急いでいる。この街は都心まで三十分という距離である。

「いったい、何時から始まる会社に勤めているのかしら……」

そして萌は、自分が一度もＯＬを体験していないことを思い出した。もし自分がふつうのＯＬだったら、今度の週刊誌の一件は、どのように影響するのだろうか。もしかすると辞めなくてはいけなくなる事態に発展するのだろうか。

萌は自分が、考えていた以上に臆病なことにとまどっている。マスコミの仕事を始めるようになってから、いや、ずっと以前両親が離婚してからというもの、自分はアウトローの側にいるのだと思ってはいなかったか、同級生のお嬢さまたちとは違う、平坦《へいたん》でない道を歩んでいるという自負がなかったか。それなのに萌は今、人から後ろ指をさされるのではないかという恐怖に怯《おび》えているのである。

考えてみると、いや考えてみなくても、自分たち母娘は、ずっと「新井」という姓に強烈な誇りを抱いてきた。反抗するふりをしてきたが、所詮一族の者たちにちゃんと扱われていないという拗《す》ねた心から発したものだ。が、今回のことで、本当に親戚の者たちから遠ざけられるに違いないと、桂子も萌もおびえているのである。

「何だかんだつっぱってるふりしても、サイテーの、つまんない私たち」

萌はひとりごちて、地下鉄の階段を下りていった。キオスクでめあての週刊誌を買う。すぐに開きたいところであるが、地上に出て「ドトール」に入るまで我慢した。窓際のカウンターに座り、週刊誌のページをめくる。選挙がらみの政界の動きを伝える、トップ記事があり、母に関する記事はその次だ。新井建設の本社と、社長をしている伯父の写真が二枚出ていた。母の顔が出ていないことに、萌はほんの少し安堵する。

「新井建設といえば、日本を代表する大手ゼネコンのひとつ。この新井建設に、いまちょっとした事件が起こっている。創業者の孫で、前社長の長女にあたる新井桂子さん(四十六歳)が、告訴されているのだ。その理由が妻の権利を侵害したというもの。つまり不倫相手の妻から訴えられているというのだから驚くではないか」

母の写真がなかったせいで、ここまでは全く他人ごととして読めた。

「不倫相手の妻に訴えられた桂子さんは、名門女子大学在学中に、映画スターの長男と結婚し、ほどなく別れたという華やかな過去を持つ。その後は一女を育てながら資格を取り、図書館司書という堅実な道を歩いていたはずなのであるが、この三、四年めっきり変わったと、かつての同級生は語る。

『それまでは地味なおばさん、といった感じだったのが、この何年かはドレスアップして夜遊びに出かけるようになったんです。中年になって、急にどうしたんだろうって、仲間でも噂するようになりました』

この〝かつての同級生〟というのはいったい誰なのだろうかと、萌は思いをめぐらす。桂子と今年香港旅行に一緒に行った、白金の美容整形医の妻だろうか、それともしょっちゅう電話を寄こす、銀座の老舗のレストランに嫁いだ女だろうか。いずれにしても、桂子は友人に裏切られたことになる。それがたぶん母を大きく苦しめている原因のひとつなのだろう。

「本当にバッカみたい……」

思わず声に出して言い、隣りでパンを齧《かじ》っていた女が、目を大きく見開いて萌の方を見た。

「宝塚、やめちゃおうかなあ」

いったん言葉に出したとたん、その思いは日に日に大きくなっていく。

ついこのあいだまで、千花は明確な夢を持つことが出来た。それは娘役トップまで登りつめ、その名誉を持って路之介と結婚することであった。梨園に嫁いだ宝塚の女は何人かいるが、トップまでいった者は最近はひとりしかいないのだ。もし願いがかなったら、千花はどれほど誇らしい気持ちで、花嫁になることが出来るだろう。結婚式にはマスコミの人たちもたくさんやってくる。ワイドショーはもちろん新聞も週刊誌も書きたてるだろう。そうした中、

「元タカラジェンヌ」

と書かれるのと、

「元娘役トップ」

と書かれるのとでは、天と地ほどの差があると千花は考えていた。ついこのあいだまで、本当についこのあいだまで、千花のこの二つの夢は両方かなうかに見えた。千花の想像する路之介との披露宴での様子は、日に日に具体的に盛大になっていった。そう、あの女との現実のものよりも、はるかに華やかであった。

けれども今、千花の二つの夢は消えたのである。これから千花には、ずっとみすぼらしい未来しか残されてはいない。たとえ結婚で引退するとしても、謙一郎のレベルの男であろう。世間一般から見れば、彼はエリートといわれるだろうが、所詮はサラリーマンだ。その後の生活もふつうのものになるだろう。歌舞伎の御曹子とはわけが違うのだ。

そうかといって、宝塚にこのまま残ってもいいことが起こるとはまるで思えない。いくら呑気《のんき》な千花でも、自分がトップへの道から次第にはずされてきているのを気づかな

いわけにはいかなかった。自分よりも後輩の研二の女が、このあいだトップのお披露目をしたばかりだ。いくら宝塚が好きといっても、歌ったり踊ったりし続けるには限りがある。ある程度年齢がいくと「専科」があり、ここには演技や歌が確かな団員が集められ、じっくりと傍役が固められるようになっている。最近は制度が変わって、トップを経験したばかりの者もこの「専科」に入るが、やはり地味な印象は免れない。それにそもそも、千花は自分が専科へ行くほど、宝塚のことを愛しているとも思えないのである。

もし今、自分が宝塚を辞めればどうなるのだろうか。どこかのプロダクションに在籍し、ミュージカルやドラマの端役に出ることになるはずだ。そのことを思い浮かべると、千花はかなり憂うつになる。

芸能プロダクションやテレビ局、などといった荒っぽい場所に身を置くことは、とてもつらく神経を使うように思われるのだ。以前、引退した先輩の舞台を見に行ったことがある。その時彼女のマネージャーという男の下品さに驚いた。暴力団と繋がりがあるのではないかと思ったほどだ。

「まあ、うちはふつうなんじゃないの。社長見たら、もっとびっくりすると思うけど……」

先輩は言ったものだ。

「なんだかんだ言っても、宝塚にいた頃の私たちってお姫さまだったもの。世間の嫌なことなんか、何ひとつ知らずにいられたものね」

千花の足がすくんでしまうのは、そのせいであった。宝塚を辞めた後、ただの家事手伝いになるのもつまらない。テレビドラマはそれほど興味がないが、面白そうな舞台ならやってみたい。そうなると、どこかの事務所に入ることになるだろうが、宝塚のように品がよく、おっとりしているところが存在するはずもなかった。あの先輩のように、品のない男のマネージャーと四六時中一緒にいることになると思うと、それこそぞっとする。

やめた後は、両親のやっかいになるしかないだろうと、千花は次第に覚悟を決めた。電話でそれとなく打ち明けたところ、

「やめてよ。イヤだわ。考え直してよ」

悠子が悲鳴のような声をあげた。

「チカちゃんが宝塚に入ってから、いったいどのくらいお金を遣ったと思ってるのよ。言いたくないけど、お嫁入りさせるぐらいはとうに遣ってるわ」

「そんなことわかってるわよ」

東京公演のたび、母は大量のチケットを買い友人たちに渡してくれた。自分の知人や友人たちに声をかけ、ファンクラブを組織し、食事会だの、お茶会だのを主催してくれたのも母だ。娘役が舞台で使うアクセサリーは私物になっていたから、こちらの方もか

なりのかかりとなった。王妃の役をもらった時は、パリまで首飾りやイヤリングを買いに行ってくれた。もちろん模造品であるが、日本のものとまるでデザインが違うというのだ。

「なんか、やめたいと思い始めたら、もう我慢出来ないぐらいになっちゃったの。私、もう本当にここにいても仕方ないんだもん」

「まあ、チカちゃんって言い出したら聞かないからね」

最後の方はため息をつく。

「やめてどうするのよ」

「何も考えてないわ」

「しばらくは、パパの病院で受付のバイトでもするのね」

「ヤだァ……。それだけはしたくない」

「だったら……すぐに仕事を見つけて頂戴よ。うちでぐだぐだされても困るわよ」

図星を指されて、千花は黙る。

「そうそう、モエちゃんのママが、大変なことになっているのよ」

「何、それ」

「週刊誌に出てたじゃない」

「そんなもの読まないもの」

「あのね、モエちゃんのママ、奥さんのいる人とつき合ってて訴えられたのよ、奥さんから。妻の権利を侵害したんですって。日本ってそういう法律があるのねえ」

母の口調に、どこかうきうきした様子があるのを千花は見逃さない。

「とにかくまわりでも、すごい評判なのよ。新井さんの娘が、裁判所に行くなんてね」

「馬鹿馬鹿しい。そんなこと、すぐ示談になるわよ」

その時思い出した。萌も妻ある男とつき合っていた。母と娘は、同じ時期に同じことをしていたのだ。とたんにおぞましい感情が襲ってきて、同情などというものは完全に押し潰されてしまった。


「いま、すごく悩んでるの。モエに相談にのってもらいたいな」

メールをここまで打って、千花は手を止めた。携帯の画面に映る文字と、自分の心とがあまりにもかけ離れていることに気づいたからだ。

「悩む」「相談」という言葉が、空々しい、というよりも全く意味をなさないものに見えた。今のこの気持ちを「悩む」という言葉で表現していいものだろうか。今まで何千回も、いや、何万回もこの言葉を使ってきた。

「いま、とっても悩んでるのよ」

と、すぐに舌にのせた。けれども今の気分は、あの時のものとはまるで違う。考えれば考えるほど深く落ち込んでしまうのだ。

七年前、宝塚を受験する時にも確かに不安はあった。女子高生から女子大生というコースをはずれてしまうのか。「高校中退」の学歴で、この後世の中を渡っていけるのだろうか。けれどもそんな迷いは、すぐさま「宝塚」という巨大できらびやかなものにかき消されてしまった。あの場所にたどりつくためには、学歴やふつうの女の子の生活もいらないとさえ思ったのだ。

ところが今の千花には、手放すものの替わりに、差し出されるものが何もないのである。いちばん望んでいた「結婚」というものは失ってしまった。たぶん宝塚を辞めた後に、千花に与えられるものは、「家事手伝い」か、あるいは芸能界の地味な一角であろう。みなで早くカジテツ、家事手伝いの身になりたいなどと言ったことがあるが、あれは言葉の遊びというものだ。母の悠子は、しばらく父の病院を手伝えと言うが、どうにも気が進まない。

たぶん、と千花は考える。

「私が宝塚を辞めて、手に入れるものといったら、自由と、もうこんなに悩まなくてもいいっていうことだけだわ」

もう自分は二十四歳だ。二十四歳でこれから別の世界へ行くなどというのは、なんてつらいことなのだろうか。初めての人ともたくさん会わなくてはならない。仕事をしたかったら、オーディションにも通い、さまざまな屈辱を受けなくてはならないだろう。何人かの先輩が言ったものだ。ドラマのちょっとした役を貰うために、どんな嫌なめに遭ったことか。宝塚にいたということで、世間知らずのお嬢さんのように扱われ、プロデューサーから露骨な誘いを受けたことがある。きっぱりとはねのけたら、

「レズなのか」

と言われ、口惜し涙にくれたそうだ。

もしかすると、自分もそんなひどいめに遭わなくてはならないのだろうか。それ以前に、人に頭を下げてまで自分がテレビや舞台に出たいのか、千花は見当がつかないのだ。さらに深く自分の心を覗いてみれば、いったいどう生きていきたいのか、一度も深く考えてこなかったような気がする。高校時代に見た宝塚の舞台に眩惑され、そこに立つことを目標に生きてきた。十七歳の女の子には大き過ぎる目標で、それをこなすのが精いっぱいの毎日ではなかったか。大き過ぎるものの後にやってくるものは、未来のものでもすべて小さく見える。なんてつまらないんだろう。

千花は自分が大層年老いたような気がした。

千花はメールの「相談」というくだりを消した。そしてこう打った。

「とにかく宝塚を辞めることにしたの。辞めないことには何も始まらないものね」

四日後、千花は稽古場に向かう途中、七階の事務所に寄った。といっても、稽古場へ

はエレベーターで直接行けないようになっており、誰でもこの事務所を通らなくてはならないのだ。プロデューサーの板野は、前かがみになってスポーツ紙を読んでいる最中であった。

「板野さん、ちょっとよろしいですか……」

「あ、ちょっと待って」

スポーツ紙をきっちり畳み、彼は隅の応接セットへ向かう。今にも倒れるのではないかと思うほど痩せた板野は、四十六歳で親会社からの出向である。宝塚のプロデューサーは、ほとんど彼のように鉄道会社から移ってきた人間だ。昨日まで運賃の計算や、乗客の苦情処理をしていた人たちに、どうして夢の舞台のプロデュースが出来るのだろうかと、たいていの団員たちは不満を持っている。板野にしても、ここに来るまで宝塚の舞台を一度も見たことがなかったという。もっとも、力を持っているのは演出家たちで、宝塚のプロデューサーの権限は他の商業演劇とは比較にならないほど小さい。

「あの、私、今度の本公演で退団させてもらいたいんですけど」

愚図愚図していたら決心がにぶってしまうとばかりに、千花はいきなり早口で言う。これに対して板野の方は、

「もったいないやんか」

という、のんびりとした関西弁である。

「もうちょっとやってみたらどうや。チカちゃんやったらトップも夢やない。ここんとこ人気もようけ出てるし、今が正念場やないかな」

千花は半年前に辞めた同期が、やはり板野から、

「今が正念場だ」

と説得されたことを思い出した。

「あの、今の私の実力だったら、もうトップということはないと思います」

「ふうーん。結婚でもするんか」

「いいえ、それはありません。ただもう私もトシですし、宝塚しか知らないっていうことが不安になってきたんです。もっと外の世界も見てみたいなあって、思うようになって……」

「この後のこと、決まってんのか」

「いえ、退団させていただいた後、どうするかをゆっくりと考えてみたいと思ってます」

「惜しいよなぁ。せっかくここまできたんやないか。あのな、チカちゃん、あんたがこんな風に、ちゃんと歌って踊れるようになったんも、ひとりの力やないで。そこんとこ忘れんといて欲しいな。恩着せがましいことを言うとるんやないで。ただ、これからチカちゃんは、うちでもっともっと頑張ってもらわんといかん年代やねんから」

「わかってます」

とはいうものの、トップでもない限り、宝塚のひとりの研究生の退団など、どうということもない日常的な出来事である。

やがて板野は、

「そんなら仕方ないなあ。私から理事長にお伝えしとくわ」

と腰を浮かせた。

「そや、そや、階段はどうする」

階段というのは、退団が決まった団員が、ひとりで宝塚劇場の舞台の大階段を降りてくることをいう。研五以上だったら望めば可能なのだが、大変な費用がかかることは誰でも知っている。

「結構です」

千花は自分でもハッとするほど強い口調で言った。

「階段はいりません。お稽古の時にでも、皆に言ってくださればそれでいいです」

15

御影の大伯母に会ったのは、震災後すぐのことであった。谷崎潤一郎も訪れたことがあるという宏大な本家は、窓ガラスが割れる程度の被害で済んだものの高齢の大伯母には衝撃が強かったようだ。萌と桂子が見舞いに行った後、しばらく入院したと聞いた。けれども久しぶりに聞く大伯母の声は、すっかり気丈さを取り戻したようだ。

「朝、新聞開いた時は、それこそ心臓が止まりそうになったで」

「………」

「新井の名前があんな風に出るなんて、全くどういうことなんやろ」

「あの、気持ちはわかりますけど、ママにあんまり強いこと言わないでね。あの人、今回のことでかなり落ち込んでるから」

「あんたら親子は、昔から好き勝手なことばかりしてるからええで。だけどね、今度のことで、可奈美の縁談にさしつかえがあるんじゃないかって、苦楽園の方じゃそりゃあ心配しとるんや」

可奈美というのは、大伯母の近くに住む、萌と年の近い従姉である。甲南女子大を出た、典型的な関西のお嬢さまだ。中学生の頃まではいき来した記憶があるが、もう何年も会っていない。顔も忘れた従姉のために、自分たちが責められるのかと思うと、萌はやりきれない思いになった。

「言うたらなんやけど、桂子は本当に変わった娘やったわ。映画俳優の何たらっちゅうのの息子に血道上げて、学校も卒業せんで結婚したんや。あん時も週刊誌に書かれましたで。新井建設の娘が、スターの息子と結婚ってな。あん時は小さい記事で、おめでたいことだからまあよろしい。だけど今度のことはどうしようもないわ。いい年になって、男に狂うなんてなあ。まあ、恥ずかしくて外もよう歩けんわ」

大伯母から電話があった後は、従姉の可奈美とその母から電話があり、おっとりとした関西弁でかなりきわどい質問をされた。

そして東京の伯父の家で、親族会議が開かれると聞いた時、萌は心底驚いた。

「そんな親族会議なんて、戦前の話だと思ってた。今どきそんなことをするなんて信じられない」

「仕方ないでしょう。とにかく招集がかかったのよ」

桂子は苦笑する。そうするとはっきりとした皺が口の両側に寄った。あの事件があってからというもの、桂子はすっかり元の中年女に戻った。男や恋についての思いやチャンスは、もうとうにどこか遠いところに置き忘れてきたような平凡な四十女にだ。その早さときたら、まるで魔法がとけたシンデレラのようだ。

「弁護士を交えて、皆で話し合うんですって。そこで週刊誌を訴えるかどうか決めるみたいよ」

「わー、おっかない」

母の気持ちをひきたてるために、萌は大げさに驚いてみせる。いつのまにか母をなじるのはやめていた。味方になろうとまでは思わないが、あの人間たちと一緒に石を投げるのだけはやめようと思っていた。それにしても、この一族の結束力はなんと不気味なのだろうか。関西の伯父や伯母たちも上京してくるという。てんでんばらばらに生きている親戚たちが、名誉というものにかけて団結したのである。

「新井、なんていうのが、そんなに大層なうちかしら……」

言いかけて嘘だと思った。子どもの頃、ある時から意識して、自分は姓を発音してこなかったか。特に両親が離婚して新井姓に戻ってから、自分はその威力を知ったのではなかったか。

新井というのはそう珍しい名前ではないが、萌が通っていた名門女子校の名前と組み合わさると、人々の頭にさまざまなものを喚起するようだ。

「新井さんって、もしかすると新井建設の？」

たいていの人がこう質問してきた。その時さりげなく、

「はい、曾祖父《そうそふ》が創業者です」

「今、伯父が社長をしています」

と答える時の自分の心の内を思い出してみた。今の取材記者の仕事も、おそらく新井という姓がなかったら得られなかったかもしれない。

母の桂子にしても同じだ。その思いが桂子をして、奇矯《ききょう》な行動をとらせていたに違いなかった。新井一族の娘として生まれた誇りは、おそらく萌の比ではあるまい。

ニュースが今年の最低気温と告げた日、伯父のところから車が差し向けられた。運転手付きの黒塗りの車は、萌と桂子が住む中級のマンションにはふさわしくなかった。伯父と背後にいる者たちの力を垣間《かいま》見るようなその車に桂子はひとり乗っていく。キャメルのコートは三年前のものだ、と思ったとたん、萌は目の縁が熱くなった。

「私、ついていこうか……。なんか、これじゃあんまりだよ」

「大丈夫だってば、みんな、なにか言いたいだけなの。文句を言えばそれで気が済むのよ」

「でも、絶対にこんなのヘン。時代錯誤よ。人権無視してるよ」

「まあ、いろいろ言われるだろうけど、一応は血の繋がってる人たちなんだから、ひどいことをされるわけじゃなし」

マンションの玄関で、萌は車のテールランプが見えなくなるまで見送った。涙で頬が濡れている。熱い涙が冷気によって、一瞬で痛く硬いものに変わっていく。心細さを通り越して、この黒く重たい心は絶望といっていいだろう。母があれほど非力で哀しい存在だと見せつけられたのだ。子どもは泣くしかない。なじったり、ひややかに眺めたりしながらも、心の中で母は絶対的なものと思っていた。けれどもそれは違う。全くの錯覚だった。

自分はひとりぼっちだと思う。孤児よりもはるかに孤独だ。こんなつらい絶望を知ってしまった後は、何もかも変わってしまう。エレベーターのボタンを押し、やがてきた箱の中に入る。蛍光灯の白さが、あたりの冷気をかきたてるようだ。鏡の中にニットを着た若い女が映っている。唇をぐいと曲げ、頬には涙の跡がある。

ああ、これが私だと萌はつぶやいた。何も持っていない。目をひく美しさもない。スキャンダルにまみれた愚かな母を持つ女。エレベーターのあかりは、ゆっくりと皺を増やしていく。人は死んでいく時、まばたきする間に自分の一生が見えるというあの寓話を萌は不意に思い出す。臨終間際の老人のように、萌に幾つかの記憶が光りながら甦《よみがえ》ってくる。ゆっくりとエレベーターで昇りながら、萌はさまざまな過去の場面を思う。学生生活、千花と行った京都、寝た何人かの男たち、三ツ岡のこと……。

私はひとりぼっちだ。萌は死人のようにつぶやく。記憶はすべて横滑りしていく。ひとつとして萌に寄り添ってはくれない。

十二階に着いた。チンと音がして扉が開く。そこにはエレベーターの箱よりも、さらに白々とした世界が拡がっている。廊下があり、全く同じ色と形のドアが幾つもある。いったいどこに入っていけばいいのだろうかと、萌は立ちすくんだ。

16

「モエ、京都に来られないかしら。もうつまんなくって、つまんなくって死んじゃいそう」

メールの続きを打とうとしてやめた。その先のことを文字にすると、自分がひどくみじめになるような気がした。

朝のテレビのワイドショーで、中村路之介に長男誕生というニュースが流れた。例によってトップニュースではない。人気俳優の人身事故、人気タレントの誕生パーティーと続いて三番目の話題だ。お宮まいりなのだろう、神社の境内にスーツ姿の路之介が立ち、その隣りに赤ん坊を抱いた彼の母、傍役のように居るのは、和服姿の彼の妻である。

父親になった自覚が、マスコミとの受け答えに表れている。以前だったらきちんと答えていても、唇にたえず皮肉そうな微笑を浮かべていた路之介だ。ところがそのインタビューでは文字どおり、にこやかに口元がほころんでいる。

「はい、最終的には本人次第ですが、やはり歌舞伎役者になってもらいたいですね」

「どんな父親になるか……。そうですね、やっぱりめちゃくちゃ甘い父親になるんじゃないですか。今から女房に注意されてます」

奥さま、いかがですかと、レポーターたちの差し出すマイクが、いっせいにまわれ右をする。

「もう生まれた日から、大変です。眠ってる顔が可愛いとか、ハンサムになりそうだ、とかずうっと言ってるんです。大変な親バカになりそうで今から心配です」

レポーターたちも、路之介もその母も、格別面白い話でもないのに、どっと笑い声をあげた。千花はふんと声に出して言い、スイッチを押してテレビを消した。

嫉妬というのではない。嫉妬なら彼の結婚の時に何度も味わっている。その時千花が感じたのは羞恥《しゅうち》である。どうして自分が、この男にあれほど深い執着を持っていたのかまるでわからない。彼と結婚するのが人生の最大の目的で、それ以外のことはまるで意味を持たないように思っていた日々。彼に言われるままにひとりホテルへ向かった。まるで売春婦のようにあたりを気にしながら部屋をノックした自分が本当に恥ずかしい。

あれっぽっちの愛情しかくれなかった相手に、何十倍もの気持ちを与えた。その不当さが本当に口惜しい。

けれどもそんなことを萌に話したとしても仕方ないだろう。自分の身に起こったさまざまな出来事や感情が、他人にうまく伝わるはずはないのだ。

昔はこんなことはなかった。つらい恋の体験や冒険の数々は、親友に話しさえすれば共有出来ると信じていた。秘密を打ち明けることによって、心の中の熱いものが相手に移っていくのだと思っていた。あの無邪気さは、いったいどこへ行ってしまったのか。

いま千花はかなり冷めた思いで、それでもやはり萌を求めていた。

「ねえ、こっちにお仕事ないの。無理やりにでもつくって来て。そしていっしょに遊ぼ」

母の悠子は言う。萌ちゃんのうちは大変なことになっているんだから、もう昔みたいに我儘言ったり、無理な誘いをしては駄目よ。友だちならば、少し離れたところでしっかり見守ってあげなさい。そして手助け出来そうな時に手を貸してあげればいいのよ。

けれどもそんな気遣いを、萌が喜ぶとは思えなかった。千花は以前と同じように、萌に無理な要求をする。

「ね、お願いよ。京都に来てね。チカは退屈でホントに死にそうなの」

メールの「送信」のボタンを押して、一分もしないうちに携帯に電話がかかってきた。

「相変わらず、退屈だ、遊んで、って言ってきてるけど、チカ、仕事は大丈夫なの」

「ぜーんぜん平気。だって私の出番なんかちょっぴりなのに、二週間も京都にいるのよ」

「えーと、何の仕事だっけ」

「二時間ドラマのね、『西陣織殺人事件』っていうやつ。私は犯人の愛人やってる芸妓の役なの。日舞が踊れるからって声がかかったわけ」

「ふうーん、愛人の役かア。それでベッドシーンあるわけ？」

「それがね、際どいのはないの。キスシーンだけよ。だってさ、うちの社長、来年のNHKの朝ドラヒロイン狙ってるの。オーディションを受けることになってるのよ。だからね、こんなチョイ役でエッチなことさせられたら傷ものになるんじゃないか、って思ってるわけ。それで仕事選んでくれてるの」

「よかったじゃない。ちゃんと大切にされてるわけね」

「でもね、私クラスなら仕方ないけど、マネージャーもなしで、京都にずうっとひとりで二週間もいるのよ。知ってる？　局から渡される宿泊費って、一泊五千円なの。信じられないでしょ。この金額じゃビジネスホテルにも泊まれないわ。だから自分でこのホテルとったんだけど、もおー、ホテル代で出演料消えてくのよ、イヤになっちゃう」

相変わらずだと、萌は思わず笑ってしまった。千花が宝塚を辞めて九ケ月になろうとしていた。退団して千花がまずしたのは、半月パリで遊んでくることであった。昔のボーイフレンドがジュネーブ勤務になっていて、車を飛ばして会いに来てくれたという。

「そこで何かが始まればドラマなんだけど、やっぱり何も起こらなかったわ。いくらパリで会っても、映画みたいなことはないのね」

買物をさんざんして、おいしいものを食べてきたらしい。二キロも太ったと帰国後こぼしていた。

その後かなり愚図愚図して、宝塚の先輩の紹介で小さな事務所に入ったのは半年前だ。オーディションはしょっちゅう受けているものの、まだ大きな役はまわってこない。テレビドラマのちょっとした役ぐらいだ。当然すべてが親がかりになる。これでは宝塚にいてくれた方がよかったと、母の悠子から言われるらしい。

「ね、ね、モエ、おいしいもの食べようよ。もうじき紅葉が始まるから、ホテルとれなくなるよ。今のうちだよ」

千花の言葉に押し切られるようにして、結局萌は京都行きを承諾した。今ここで行かなければ、やはり生活に変化があったように思われてしまう。金も名誉も失った母娘だと、たぶん世間は見ているはずだ。千花に意地の悪いところはひとかけらもないはずだが、同情という全く見慣れないものが時々見え隠れすることがある。たやすく京都へ行くことで、元どおりのお気楽な若い女になれるような気がするのだ。男のことで傷ついても、人生の深いところで全く傷ついていなかった自分がそこにはいた。

「だけど一泊二日よ。私だって仕事があるんだもの」

わかっているわと千花は答えた。

南禅寺に行こうと言い出したのは、いったいどちらだったろうか。紅葉にはまだ早い楓《かえで》は、緑が黒味を帯びて、苔《こけ》に影を落としている。風はもう冷たい。古都を流れる風は、木立ちを通ってさらに冷たさを増すようだ。

すれ違う観光客は、必ず二人に目を止めた。寺を参拝するには不似合な若さの、美しい二人だった。萌はグッチのパンツスーツを着ている。撮影に使ったものを安く譲ってもらったのだ。一見流行の最先端というのではなく、グッチにしてはおとなしいふつうの形なのが気に入っている。といってもラインが美しく、ところどころジッパーがほどこされている。そして萌よりもはるかに人々の目をひきつけている千花は、お気に入りのアンナ・モリナーリのピンクのニットに、同色のシフォンのスカートを組み合わせている。口ではいろいろなことを言っているが、全く苦労が身にしみていない千花の服装が、萌にはおかしい。千花は言う。

「私たちってこういうところに来るの、初めてだと思わない？」

「私たちっていっても、私はめったに京都には来ないもん」

「そうかァ。私、お休みのたびにしょっちゅう宝塚から来てた。でも京都っていっても、行くところはいつもレストランとかバー、ぼんの店だったわ。こんなふうにお寺を見に来るなんて初めてよ。桜や紅葉の頃も誘われてたけど、人があんまり多いからずっと避けてたし……」

「私たちが年とったってことじゃないの。お寺へ行こうなんて思うのはさ」

萌は冗談で言ったのだが、振り向いた千花の顔は真剣だった。

「二十五歳って、やっぱり年なのかしら」

「そりゃあ、世間から見れば若いっていうことになるかもしれないけど、ま、私やチカっていろいろあったしさ」

「あのね、この頃私、すっごく考えるの」

千花はまるで舞台の所作のように、手を胸の上で組む。落ち葉の季節でもないのに、葉がひらひらと頭の上に散った。

「あと十年ぐらいたったら、今日のことも笑って話せるのかなあって」

「そりゃそうだよ。どうしてあんなことに悩んでたんだろう、どうしてあんなに苦しかったんだろうって、すべてのことが思い出に変わる時がくるんじゃないの」

「でもさ、その時は私たちがおばさんになっちゃってて、思い出がどうのこうのって言われても、少しも役に立たないんじゃないの」

「そうかなあ……」

「そうよ。美しい思い出なんて、生きているうえでそんなに役立たないもん。過去を思い出すって、前向きのことじゃないでしょう。おばさんになって、思い出持ってても、それが何よ、っていう感じじゃない」

「でも、いい思い出って、その人が生きてきた足跡みたいなもんでしょう」

「私が言いたいのはそんなことじゃなくて」

千花はいつになくきっぱりと言う。

「つらいことがつらくなくなったって、その時おばさんになってれば、すべて終わりじゃない。つらいことがつらいままでも、私はおばさんになりたくない」

「言ってること、よくわかんないけど、わかるような気もする」

二人はゆっくりと歩く。いつもはメールか携帯で語られる言葉を、こんなに近くで聞くのは久しぶりだ。宝塚に入ってからというもの、千花の声は訓練で澄んだ高いものに変わった。あまりにもよく通る声なので、千花が何を口にしても、やや芝居じみたものになるきらいがあった。

「でもモエのママってやるじゃない。ロシアに行っちゃうなんて、思ってもみなかった」

「仕方ないよ。図書館もやめなきゃならなくなったし、親戚中から総スカン喰っちゃったんだもの」

　萌は自分のプライドが傷つかないように、手短に説明した。伯父は親族会議の席で母に詰め寄ったのだ。最高の弁護士をつけて、相手の妻の告訴を取り下げてやろう。その替わり、もう二度と新井の一族とかかわりを持ってくれるな。娘と二人、どこかで静かに生きていってくれ。そうして母が持っていた株は、すべて伯父に譲ることになった。萌の進学の時にも手放そうとしなかったほど、母が大切に持っていたものだ。

「だけど、おかげでママは、アブク銭を手にしたわけよ。ロシアでしばらく遊んできたら、どこかでランジェリー・ショップを開こうかって言ってるわ」

「ランジェリー・ショップっていうのも、ロシアと同じで、モエのママに似合わないような気がするけど」

「私もそう思うんだけど、食べ物関係の店はきつそうだし、ブティックやるのにはセンスと知識はないし、ランジェリーだったら、自分でも出来そうな気がしたんじゃないの」

「それって、ちょっと甘いような気がするんだけど。今、ランジェリー・ショップって、お店が増えてるし大変よ」

「うん、たぶん失敗するだろうけど仕方ないじゃないの。あの人、根本的に甘いし、お金もやる気もあるんだったら、何かするしかないもの」

「ふうーん、それでモエは平気なの」

「ま、私も娘ってことになってるから、ちょっとお店を手伝おうかと思ってるの。あの人に任せるのも不安でしょう。私たち、その気がなくても、運命共同体の道をたどってるのよ。もう仕方ないっていう感じ」

「なんか濃い話よね」

「そう濃いのよ。でもさ、ま、母娘だから本当に仕方ないのかもね」

携帯を通さない生の声というのは不思議で、二人はいつのまにかお互いを質問責めにしている。会えなかった日々のことを、もっと知りたいと思う。

けれども二人が相手にしていない質問がそれぞれひとつずつある。相手のプライドに触れる問いだ。

萌は三ツ岡とまた会い始めているのではないかと千花は思っている。あれほどつらい事件があったというのに、萌は明るさを失ってはいなかった。恋人がいるとしか考えられない。たぶん相手は三ツ岡だろう。とはいうものの、あれほど悪口を言った相手とヨリが戻ったというのは、やはり照れくさいに違いない。

そして萌は、千花が謙一郎とつき合っているだろうという確信を持っている。愛しているわけではないだろう。軽んじていた相手である。それでも千花の性格からして、淋しい時に受け容れてしまったことは考えられる。きっと千花はほどほどのところで幸せになっていくだろう。

千花は千花で、萌の行末をこっそり予想している。あんな過去を持った男を愛して、萌はどうするつもりなのか。たぶんたくさんの苦労が待ち受けているだろう。

「でも」「だけど」

二人は同時に声を出し、驚いて顔を見合わせた。その先の言葉は二人とも言わない。観光客の一団が去って、二人のいる一角は切り取られて、どこかへ置かれたように静かだ。

まだうまく次の言葉が出てこない。この言葉を探す旅は、まだまだ続くのだと二人はそれぞれの心の中で考える。

解説

酒井順子

「萌は近頃の千花を見ていると、いつもピンク色の砂糖菓子を思うのである。宝塚に入ってからその食紅《しょくべに》の加減はますます濃くなったような気がする」

……本を開いてすぐにこんな比喩が出てくると、読者である私は、「ああ、これから林真理子ワールドが始まるのだ」と、胸がわくわくしてくるのでした。

林真理子さんの小説には、日本のどこかにあるのであろうキラキラした世界が、出てきます。そして『野ばら』における舞台は、宝塚と、歌舞伎。日本のキラキラ界における両極が出てくるその絢爛《けんらん》さと濃厚さが味わいたくて、私は週刊誌の連載当時から、毎週楽しみに読んでいたのでした。

主人公の一人である千花は、最初の比喩にもあったように、食紅で色付けされた砂糖菓子のような女の子です。そしてその砂糖菓子は、誰かの口の中で溶かされていくことになるのか、それとも乾燥して、ひび割れてしまうのか。いずれにせよ砂糖菓子はそのままの存在感を保っているわけにはいかないわけで、私達は「砂糖菓子」という言葉のなかに、何らかの予感を掴み取るのです。

その予感は、しかし決してピンク色のものではありません。

「一九三〇年代を再現したワンピースの腋のあたりから、かすかな異臭が漂ってくる。夢を売る宝塚の衣裳が臭うなどといったい誰が想像するだろう」

という記述がありますが、華やかな衣裳にかすかな汗の臭いや体臭がしみついているように、どんな華やかな生活にも、どんな華やかな人物にも、醜い部分、そして〝負〟の部分がある。読者は、花とシャンパンとチョコレートに包まれた千花や萌の生活が、やがてその〝負〟の臭いに包まれる時が来るのではないかとどこかで感じるのであり、その予感が正しいかどうかを確かめるために、ページをめくらずにはいられなくなってしまうのです。

その時に刺激されるのは、ずいぶんと意地悪な感情であることは事実です。裕福な家に愛らしい容姿をもって生まれ、お金にも愛にも不自由することなく育ち、「ピンク色の霞がかかってるみたいな」雰囲気をまとっている、千花。そんな愛らしい千花が、幸福の絶頂に近付いていきそうなまさにその時、ストンと奈落に落とされるからこそ、私達の胸は高鳴る。路之介が花蝶屋《かちょうや》の娘と婚約したという報せを千花が初めて聞いた時、半分。

読んでいる私達の胸もドキンとしてしまうのは、千花に感情移入しているからというのが半分、そして「待っていたものがついに来た」という残酷な気持ちによるところが、半分。

路之介から裏切られたことによって、千花は読者の本当の友となります。彼女が感じる屈辱感、そして彼女が露呈してしまう弱さは、どれほど私達と親しみ深いことか。

幸福と、不幸。美と、醜。同じようなコントラストは、この小説の中の随所にちりばめられています。たとえば歌舞伎と、宝塚。甘やかな千花と、クールな萌。東京と、京都。役者の路之介と、銀行マンの謙一郎。舞台の上と、私生活。キラキラと、ドロドロ。

しかし、それらはたいそう違うように見えるけれど、実は似ているものでもあるのでした。たとえば宝塚歌劇は、阪急グループの創設者である小林一三が、阪急沿線に客を呼び寄せるために始めたものであるわけですが、その時に参考にしたのは、歌舞伎。「大衆の要求するものは」「『歌舞伎』の要素を持っているものでなければ駄目だと信じている」

という小林翁の発言が残っていますし、女役があってこその歌舞伎であるように、宝塚も男性美を一番よく知っている女性が工夫して演じるからこそ、男役に皆がほれぼれする……という考えも彼にはあった。

いわば宝塚と歌舞伎というのは、ネガとポジのような関係なのでした。してみると千花と萌にしても、東京と京都にしても、同じような関係にあるような気がするではありませんか。それはまるで幸福と不幸が、全く別物ではあるけれど、どちらもたっぷりと甘さを湛《たた》えて人を酔わせるという意味では、共通しているように。

千花と萌の身に不幸がふりかかってくる直前、二人はお金持ちの友達の家のパーティーに招かれます。見事な桜の木の下で千花は、

「私たちって、ずうっと不幸にならないような気がしない？　ずうっと幸せなままで生きていけそうな気がしない？」

と、つぶやくのです。さすがにクールな萌は、

「そうかなあ……」

と言うけれど、千花は、

「でも私たちなら出来るわ。きっと出来る。世の中には、そういう女の人が確かにいるんだもの」

と、舞い散る花びらを眺めながら、言うのでした。

このシーンがとても美しいのは、この後にやってくるであろう不幸の予兆を、私達が既にかすかに感じているからなのです。不幸という背景が存在するからこそ、桜と若い女の子と、

「私たちって、ずうっと不幸にならないような気がしない？」

という台詞は、不吉なほどに、白い輝きを増す。

このシーンと最後のシーンとのコントラストもまた、印象的なものです。宝塚を退団し、二時間ドラマの端役として京都に来ている千花。中年男性との恋に傷つき、母親の不倫騒動に巻き込まれた、萌。そんな二人が、紅葉にはまだ早いけれど秋の気配が忍び寄る季節に南禅寺を訪れ、自分達の身の上について語り合うというこのシーンにおいて、二人が歩いていると、

「落ち葉の季節でもないのに、葉がひらひらと頭の上に散った」

のです。

幸福の永遠性を語る時に眺める対象として、桜はあまりにも適さないものでした。そんな不吉な行為の結果として二人には不幸が訪れ、そこから立ち上がった時には、落葉が舞う季節になっていた。

この時二人は、二十五歳。人生において、落葉の季節にいるわけではないけれど、ほんの少し前までは青々としていた自分の中の葉が、一枚、二枚と落ちていくことに気付く季節と言うことができます。

しかし『野ばら』は、幸福と不幸はすぐ隣同士にあるということを、私達に教えてくれる物語なのでした。二人は不幸を味わったけれど、不幸の向こうには幸福の予感がある。葉が落ちる季節になったとしても幸福になることもあれば、花が咲いていても不幸

になることがあるということを、二人は知り始めたばかりです。

自分の中の意地悪な感情をさんざ刺激されても、『野ばら』を読了した後に罪悪感は残りません。それは読者である私達が、物語が進むうちに、千花と萌が「永遠などということは無い」ということを知って成長したことを、理解したから。砂糖菓子の中には、いくばくかの芯が、できたのです。

最後の一行を読み終えた瞬間、私は「自分にも、『私達は絶対に不幸にならないのではないか』と信じた一瞬があった」ということを思い出しました。そんなことは決してあり得ないことを今はもう知っているけれど、その一瞬の記憶によって、私達は読み始めた時と同じような甘い気持ちに戻っていくことができるのです。


（エッセイスト）

初出　「週刊文春」二〇〇三年一月十六日号〜
　　　　　　　　　二〇〇三年十月三十日号
単行本　二〇〇四年三月　文藝春秋刊
この作品は二〇〇七年一月に刊行された文春文庫の新装版です。

文春文庫

野《の》ばら

定価はカバーに
表示してあります

2020年10月10日　新装版第1刷

著　者　林《はやし》　真《ま》理《り》子《こ》

発行者　花田朋子

発行所　株式会社　文藝春秋

東京都千代田区紀尾井町 3-23　〒102-8008
TEL 03・3265・1211㈹
文藝春秋ホームページ　http://www.bunshun.co.jp

落丁、乱丁本は、お手数ですが小社製作部宛お送り下さい。送料小社負担でお取替致します。

印刷製本・凸版印刷

Printed in Japan
ISBN978-4-16-791580-3

（　）内は解説者。品切の節はご容赦下さい。

林　真理子
オーラの条件
旬のただ中に生きる人は、不思議な光線を発している……。ITで財をなした青年や変わり者の政治家、「時代の寵児」を作り上げる世の中を鋭く見据える、シリーズ第十九弾。
は-3-31

林　真理子
美貌と処世
「女は復活の時にその真価を試される」。不倫で世間を騒がせた女性議員、暴露本をだすかつての人気女優。欲望全開の女たちが活躍する現代をまるごと味わいながら疾走する人気エッセイ。
は-3-36

林　真理子
いいんだか悪いんだか
ついにブログを開設、イタリアオペラ旅行に歌舞伎町キャバクラ探訪。時代の空気を丸ごと味わいながら、仕事と遊びに引き続きフル稼働！　週刊文春の人気連載エッセイ、第23弾。
は-3-40

林　真理子
銀座ママの心得
大震災被災地の光景に涙してばかりはいられない！　東北の未来作りに奔走する仲間に触発され、超オリジナル支援策「銀座のママプロジェクト」を立ち上げる！　人気連載、激動の一年。
は-3-43

林　真理子
来世は女優
文士劇出演のため声楽レッスンを再開、写真集撮影にドバイへ旅行。熱い女優魂が燃え上がる一方、作家の視線で鋭く見つめる「高貴なあの方の結婚生活」。人気エッセイ第26弾。
は-3-48

林　真理子
マリコノミクス！
――まだ買ってる
自民党政権復活と共にマリコの正月がはじまった！　『野心のすすめ』大ヒット、バイロイトにてオペラ「ニーベルングの指輪」鑑賞など気力体力充実の日々。大人気エッセイ第27弾！
は-3-49

林　真理子
マリコ、カンレキ！
ドルガバの赤い革ジャンに身を包み、ド派手でゴージャスな還暦パーティーを開いた。これからも思いきりちゃらいおばちゃんを目指すことを決意する。痛快パワフルエッセイ第28弾。
は-3-50

（　）内は解説者。品切の節はご容赦下さい。

わたし、結婚できますか？
林 真理子

ついに「週刊新潮」山口瞳氏の連載記録を抜いて、前人未到の32年目に突入！　ＩＳの犠牲になった後藤健二さん、本を出版した少年Ａなど時事ネタから小林麻耶さんとの対談まで収録。

は-3-53

「結婚」まで　よりぬき80s
林 真理子

時代のスター作家として三浦和義・ダイアナ妃らと交流、自らの結婚式を感動レポート。伝説の名言至言満載、30年分の名物連載から80年代を選り抜いた傑作エッセイ集。（田辺聖子）

は-3-45

「中年」突入！　ときめき90s
林 真理子

雅子さまを迎える皇室の激動、松田聖子の離婚再婚、90年代バブル弾けた日本の男女にドラマティックはあるのか!?　名作「最初で最後の出産記」収録の傑作エッセイ集第二弾。

は-3-46

「美」も「才」も　うぬぼれ00s
林 真理子

ホリエモンのオーラ、東大卒の価値、女の勝負とは——国民的ミーハー魂と鋭い視線は、50代に突入しても変化なし！　連載30年分からの選り抜き傑作エッセイ集第三弾！

は-3-47

林真理子の名作読本
林 真理子

文学少女だった著者が、「放浪記」『斜陽』「嵐が丘」など、今までに感動した世界の名作五十四冊を解説した読書案内。また簡潔平明な内容で反響を呼んだ「林真理子の文章読本」を併録。

は-3-27

不機嫌な果実
林 真理子

三十二歳の水越麻也子は、自分を顧みない夫に対する密かな復讐として、元恋人や歳下の音楽評論家と不倫を重ねるが……。男女の愛情の虚実を醒めた視点で痛烈に描いた、傑作恋愛小説。

は-3-20

（　）内は解説者。品切の節はご容赦下さい。

五木寛之
金沢あかり坂
花街で育った女と、都会からやってきた男。恋と別れ、そして再会——単行本未収録「金沢あかり坂」を含む4篇が織り成す、恋と青春を描いたオリジナル短篇小説集。（山田有策）
い-1-35

石田衣良
コンカツ？
顔もスタイルも悪くないのに、なぜかいい男との出会いがない！　合コンに打ち込む仲良しアラサー4人組は晴れて幸せをつかめるのか？　コンカツエンタメ決定版。（山田昌弘）
い-47-32

石田衣良
余命1年のスタリオン（上下）
「種馬王子」の異名をもつ人気俳優、小早川当馬。公私ともに絶好調の中、がん宣告を受ける。命が尽きるまでに、ぼくは世界に何を残せるのだろう。著者渾身の、愛の物語。（瀧井朝世）
い-47-33

川上弘美
溺レる
重ねあった盃。並んで歩いた道。そして、ふたり身を投げた海。過ぎてゆく恋の一瞬を惜しみ、時間さえ超える愛のすがたを描く傑作短篇集。女流文学賞・伊藤整文学賞受賞。（種村季弘）
か-21-2

川上弘美
センセイの鞄
駅前の居酒屋で偶然、二十年ぶりに高校の恩師と再会したツキコさん。その歳の離れたセンセイとの、切なく、悲しく、あたたかい恋模様。谷崎潤一郎賞受賞の大ベストセラー。（木田　元）
か-21-3

角田光代
それもまたちいさな光
幼なじみの雄大と宙ぶらりんな関係を続ける仁絵。しかし、二人には恋愛に踏み込めない理由があった……。仕事でも恋愛でも岐路にたたされた女性たちにエールを贈るラブ・ストーリー。

か-32-8

角田光代
おまえじゃなきゃだめなんだ
ジュエリーショップで指輪を見つめる二組のカップル。現実とロマンスの狭間で、決意を形にする時—すべての女子の、宝石のような確かで切ない想いを集めた恋愛短編集。

か-32-11

（　）内は解説者。品切の節はご容赦下さい。

真珠夫人
菊池　寛
気高く美しい男爵令嬢・瑠璃子は、借金のために憎しみ抜いた相手のもとへ嫁ぐ。数年後、希代の妖婦として社交界に君臨する彼女の心の内とは――。大ブームとなった昼ドラ原作。（川端康成）
き-4-4

運命に、似た恋
北川悦吏子
シングルマザーのカスミと売れっ子デザイナーのユーリ。運命に導かれた二人の恋の行方は……。NHKの連続ドラマとして話題を呼んだ、ラブストーリーの神様による純愛と救済の物語。
き-42-1

存在の美しい哀しみ
小池真理子
異父兄の存在を亡き母から知らされた榛名は、兄のいるプラハに向かった。――視点をいくつもに変えながら、家族の真の姿を万華鏡のように美しく描き出す、感動の長編。（大矢博子）
こ-29-6

エロスの記憶
小池真理子・桐野夏生・村山由佳・桜木紫乃・林　真理子
野坂昭如・勝目　梓・石田衣良・山田風太郎
官能を開発する指圧院、美貌の男性講師ばかりのアートスクール、挿入のないセックスを追求するカップル、許嫁を犯された忍者の復讐など、第一線の作家たちの官能アンソロジー。
こ-29-7

ソナチネ
小池真理子
刹那の欲望、嫉妬、別離、性の目覚め……。著者がこれまで一貫してテーマにしてきた人間存在のエロス、生と死の気配が濃密に描かれる、圧巻の短篇集。（千早　茜）
こ-29-9

氷平線
桜木紫乃
真っ白に凍る海辺の町を舞台に、凄烈な愛を描いた表題作、オール讀物新人賞「雪虫」他、全六篇。北の大地に生きる男女の哀歓を圧倒的な迫力で描き出した、瞠目のデビュー作。（瀧井朝世）
さ-56-1

フルーツパーラーにはない果物
瀬那和章
フルーツパーラーにはない果物はなんでしょう？　その質問をきっかけに、女性たちはそれぞれ自分の恋愛を振り返る。四者四様の恋模様を甘酸っぱく描く連作短編集。（倉本さおり）
せ-11-1

（　）内は解説者。品切の節はご容赦下さい。

森 絵都
この女
釜ヶ崎のドヤ街に暮らす僕に「自分の妻をヒロインにした小説を書いてくれ」との依頼が……。嘘吐き女の正体、絡み合う謎、そして罠。極上の読み応え、恋愛冒険小説のカタルシス！
も-20-6

山田詠美
風味絶佳
七十歳の今も真っ赤なカマロを走らせるグランマは、孫のままならない恋の行方を見つめる。甘く、ほろ苦い恋と人生の妙味が詰まった極上の小説六粒。谷崎潤一郎賞受賞作。（高橋源一郎）
や-23-6

唯川 恵
息がとまるほど
同僚にプロポーズされたのを機に、不倫中の上司と別れる決意をした朋絵だったが、最後のデートを後輩に目撃され……。女たちの心に沈む思いを濃密に描く、八つの傑作恋愛短篇。（岸 久）
ゆ-8-2

唯川 恵
夜明け前に会いたい
元芸者の母と二人暮らしの希和子二十四歳。新進の友禅作家との恋が始まったかに思えたが――。金沢を舞台に純粋な恋の歓びと哀しみ、親子の情愛を描いた長編恋愛小説。（中江有里）
ゆ-8-5

渡辺淳一
シャトウ ルージュ
フランスの古城で「調教」される妻。その裸身を覗く医師の夫。背徳の行為の結末には何が？　恋愛小説の第一人者が、現代の男女の「愛と性」に正面から挑んだ官能の問題作。（藤田宜永）
わ-1-25

綿矢りさ
勝手にふるえてろ
片思い以外経験ナシの26歳女子ヨシカが、時に悩み、時に暴走しながら現実の扉を開けてゆくキュートで奇妙な恋愛小説。文庫オリジナル「仲良くしようか」も収録。（辛酸なめ子）
わ-17-1

綿矢りさ
しょうがの味は熱い
煮え切らない男・絃と煮詰まった女・奈世が繰り広げる現代の同棲物語。二人は結婚できるのか？　トホホ笑いの果てに何かが吹っ切れる、迷える男女に贈る一冊。（阿部公彦）
わ-17-3

（　）内は解説者。品切の節はご容赦下さい。

荻原　浩
幸せになる百通りの方法
自己啓発書を読み漁って空回る青年、オレオレ詐欺の片棒担ぎ、リストラを言い出せないベンチマン……今を懸命に生きる人々を描いたユーモラス&ビターな七つの短篇。（温水ゆかり）
お-56-3

荻原　浩
ギブ・ミー・ア・チャンス
漫才芸人を夢見てネタ作りと相方探しに励むフリーターを描く表題作ほか、何者かになろうと挑み続ける、不器用で諦めの悪い八人の短篇集。著者入魂の「あと描き」（イラスト）収録。
お-56-4

大崎　梢
夏のくじら
大学進学で高知にやって来た篤史はよさこい祭りに誘われる。初恋の人を探すために参加するも、個性的なチームの面々や踊りの練習に戸惑うばかり。憧れの彼女はどこに!?（大森　望）
お-58-1

大崎　梢
プリティが多すぎる
文芸志望なのに少女ファッション誌に配属された南吉くんこと新見佳孝・26歳。くせ者揃いのスタッフや10代のモデル達のプロ精神に触れながら変わってゆくお仕事成長物語。（大矢博子）
お-58-2

大崎　梢
スクープのたまご
週刊誌編集部に異動になった信田日向子24歳。「絶対無理！」怯える気持ちを押し隠し、未解決の殺人事件にアイドルのスキャンダル写真等、日本の最前線をかけめぐる！（大矢博子）
お-58-3

大山誠一郎
赤い博物館
警視庁付属犯罪資料館の美人館長・緋色冴子が部下の寺田聡と共に、過去の事件の遺留品や資料を元に難事件に挑む。超ハイレベルで予測不能なトリック駆使のミステリー！（飯城勇三）
お-68-2

太田紫織
あしたはれたら死のう
自殺未遂の結果、数年分の記憶と感情の一部を失った遠子。その時に亡くなった同級生の少年・志信と自分はなぜ死を選んだのか——遠子はSNSの日記を唯一の手がかりに謎に迫るが。
お-69-1

（　）内は解説者。品切の節はご容赦下さい。

太田紫織
銀河の森、オーロラの合唱
地球へとやってきた、慈愛あふれる宇宙人モーンガータ（見た目はほぼ地球人）。オーロラが名物の北海道陸別町で宇宙人と暮らす日本の子どもたちが出会うちょっとだけ不思議な日常の謎。
お-69-2

勝目　梓
あしあと
記憶の封印が解かれる時、妖しく危うい官能の扉が開く。この世に起こり得ない不思議。倒錯の愛。夢とも現実ともつかぬ時空を往来しながら描く、円熟の傑作短篇十篇。（逢坂　剛）
か-11-4

角田光代
ツリーハウス
じいさんが死んだ夏、孫の良嗣は自らのルーツを探るべく、祖父母が出会った満州へ旅に出る。昭和と平成の世相を背景に描く、一家三代のクロニクル。伊藤整文学賞受賞作。（野崎　歓）
か-32-9

角田光代
かなたの子
生まれなかった子に名前などつけてはいけない——人々の間に昔から伝わる残酷で不気味な物語が形を変えて現代に甦る。時空を超え女たちを描く泉鏡花賞受賞の傑作短編集。（安藤礼二）
か-32-10

角田光代
拳の先
ボクシング専門誌から文芸編集者となった那波田空也は、一度は離れたボクシングの世界へ近づく。ボクシングを通して本気で生きるとは何かを問う青春エンタテインメント！（中村　航）
か-32-15

加納朋子
モノレールねこ
デブねこを介して始まった「タカキ」との文通。しかし、そのネコが車に轢かれ、交流は途絶えるが……表題作「モノレールねこ」ほか、普段は気づかない大切な人との絆を描く八篇。（吉田伸子）
か-33-3

加納朋子
少年少女飛行倶楽部
中学一年生の海月が入部した「飛行クラブ」。二年生の変人部長・神《じん》ことカミサマをはじめとするワケあり部員たちは果たして空に舞い上がれるのか？　空とぶ傑作青春小説！（金原瑞人）
か-33-4

（　）内は解説者。品切の節はご容赦下さい

加納朋子
螺旋階段のアリス
憧れの私立探偵に転身を果たしたものの依頼は皆無、事務所で暇をもてあます仁木順平の前に、白い猫を抱いた美少女・安梨沙が迷いこんでくる。心温まる7つの優しい物語。　（藤田香織）
か-33-6

加納朋子
虹の家のアリス
心優しき新米探偵・仁木順平と聡明な美少女・安梨沙。『不思議の国のアリス』を愛する二人が営む小さな事務所に持ちこまれる6つの奇妙な事件。そして安梨沙の決意とは。　（大矢博子）
か-33-7

加納朋子
トオリヌケ キンシ
外に出られないヒキコモリのオレが自由を満喫できるのはただ夢の世界だけ——。不平等で不合理な世界だけど、出口はある。かならず、どこかに。6つの奇跡の物語。　（東　えりか）
か-33-8

川村元気
億男
宝くじが当選し、突如大金を手にした一男だが、三億円と共に親友の九十九が失踪。「お金と幸せの答え」を求めて、一男の旅がはじまる！　本屋大賞ノミネート、映画化作品。　（高橋一生）
か-75-1

北方謙三
杖《じょう》下《か》に死す
剣豪・光武利之が、私塾を主宰する大塩平八郎の息子、格之助と出会ったとき、物語は動き始める。幕末前夜の商都・大坂を舞台に至高の剣と男の友情を描ききった歴史小説。　（末國善己）
き-7-10

北村　薫
中野のお父さん
若き体育会系文芸編集者の娘と、定年間近の高校国語教師の父。娘が相談してくる出版界で起きた「日常の謎」を、父は抜群の知的推理で解き明かす！　新名探偵コンビ誕生。　（佐藤夕子）
き-17-10

桐野夏生
グロテスク（上下）
あたしは仕事ができるだけじゃない。光り輝く夜のあたしを見てくれ——。名門女子高から一流企業に就職し、娼婦になった女の魂の彷徨。泉鏡花文学賞受賞の傑作長篇。　（斎藤美奈子）
き-19-9